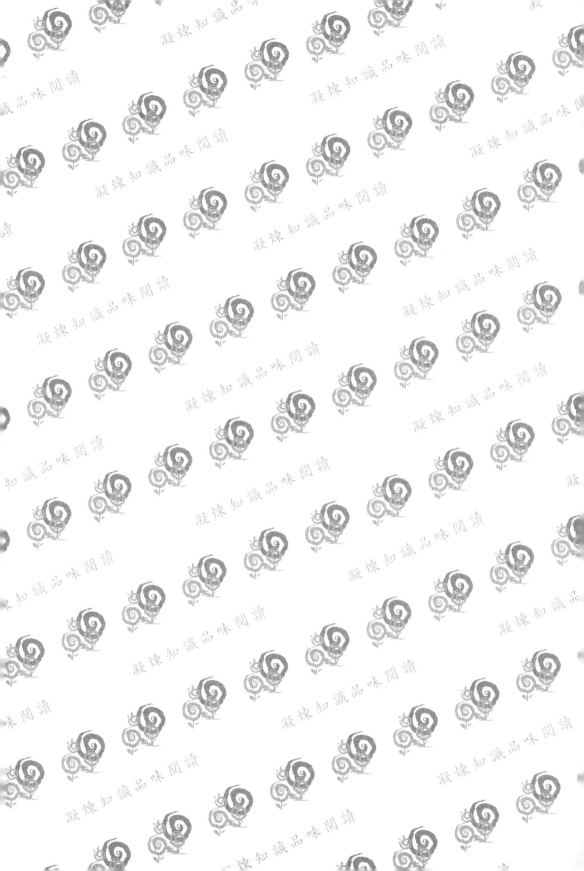

生命・海洋・相遇

詩文精選

吳智雄、顏智英——編著

推薦序一

　　大學教育通常粗分為共同教育與專業教育。專業教育讓我們成為有飯吃的專業人，共同教育則讓我們成為有生命力的活人，更是形塑具影響力之新一代領袖不可或缺的一環。

　　國文教育是共同教育的核心，對剛剛脫離考試桎梏的大學生而言，國文課程究竟可以給他們帶來甚麼不同的意義？其實我們都知道，古今中外流傳下來的文學作品都是在描寫人性，似無例外；小說家平路說文學是某種敏感的形式：「文學會碰觸到心裡敏感的角落，它會連繫起你心裡最細膩的部分。……打動你的其實是人心的細節。」透過文學品讀，我們的心得到共鳴、產生同理、並受到關照與光照，引導我們的人生產生氣度、深度、廣度與高度，我個人相信這才是國文教育的核心目的之一。

　　本校吳智雄與顏智英教授的國文課，展現出達成此等目標的一種可能作法，令人振奮，讓國文課脫離枯燥的苦海，進入心靈的海洋，照見日昇月落，窺看千年不變的人性與感性。如今兩位教授將教學成果整理成書，全書有五個主題，從生命的源起、心靈的探索、生命的軌跡、與世界相遇、到生命的省思，透過適當的古今名文，環環相扣，引領年輕學子在文學中探索活潑的人生，兼具生活橫向廣度與生命縱向深度。

　　吳教授在〈大學國文的三種用處〉指出補救之用、不時之用、與無用之用。我倒覺得可提出第四種「用」，就是化學作用。這些文章會在讀者的心靈中消化，在不知不覺中重新組合，以致在人生的某個關鍵點上，產生新的洞見與方向，塑造出深刻的人文思想與系統價值，讓新一代學子在紊亂的社會價值下彰顯其人生應有的寬廣與自由，進而在社會中承先啓後，安身立命，引領社會、造福人群。

國立臺灣海洋大學

陳建宏

教務長、共同教育中心主任

推薦序二

　　文字的使用與傳閱，是人類歷經漫漫洪荒數十萬年後，文明呈現躍昇式發展的標記。因為人們不但可以藉由文字記錄所見所聞，亦使心智活動、內在思惟、精神意念得以表達、組織、傳遞、激盪，進而系統地建構典章制度、知識學說，流傳後世，加速、擴大了文化積累的進程與範圍。這個過程，一直離不開書寫與傳閱兩兩相孚的作用。古人嘗以「天為雨粟，鬼為夜哭，龍乃潛藏」，來形容倉頡始制文字所肇致驚天動地的變化；我這篇序由此開頭，則想突顯文字以及由它而來的閱讀與書寫是多麼值得珍惜的寶貝──上至人類文明的可長可久，下及我們人生細節的點滴和生命智慧，都可以透過它們而得以抒發、分享，乃至於聆聽跨越時空的共鳴。

　　長久以來，對任何國家民族而言，書寫與閱讀都是文化活動的核心：無論是大知識份子的宏論抑或小百姓的人情冷暖，都因為有此載體而成為充實文化的養料。在晚近數位革命以前，書寫與閱讀在各國文化教育的地位從未動搖。但數位科技時代降臨後，圖像視覺受人們重視的程度有凌駕文字書本之勢；再加上後現代思潮對「文化」定義的庸俗化翻轉，傳統精粹的文學作品、深奧的哲思、綿密的歷史論述，逐漸被年輕的世代忽略、遺忘甚至拋棄。

　　這些趨勢也反映在臺灣的教育體制上，最明顯的是中小學生閱讀書寫教學份量的減少。三、四十年前的中小學生，每個學期要寫好幾篇作文，每週要寫週記，講究些的學校，寒暑假還規定學生每天要寫日記、兼課外讀物心得等。書寫和閱讀一直被視為教育的核心內容。但到民國九十年代曾有一段時間，可能是升學考試不考作文的緣故，筆者曾見某座臺北市一流國中的國文課，一個學期竟只讓學生寫一篇作文了事。見微知著，整體環境對臺灣學生閱讀書寫能力造成不利影響自不在話下，後來學界果然出現加強學生閱讀書寫能力的呼籲，大學校園也開始反思改進之道。本校即慶幸擁有熱誠教學的老師身體力行、默默付出而顯有成效，也因此提昇了

海洋大學的人文氛圍。

　　《生命・海洋・相遇──詩文精選》是本校優秀學者吳智雄、顏智英兩位國文老師近年的教學成果之一。其精選的教材分為五個主題：「生命的源起」體察親緣之愛，「心靈的探索」啓迪終極的關懷與人生的智慧，「生命的軌跡」觀照不同的生命歷程，「與世界相遇」導引自我與客體的互動，「生命的省思」反思生死的問題及其超越。每一主題有詩有文、跨越古今，或磅礴精巧相得，或深刻風趣兼並。此外，兩位老師還精心撰述了「寫作背景」、「閱讀鑑賞」，並設計「隨堂推敲」、推薦延伸閱讀來導引學生和讀者思考，又安排「分組討論」和「寫作鍛鍊」的活動，建構了充實的教材與教案。拜讀之際，我既再度品味古今中國文學的美好與閱讀的幸福，亦欣羨兩位傑出優秀的老師能和大家分享「閱讀與書寫」教學的經驗與成果。謹以此序表達我的敬意，並祈願文字的馨香世代連結、永傳不墜。

國立臺灣海洋大學人文社會科學院院長

黃麗生

2013.8.28

目次

後　記

主題一 生命的源起

 內容

楔子一　穿越灑滿陽光的小路

女兒：

　　明天是妳上小學的第一天，是妳一直期待、唸唸不停的一天，現在這一天終於要到來了。

　　客廳的一旁有妳的小書包，書包的外頭有著妳最愛的HELLO KITTY圖樣，裡面有小水壺、小鉛筆盒，當然也是HELLO KITTY的，這些都是最愛妳的媽咪幫妳準備的，相信妳一定會愛不釋手。

　　此刻的妳，想必正在編織著亮麗的色彩，要不然妳熟睡的臉龐，不會泛著微甜的笑容。而此刻妳的爸比 ── 我，就只是怔怔地定睛著妳，定睛著上天對一個生命形態的禮讚。

　　喜悅？期待？是爸比此時的心情嗎？或是焦慮？擔憂？還是悵然？感慨？老實說，爸比也不知道！只知道此時爸比的腦海裡，滿是妳嬰兒時期的模樣，「鼻以上像爸比，鼻以下像媽咪」，有著「七原色的哄笑」，像一顆「有彈力且兼有磁性的跳動的肉球」，不停地在爸比的心海裡撲通著。那時的爸比媽咪，只希望自己像南方吹來的「凱風」，能日夜不停地吹暖妳那顆小小的心靈。

　　但，時間就像氣球，剛開始希望它可以快一點變大，但卻會越來越害怕它膨脹得太快、太大，大到襲破心裡的那個臨界點。

　　從明天開始，橫在妳面前的，是另一個陌生的世界，一段未知的旅程。出現在妳生命中的，不再只是爸比媽咪阿公阿嬤弟弟妹妹，而是老師、同學，還有更多的路人甲乙丙丁。不過，妳不用害怕，不必擔心，爸比會一路牽緊妳的小手，穿越灑滿陽光的小路，穿越熙來攘往的人潮、車陣，穿越迷霧，穿越未知。畢竟父女一場，像「一把借來的絃琴，能彈多久，便彈多久」。而爸比媽咪一直很慶幸的是，在

我們一同彈奏過的歲月中，這支曲子從來沒有走過調，即使在妳的弟弟也出現在我們的生命中後。那個曾經告訴過妳，在很久很久以前所發生，一個國王的媽媽只愛弟弟、不愛哥哥的故事，就讓它一直是故事的流傳下去吧！

　　對爸比來說，能多牽一次手，就多一次專利的幸福。因為等妳漸漸長大，終究會有另一雙陌生男子的手來取代我的這項專利，到時爸比真的會後悔沒有把妳給「及時冷藏」。所以如果爸比以妳從來沒見過的臉目來對付、處理這些「假想敵」，甚至拿著掃把等在門邊，斷掉妳的電話網路線路，妳千萬不要嚇到了，也請不要太責怪爸比，誰叫妳是我的前世情人呢！情人要被搶了，有誰不發瘋的！

　　喔哦！爸比好像想得太遠了。唉！果然天下父母心啊！還好，妳的世界仍一潔清澈。好好睡吧！睡醒了，陽光遍布的大千世界正等著妳呢！

爸比　留

〈凱風〉

文本內容

凱風[1]自南，吹彼棘心[2]。

棘心夭夭[3]，母氏劬勞[4]。

凱風自南，吹彼棘薪[5]。

母氏聖善[6]，我無令人[7]。

爰[8]有寒泉[9]？在浚[10]之下。

有子七人，母氏勞苦。

睍睆[11]黃鳥[12]，載[13]好其音。

有子七人，莫慰母心。

---

1 凱風：凱，和樂之意。凱風指和風、南風，因南風溫暖薰和，可以長養萬物，故在此比喻母愛。

2 棘心：棘，小棗樹。棘心指棗樹初生的嫩芽，因其幼嫩，故在此比喻成長中的小孩。

3 夭夭：茂盛的樣子。《說文》云：「木少盛貌。」在此比喻在母親細心照顧下，小孩能日漸茁壯成長。

4 劬勞：勞苦。劬，音ㄑㄩˊ。

5 棘薪：棘心已長成薪材，在此比喻小孩已長大成人。

6 聖善：指母親具有明達賢淑之美德。

7 我無令人：我們兄弟中沒有一個人有好成就。指只成為柴薪，未能大展長才，有自責後悔之意。令，美好的。

8 爰：「於焉」之合聲，即「在哪裡？」

9 寒泉：指地下、冥間。《三國志‧蜀志‧二妃子傳》云：「今皇思夫人宜有尊號，以慰寒泉之思。」《詩經正詁》云：「泉水清冷，故曰寒泉。」此詩中的「寒泉」應指母親已過世下葬，因地下泉冷；或因母親過世而感清冷無依，故以寒泉名之。

10 浚：衛國城邑。

11 睍睆：音ㄒㄧㄢˋㄏㄨㄢˇ，容貌美好的樣子。

12 黃鳥：即指黃鶯。

13 載：語助詞，無義。

寫作背景

　　本詩選自《詩經・國風・邶風》（清・阮元審定、盧宣旬校《十三經注疏》，臺北：藝文印書館，1993）。《詩經》是中國最早的詩歌總集，以四言為主體。寫作時代約在西周初年至春秋中葉（西元前十二世紀至前六世紀），大多是當時樂官採集而成的作品，各篇作者多不可考。內容分為「風」、「雅」、「頌」三部分：「風」為地方歌謠，有十五國風；「雅」分大雅、小雅，為朝會、宴饗的樂歌，「頌」則主要為祭祀神明祖先的樂歌。《詩經》作法上的最大特色為「賦」、「比」、「興」，賦為平鋪直敘，比為譬喻，興為由眼前景物引發聯想。〈凱風〉一詩屬於國風中的〈邶風〉，是河北南部、河南北部一帶的民歌，〈詩序〉云：「〈凱風〉，美孝子也。」我們可視此詩為讚頌母親偉大同時能反躬自省無法安慰親心的孝子之作。

閱讀鑑賞

　　本詩以母親生前、死後的景況為材料，以「母氏聖善，我無令人」為主旨句，表達了為人子女者感念慈母養育之恩，又自責無所成就的深刻情感。詩中的母親不是棄婦，若為休妻，小孩會留在父族而不由母親撫養；她可能是一位改嫁的婦女，但改嫁的丈夫又不幸早逝。因此，以一個年輕寡母的身份，含辛茹苦地養育七個子女，恐也因積勞成疾而盛年離世。

　　全詩分為四章，以母親生前的劬勞以及身後子女無法成材的遺憾為兩大主軸，娓娓加以鋪陳。其中「爰有寒泉，在浚之下」二句，委婉含蓄地道出母親過世的事實，是全詩情感轉折的關鍵與過渡。母親辛苦一生卻來不及看見子女有成，即遽然離開人世，徒留子女「樹欲靜而風不止，子欲養而親不待」的深沉遺憾。因此，在謀篇上，前二章重在感恩（母親生前勞苦），後二章重在自責（母親死後，子女未及盡孝），呈現形式上首尾平衡而情感上又有強烈轉折的布局特色。

　　全詩運用的修辭技巧以譬喻法為主：和煦的「凱風」比喻溫暖的母愛，不成美材的「棘樹」比喻七名子女（「棘心」比喻正在成長中的小

孩;「棘薪」比喻已長大成人的孩子)。這種手法比平鋪直敘的方式更加地具體化、形象化,且更具栩栩生動、平易近人的美感。末章還以外表美麗且歌聲動人的黃鳥,來映襯(對比)一事無成、無所安慰親心的七子,強烈地表達出「人不如鳥」的深刻意涵。

隨堂推敲

1. 本詩所要表達的中心思想是什麼?運用了哪些修辭技巧來達成該主旨?
2. 本詩中為何未提及父親?請發揮想像力,說出任何可能的原因。
3. 《孝經‧開宗明義章》云:「身體髮膚,受之父母,不敢毀傷,孝之始也;立身行道,揚名於後世,以顯父母,孝之終也。」你同意嗎?請說明理由。

閱讀安可

下列選文為子女對母親的思念或謳歌。
1. 明‧歸有光〈項脊軒志〉(節選)

> 嫗,先大母婢也,乳二世,先妣撫之甚厚。室西連於中閨,先妣嘗一至。嫗每謂余曰:「某所,而母立於茲。」嫗又曰:「汝姐在吾懷,呱呱而泣;娘以指扣門扉曰:『兒寒乎?飲食乎?』吾從板外相為應答。」語未畢,余泣,嫗亦泣。

說明

作者的母親在他幼年時即過世,因此對於母親的記憶十分模糊,僅能靠乳母口述母親在世時的點滴加以懷念。還末聽完乳母細述母親對子女的噓寒問暖、關懷備至的深情事蹟,作者即已禁不住流淚哭泣,那份思母、念母的情意令人動容。

2. 莊因〈母親的手〉（林黛嫚主編，《阿爸的百寶箱》，幼獅文化事業
　　公司出版，2001）

說明

　　作者對母親的手進行各種不同功用、特徵的描寫，分別象徵了母親在
作者心中的各種形象，如：
(1)懲罰的手：象徵母親「律子甚嚴」的嚴厲形象。
(2)洗衣的手：象徵母親「厚實剛強、承受所有苦難」的堅強形象。
(3)督導的手：象徵母親「課子用心」的溫柔形象。
(4)縫補的手：象徵母親「勤儉持家」的刻苦形象。
(5)吹奏的手：象徵母親「富有才情」的優美形象。
(6)顫抖的手：象徵母親「年事漸高」的衰老形象。
文章末段所述的至大完美的手，則是描繪母親抽象的手，概括性地總結母
親在作者心中的整體印象。莊因透過對母親的手細膩而多樣的描繪，表達
了為人子女對母親的熱情頌詠，也深刻流露了作者對母親的孺慕之情。

分組活動

　　「告慰親心」之法：古人有所謂「三不朽」，即「立德、立言、立
功」，你認為是否要做到上列三者之一才算是能「告慰親心」？如果是，
請各舉一例加以說明；如果不是，請小組討論為人子女者要怎麼做才算是
能「告慰親心」？（至少列出三項作法）

寫作鍛鍊

1. 譬喻格修辭鍛鍊：本詩以「凱風」譬喻母愛，請你也從日常生活常見
　　的事物中，找出適合譬喻母愛的意象，並寫成一個完整的句子（含喻
　　體、喻詞、喻依、喻解）。範例如下：

　　　　母親（喻體）像（喻詞）月亮（喻依）一樣，照亮了我們全家（喻解）。

2. 改寫：請將〈凱風〉一詩，改寫成一首現代詩，長度不限。

3. 角色扮演：請用〈凱風〉詩中母親的口吻，寫一篇現代散文回答兒子在詩中所寫的內容。題目自訂，文長500字左右。

4. 仿寫：請參考莊因〈母親的手〉的取材特色及象徵手法，並結合自身的生活經驗，以「母親的○○」為題，寫一篇以敘述母恩為主旨的完整散文。

【分組討論單】系級：＿＿＿＿　組別：＿＿＿＿　報告者：＿＿＿＿＿

組員簽名：＿＿＿＿＿＿＿＿＿＿＿＿＿＿

問：「告慰親心」之法：古人有所謂「三不朽」，即「立德、立言、立功」，你認為是否要做到上列三者之一才算是能「告慰親心」？如果是，請各舉一例加以說明；如果不是，請小組討論為人子女者要怎麼做才算是能「告慰親心」？（至少列出三項作法）

答：

寫作鍛鍊　　　　　　　　　　　日期：＿＿＿＿＿＿

系級：＿＿＿＿＿　學號：＿＿＿＿＿　姓名：＿＿＿＿＿

〈鄭伯克段于鄢〉

文本内容

　　初，鄭武公[1]娶于申[2]，曰武姜[3]，生莊公及共叔段[4]。莊公寤生[5]，驚姜氏，故名曰寤生，遂惡之。愛共叔段，欲立之。亟[6]請於武公，公弗許。

　　及莊公即位，為之請制[7]。公曰：「制，巖邑[8]也，虢叔死焉[9]；佗[10]邑唯命。」請京[11]，使居之，謂之京城大叔。

　　祭仲[12]曰：「都城過百雉[13]，國之害也。先王之制，大都，不過參國之一[14]；中，五之一；小，九之一。今京不度，非制也，君將不堪[15]。」公曰：「姜

1　鄭武公：春秋時期鄭國的國君，名掘突。鄭，位於今陝西省華縣東，武公建鄭，都於新鄭（今河南省新鄭縣）。
2　申：申國位於今河南省南陽縣北。
3　武姜：「武」是她丈夫鄭武公的諡號，「姜」是她娘家的姓氏，春秋時代，諸侯夫人以丈夫的諡號加上娘家姓氏為稱呼慣例。
4　共叔段：名段。因小於莊公，故稱叔。又因他後來出奔到共國（今河南省輝縣），故稱共叔段。
5　寤生：是一種胎兒出生時腳先出來的難產方式。寤，逆也，倒也。
6　亟：音ㄑㄧˋ，每每，常常。
7　制：鄭國邑名，位於今河南省氾水縣西。
8　巖邑：地理位置險要之邑。
9　虢叔：虢，音ㄍㄨㄛˊ。虢叔，指東虢的國君，姬姓。
10　佗，即「他」。
11　京：鄭國邑名，位於今河南省滎陽縣東南。
12　祭仲：鄭國大夫。「祭」為其食邑，位於今河南省中牟縣，音ㄓㄞˋ；「仲」為其字。
13　雉：量詞，古代計算城牆面積的單位，高一丈、長三丈為一雉。
14　不過參國之一：城牆不超過國都的三分之一。
15　堪：承受。

氏欲之，焉辟[16]害？」對曰：「姜氏何厭之有？不如早為之所[17]，無使滋蔓[18]；蔓，難圖也。蔓草猶不可除，況君之寵弟乎？」公曰：「多行不義必自斃，子姑待之。」

　　既而大叔命西鄙[19]、北鄙貳[20]於己。公子呂[21]曰：「國不堪貳。君將若之何？欲與大叔，臣請事之。若弗與，則請除之，無生民心。」公曰：「無庸[22]，將自及[23]。」

　　大叔又收貳以為己邑，至于廩延[24]。子封曰：「可矣！厚[25]將得眾。」公曰：「不義不暱[26]，厚將崩。」

　　大叔完聚[27]，繕甲兵[28]，具卒乘[29]，將襲鄭；夫人將啟之。公聞其期，曰：「可矣。」命子封帥車二百乘以伐京。京叛大叔段。段入于鄢[30]，公伐諸

16　辟：同「避」。
17　早為之所：早作安排。
18　滋蔓：滋長蔓延。
19　鄙：邊陲之地。
20　貳：同時受到鄭莊公、共叔段兩方管轄。
21　公子呂：鄭國大夫，即下文之「子封」。
22　庸：用也。
23　及：到也，此指招致禍害。
24　廩延：鄭國邊邑名，位於今河南省延津縣北。
25　厚：指擴大土地與勢力。
26　不義不暱：指對君不義，對兄不友愛親近。
27　完聚：指修備城郭、積聚糧食。
28　繕甲兵：指整補軍備。
29　具卒乘：召集軍隊。卒指兵卒，乘指戰車。
30　鄢：鄭國邑名，位於今河南省鄢陵縣。

鄢。五月辛丑[31]，大叔出奔共。

　　書[32]曰：「鄭伯克段于鄢。」段不弟，故不言弟。如二君，故曰克。稱鄭伯，譏失教也，謂之鄭志[33]。不言出奔，難之[34]也。

　　遂寘[35]姜氏于城潁[36]，而誓之曰：「不及黃泉[37]，無相見也。」既而悔之。潁考叔[38]爲潁谷[39]封人[40]，聞之。有獻於公，公賜之食，食舍肉，公問之。對曰：「小人有母，皆嘗小人之食矣。未嘗君之羹，請以遺[41]之。」公曰：「爾有母遺，繄[42]我獨無。」潁考叔曰：「敢問何謂也？」公語之故，且告之悔。對曰：「君何患焉？若闕[43]地及泉，隧[44]而相見，其誰曰不然？」公從之。

　　公入而賦：「大隧之中，其樂也融融。」姜出而賦：「大隧之外，其樂也洩洩[45]。」遂爲母子如初。

31　五月辛丑：即五月廿三日。
32　書：記也，動詞。
33　鄭志：鄭莊公的心意，亦有解為鄭國百姓的心意。
34　難之：不易下筆，因莊公亦有錯，故不能全歸罪於段。
35　寘：音ㄓˋ，同「置」，安置之意。
36　城潁：鄭國邑名，位於今河南省臨潁縣西北。
37　黃泉：古人以為天玄地黃，泉又在地下，故曰黃泉；此處黃泉指死後所埋於地下之墓穴。
38　潁考叔：鄭國大夫。
39　潁谷：鄭國邑名，位於今河南省登封縣西南。
40　封人：掌邊疆之官吏。
41　遺：音ㄨㄟˋ，贈也。
42　繄：音ㄧ，發語詞，無義。
43　闕：通「掘」。
44　隧：掘地道，動詞。
45　洩洩：和樂貌。洩，音ㄧˋ。

君子曰：「潁考叔，純孝也，愛其母，施[46]及莊公。詩曰：『孝子不匱，永錫[47]爾類。』其是之謂乎！」

寫作背景

　　本文選自《左傳》（清‧阮元審定、盧宣旬校《十三經注疏》，臺北：藝文印書館，1993），《左傳》是一部以記載史事的方式解釋《春秋》的「傳」。《春秋》為孔子刪削的一部魯國歷史，起自魯隱公元年（前722），止於魯哀公十四年（前481），編年而作，紀年以魯國為主，計歷十二公，凡二百四十二年。孔子作《春秋》，寓含字簡而意深之筆法，亦即對人物史實的褒貶多隱藏於極簡的文字之間，因此頗為難解難懂，故而有「傳」來為之作進一步的解釋與闡明。

　　《春秋》的「傳」現傳有三本：一為《春秋左氏傳》（簡稱《左傳》），據《漢書》載為左丘明所作，內容以記《春秋》所寫的史事為主，講義例的部分較少；一為《春秋公羊傳》，據唐朝徐彥《公羊傳疏》言傳自子夏，再傳於公羊高，其子孫輾轉口傳至漢景帝時，由公羊壽與胡母子都寫成書，內容以解釋《春秋》為主，多釋義例而少記史事；另一為《春秋穀梁傳》，據唐朝楊士勛《穀梁傳疏》言為穀梁赤受經於子夏而成書，內容也是解釋《春秋》的義例，解釋的面向與主張多有不同於《公羊傳》，因而並存至今。漢代另有《鄒氏》與《夾氏》二傳，但「《鄒氏》無師，《夾氏》未有書」，故早在西漢以後便已亡佚。

　　「鄭伯克段于鄢」這一條文字，是《春秋》中隱公元年（即鄭莊公22年，西元前722年）夏5月的經文。《左傳》作者選取了與此事相關的豐富史料，詳細地敘述了這個事件的前因後果，對於了解經文有極大的助益。

46　施：音ㄧˋ，延也，推也。
47　錫：通「賜」。

閱讀鑑賞

　　這是一則因母親偏心（但母親又不是刻意的）而禍延國家的故事！本文取材自春秋時鄭莊公與母、弟之間綿延二十多年的紛爭，表現出作者「孝、慈、友、恭」、「講正名」的儒家思想。

　　全篇結構可分「反面」、「正面」兩大部分：

　　「反面」是第一到七段，詳細敘述了鄭莊公、武姜、共叔段三人間母不慈、弟不恭、兄不友的親子關係。就母親的身分而言，武姜因生莊公時難產就嫌惡莊公、轉而偏愛共叔段，甚且做出請求廢長立幼（第一段）、分封險要之邑（第二段）、爲段襲鄭作內應（第六段）等不當舉措，可謂「不慈」；就弟弟的身分而言，共叔段恃寵而驕、貪婪無厭，因而對兄長莊公做出據擁大都（第三段）、強收邊邑（第四、五段）、準備襲鄭（第六段）等作爲，可謂「不恭」（對國家則謂「不義」）；就兄長的身分而言，鄭莊公則表現出包藏禍心、陰狠狡詐的行事風格，先對弟弟擴大一己勢力之惡行置若罔聞（第三、四、五段），待其野心養大、惡行昭然若揭之時，再予以痛擊，將之驅逐出國（第六段）。因此，作者在第七段揭示了《春秋》記載「鄭伯克段于鄢」的微言大義：共叔段不恭敬兄長，因此不稱他爲「弟」，而直呼他的名——「段」；這兩位兄弟之爭，就如同兩國君主之爭一般，因此稱「克」；不稱「莊公」而稱「鄭伯」，是譏刺他的行爲無法作爲教化百姓的典範。

　　「正面」是第八到十段，言穎考叔的孝順與獻策，使得武姜、鄭莊公母子得以和好。故事主體在第八段：莊公先放逐母親武姜到邊地城潁，並說出「不及黃泉，無相見也」之語，雖隨即有後悔之意，但因「君無戲言」，而遲遲無法有具體的挽救行爲，直到穎考叔獻策，給予下臺之階，莊公方才隧見其母。第九段交待故事的結局：武姜與莊公母子相見，其樂也融融。第十段則爲作者的評論之語：表面上雖稱美了穎考叔的純孝不匱，實際上卻有著指責鄭莊公不孝、虛偽的言外之意。

　　全文以夾敘夾議的手法謀篇，在敘事、議論、敘事、議論的交錯安排中具體而清晰地呈顯出篇章的中心思想，同時也在具象的事件與抽象的說理中展現了虛實相生的美感效果。文中不僅以流暢而簡潔的文句敘事說理，還以「蔓草」譬喻武姜難以饜足的欲望與共叔段日益滋長蔓延的野心，十分傳神生動；「大隧之中，其樂也融融」、「大隧之外，其樂也洩洩」等排比修辭的運用，更在整齊又不失變化的形式美中，加強了武姜、莊公母子相見的歡樂氣氛。

隨堂推敲

1. 武姜對二子的態度如何？如果你是武姜，你對二子的態度又會如何？
2. 你覺得鄭莊公為何不在一開始就遏止弟弟共叔段的野心？請發揮想像力，說出任何可能的原因。
3. 鄭莊公在逐母之後雖然「既而悔之」，但卻等潁考叔獻策、保全面子後才隧見其母。你覺得莊公是真心悔悟？還是別有用心？
4. 請你分別用一個形容詞來描述下列人物的性格：鄭莊公、武姜、共叔段、潁考叔。
5. 你覺得自己的父母是否公平的對待每一個子女呢？如果你是家中最不受寵的孩子，你該如何調適自己的心情？如果你是家中最受疼愛的孩子，你又該如何與其他兄弟姐妹相處呢？

閱讀安可

正文中的武姜雖對幼子偏心而不自覺察，但武姜也不是刻意嫌惡莊公，一切都是莊公「寤生」的「天命」所造成。因此，大致而言，天下的父母對子女多是關愛備至的，下列兩篇都表現了父母親對子女的關懷深情。

1. 漢・司馬遷《史記・扁鵲倉公列傳》第四十五（節選「扁鵲」一段）

　　扁鵲者，勃海郡鄭人也，姓秦氏，名越人。少時為人舍長。舍客長桑君過，扁鵲獨奇之，常謹遇之。長桑君亦知扁鵲非常人也。出入十餘年，乃呼扁鵲私坐，間與語曰：「我有禁方，年老欲傳與公，公毋泄。」扁鵲曰：「敬諾。」乃出其懷中藥予扁鵲：「飲是以上池之水三十日，當知物矣。」乃悉取其禁方書盡與扁鵲。忽然不見，殆非人也。扁鵲以其言飲藥三十日，視見垣一方人。以此視病，盡見五藏癥結，特以診脈為名耳。為醫或在齊，或在趙。在趙者名扁鵲。

　　當晉昭公時，諸大夫彊而公族弱，趙簡子為大夫，專國事。簡子疾五日，不知人，大夫皆懼，於是召扁鵲。扁鵲入視病，出，董安於問扁鵲，扁鵲曰：「血脈治也，而何怪！昔秦穆公嘗如此，七日而寤。寤之日，告公孫支與子輿曰：『我之帝所甚樂。吾所以久者，適有所學也。帝告我：「晉國且大亂，五世不安。其後將霸，未老而死。霸者之子且令，而國男女無別。」』公孫支書而藏之，秦策於是出。夫獻公之亂，文公之霸，而襄公敗秦師於殽，而歸縱淫，此子之所聞。今主君之病與之同，不出三日必間，間必有言也。」

　　居二日半，簡子寤，語諸大夫曰：「我之帝所甚樂，與百神遊於鈞天，廣樂九奏、萬舞，不類三代之樂，其聲動心。有一熊欲援我，帝命我射之，中熊，熊死。有羆來，我又射之，中羆，羆死。帝甚喜，賜我二笥，皆有副。吾見兒在帝側，帝屬我一翟犬，曰：『及而子之壯也，以賜之。』帝告我：『晉國且世衰，七世而亡。嬴姓將大，敗周人於範魁之西，而亦不能有也。』」董安于受言，書而藏之。以扁鵲言告簡子，簡子

賜扁鵲田四萬畝。

其後扁鵲過虢。虢太子死，扁鵲至虢宮門下，問中庶子喜方者，曰：「太子何病，國中治穰過於眾事？」中庶子曰：「太子病，血氣不時，交錯而不得泄，暴發於外，則為中害。精神不能止邪氣，邪氣畜積而不得泄，是以陽緩而陰急，故暴蹷而死。」扁鵲曰：「其死何如時？」曰：「雞鳴至今。」曰：「收乎？」曰：「未也，其死未能半日也。」「言臣齊勃海秦越人也，家在於鄭，未嘗得望精光，侍謁於前也。聞太子不幸而死，臣能生之。」中庶子曰：「先生得無誕之乎？何以言太子可生也！臣聞上古之時，醫有俞跗，治病不以湯液醴灑，鑱石撟引，案扤毒熨，一撥見病之應，因五藏之輸，乃割皮解肌，訣脈結筋，搦髓腦，揲荒爪幕，湔浣腸胃，漱滌五藏，練精易形。先生之方能若是，則太子可生也；不能若是而欲生之，曾不可以告咳嬰之兒。」終日，扁鵲仰天歎曰：「夫子之為方也，若以管窺天，以郄視文。越人之為方也，不待切脈、望色、聽聲、寫形，言病之所在。聞病之陽，論得其陰；聞病之陰，論得其陽。病應見於大表，不出千里，決者至眾，不可曲止也。子以吾言為不誠，試入診太子，當聞其耳鳴而鼻張，循其兩股以至於陰，當尚溫也。」

中庶子聞扁鵲言，目眩然而不瞚，舌撟然而不下，乃以扁鵲言入報虢君。虢君聞之大驚，出見扁鵲於中闕，曰：「竊聞高義之日久矣，然未嘗得拜謁於前也。先生過小國，幸而舉之，偏國寡臣幸甚。有先生則活，無先生則棄捐填溝壑，長終而不得反。」言未卒，因噓唏服臆，魂精泄橫，流涕長潸，忽忽承睫，悲不能自止，容貌變更。扁鵲曰：「若太子病，所謂『屍蹷』者也。夫以陽入陰中，動胃，繵緣中經維絡，別下於

三焦、膀胱，是以陽脈下遂，陰脈上爭，會氣閉而不通，陰上而陽內行，下內鼓而不起，上外絕而不為使，上有絕陽之絡，下有破陰之紐，破陰絕陽，之色已廢脈亂，故形靜如死狀。太子未死也。夫以陽入陰支蘭藏者生，以陰入陽支蘭藏者死。凡此數事，皆五藏厥中之時暴作也。良工取之，拙者疑殆。」

　　扁鵲乃使弟子子陽厲針砥石，以取外三陽五會。有間，太子蘇。乃使子豹為五分之熨，以八減之齊，和煮之，以更熨兩脅下。太子起坐。更適陰陽，但服湯二旬而復故。故天下盡以扁鵲為能生死人。扁鵲曰：「越人非能生死人也，此自當生者，越人能使之起耳。」

說明

　　虢國國君雖貴為一國之君，但面對能醫治其子的醫生扁鵲時，仍真實地流露出一個父親對兒子病情的焦慮與難過之情：「噓唏服臆，魂精泄橫，流涕長潸，忽忽承睫，悲不能自止，容貌變更。」

---

2. 清・蒲松齡《聊齋誌異・細柳》

　　細柳娘，中都之士人女也。或以其腰嬲可愛，戲呼之「細柳」云。柳少慧，解文字，喜讀相人書。而生平簡默，未嘗言人臧否；但有問名者，必求一親窺其人。閱人甚多，俱言未可；而年十九矣。父母怒之曰：「天下迄無良匹，汝將以丫角老耶？」女曰：「我實欲以人勝天，顧久而不就，亦吾命也。今而後，請惟父母之命是聽。」

　　時有高生者，世家名士，聞細柳之名，委禽焉。既醮，夫妻甚得。生前室有遺孤，小字長福，時五歲，女撫養周至。

女或歸寧，福輒號啼從之，呵遣所不能止。年餘，女產一子，名之長怙。生問命名之義，答言：「無他，但望其長依膝下耳。」女於女紅疏略，常不留意；而於畝之南東，稅之多寡，按籍而問，惟恐不詳。久之，謂生曰：「家中事請置勿顧，待妾自為之，不知可當家否？」生如言，半載而家無廢事，生亦賢之。

一日，生赴鄰村飲，適有追逋賦者，打門而誶；遣奴慰之，弗去。乃趨僮召生歸。隸既去，生笑曰：「細柳，今始知慧女不若癡男耶？」女聞之，俯首而哭。生驚挽而勸之，女終不樂。生不忍以家政累之，仍欲自任，女又不肯。晨興夜寐，經紀彌勤。每先一年即儲來歲之賦，以故終歲未嘗見催租者一至其門；又以此法計衣食，由此用度益紓。於是生乃大喜，嘗戲之曰：「細柳何細哉？眉細、腰細、凌波細，且喜心思更細。」女對曰：「高郎誠高矣：品高、志高、文字高，但願壽數尤高。」村中有貨美材者，女不惜重直致之；價不能足，又多方乞貸於戚里。生以其不急之物，固止之，卒弗聽。蓄之年餘，富室有喪者，以倍貲贖諸其門。生因利而謀諸女，女不可。問其故，不語；再問之，瑩瑩欲涕。心異之，然不忍重拂焉，乃罷。又踰歲，生年二十有五，女禁不令遠遊；歸稍晚，僮僕招請者相屬於道，於是同人咸戲謗之。一日，生如友人飲，覺體不快而歸，至中途墮馬，遂卒。時方溽暑，幸衣衾皆所夙備。里中始共服細娘智。

福年十歲，始學為文。父既歿，嬌情不肯讀，輒亡去從牧兒遊。譙訶不改，繼以夏楚，而頑冥如故。母無奈之，因呼而諭之曰：「既不願讀，亦復何能相強？但貧家無冗人，可更若衣，便與僮僕共操作。不然，鞭撻勿悔！」於是衣以敗絮，

使牧豕；歸則自掇陶器，與諸奴啖饘粥。數日，苦之，泣跪庭下，願仍讀。母返身向壁置不聞。不得已，執鞭啜泣而出。殘秋向盡，�無衣，足無履，冷雨沾濡，縮頭如丐。里人見而憐之，納繼室者，皆引細娘為戒，嘖有煩言。女亦稍稍聞之，而漠不為意。福不堪其苦，棄豕逃去，女亦任之，殊不追問。積數月，乞食無所，憔悴自歸；不敢遽入，哀鄰媼往白母。女曰：「若能受百杖，可來見；不然，早復去。」福聞之驟入痛哭，願受杖。母問：「今知悔乎？」曰：「悔矣。」曰：「既知悔，無須撻楚，可安分牧豕，再犯不宥！」福大哭曰：「願受百杖，請復讀。」女不聽，鄰媼慫恿之，始納焉。濯膚授衣，令與弟怙同師。勤身銳慮，大異往昔，三年遊泮。中丞楊公，見其文而器之，月給常廩，以助燈火。

　　怙最鈍，讀數年不能記姓名。母令棄卷而農。怙遊閑，憚於作苦，母怒曰：「四民各有本業，既不能讀，又不欲耕，寧不溝瘠死耶？」立杖之。由是率奴輩耕作，一朝晏起，則詬罵從之；而衣服飲食，母輒以美者歸兄。怙雖不敢言，而心竊不能平。農工既畢，母出貲使學負販。怙淫賭，入手喪敗，詭托盜賊，連數以欺其母。母覺之，杖責瀕死。福長跽哀乞，願以身代，怒始解。自是，一出門，母輒探察之。怙行稍斂，而非其心之所得已也。一日，請諸母，將從諸賈入洛；實借遠遊以快所欲，而中心惕惕，惟恐不遂所請。母聞之，殊無疑慮，即出碎金三十兩，為之具裝；末又以鋌金一枚付之，曰：「此乃祖宦囊之遺，不可用去，聊以壓裝，備急可耳。且汝初學跋涉，亦不敢望重息，只此三十金得無虧負足矣。」臨行又囑之。怙諾而出，欣欣意自得。

　　至洛，謝絕客侶，宿名娼李姬之家。凡十餘夕，散金漸

盡。自以巨金在橐，初不以空匱在慮；及取而斫之，則偽金耳。大駭失色。李媼見其狀，冷語侵客。怗心不自安，然囊空無所向往，猶冀姬念夙好，不即絕之。俄有二人握索入，驟縶項領。驚懼不知所為，哀問其故，則姬已竊偽金去首公庭矣。至官，不容置辭，梏掠幾死。收獄中，又無資斧，大為獄吏所虐，乞食於囚，苟延餘息。

初，怗之行也，母謂福曰：「記取廿日後，當遣汝至洛。我事煩，恐忽忘之。」福請所謂，黯然欲悲，不敢復請而退。過二十日而問之，歎曰：「汝弟今日之浮蕩，猶汝昔日之廢學也。我不冒惡名，汝何以有今日？人皆謂我忍，但淚浮枕簟，而人不知耳！」因泣下。福侍立敬聽，不敢研詰。泣已，乃曰：「汝弟蕩心不死，故授之偽金以挫折之，今度已在縲絏矣。中丞待汝厚，汝往求焉，可以脫其死難，而生其愧悔也。」福立刻而發；比入洛，則弟被逮已三日矣。即獄中而望之，怗奄然，面目如鬼，見兄，涕不可仰。福亦哭。時福為中丞所寵異，故邏邏皆知其名。邑宰知為怗兄，急釋怗。

至家，猶恐母怒，膝行而前。母顧曰：「汝願遂耶？」怗零涕不敢復作聲，福亦同跪，母始叱之起。由是痛自悔，家中諸務，經理維勤；即偶惰，母亦不呵問之。凡數月，並不與言商賈，意欲自請而不敢，以意告兄。母聞而喜，並力質貸而付之，半載而息倍焉。是年，福秋捷，又三年登第；弟貨殖累巨萬矣。邑有客洛者，窺見太夫人，年四旬，猶若三十許人，而衣妝樸素，類常家云。

異史氏曰：「黑心符出，蘆花變生，古與今如一丘之貉，良可哀也！或有避其謗者，又每矯枉過正，至坐視兒女之放縱而不一置問，其視虐遇者幾何哉？獨是日撻所生，而人不以為暴；施之異腹兒，則指摘叢之矣。夫細柳固非獨忍於前子

也：然使所出賢，亦何能出此心以自白於天下？而乃不引嫌，不辭謗，卒使二子一貴一富，表表於世。此無論閨閣，當亦丈夫之錚錚者矣！」

說明

　　無論對自己親生或非親生的兒子，細柳管教兒子的態度都是十分嚴厲！即使鄰居們非議她是壞心的繼母，她也不予理會，仍堅持自己的管教原則。長子福兒（非細柳親生）不肯讀書，就讓他與僕人一起放豬，當他不堪鞭打而棄豬逃家時，她亦不追問，等他真心悔改後，才「濯膚授衣，令與弟怙同師」；次子長怙（細柳親生）愚笨而好賭，就要他去洛陽經商，並設計讓他受三日的牢獄之苦，才使他幡然醒悟，改掉惡習。細柳如此甘冒狠心虐子的惡名，來完成對兩個兒子的管教訓誨，可說是用心良苦，但也十分地與眾不同。

分組活動

　　「親子關係大審判」：請依〈鄭伯克段于鄢〉一文所述，填入下列人物的作為；並就「慈、不慈、孝、不孝、友、不友、恭、不恭」等選項，對他們的作為加以判定。（亦可不選取前列選項之內容，而另用形容詞加以判定）

身分	稱號	作為	判決
母	武姜	對莊公： 對共叔段：	
子	鄭莊公	對母：	
子	共叔段	對母：	
子	潁考叔	對母：	
兄	鄭莊公	對弟：	
弟	共叔段	對兄：	

寫作鍛鍊

1. 層遞格修辭鍛鍊：本文中「先王之制，大都不過參國之一；中，五之一；小，九之一。」是由大而小的層遞格。請以同樣的修辭手法完成下列句子：

　　　「儒家的愛是有差等的：最愛的是＿＿＿＿＿＿＿＿；＿＿＿＿＿＿＿＿；＿＿＿＿＿＿＿＿。」

2. 改寫：請將本文改寫成劇本形式，並拍成一部約十分鐘長的短片。

[分組討論單] 系級：＿＿＿＿　組別：＿＿＿＿　報告者：＿＿＿＿＿

　　　　　　組員簽名：＿＿＿＿＿＿＿＿＿＿＿＿＿

問：「**親子關係大審判**」：請依〈鄭伯克段于鄢〉一文所述，填入下列
　　人物的作為；並就「慈、不慈、孝、不孝、友、不友、恭、不恭」
　　等選項，對他們的作為加以判定。（亦可不選取前列選項之內容，
　　而另用形容詞加以判定）

答：

身分	稱號	作為	判決
母	武姜	對莊公： 對共叔段：	
子	鄭莊公	對母：	
子	共叔段	對母：	
子	潁考叔	對母：	
兄	鄭莊公	對弟：	
弟	共叔段	對兄：	

請沿虛線剪下

寫作鍛鍊　　　　　　　　　　　日期：＿＿＿＿＿＿

系級：＿＿＿＿＿＿　學號：＿＿＿＿＿＿　姓名：＿＿＿＿＿＿

請沿虛線剪下

〈先妣事略〉

歸有光

文本内容

　　先妣[1]周孺人[2]，弘治元年二月十一日生。年十六來歸[3]。踰[4]年生女淑靜。淑靜者，大姊也。期[5]而生有光。又期而生女、子，殤[6]一人；期而不育者，一人。又踰年生有尚，妊[7]十二月。踰年生淑順。一歲又生有功。有功之生也，孺人比乳他子加[8]健。然數[9]顰蹙[10]顧諸婢曰：「吾為[11]多子苦！」老嫗以杯水盛二螺進，曰：「飲此後，妊不數[12]矣。」孺人舉之盡，瘖[13]不能言。

　　正德八年五月二十三日，孺人卒。諸兒見家人泣，則隨之泣，然猶以為母寢也。傷哉！於是家人延畫工畫，出二子，命之曰：「鼻以上畫有光，鼻

1　妣：音ㄅㄧˇ，稱已逝的母親。
2　孺人：古人對母親或妻子的尊稱，原為明、清時七品官的母親或妻子的封號。
3　歸：女子出嫁。
4　踰：超過。
5　期：音ㄐㄧ，一周年。
6　殤：未成年而死。
7　妊：音ㄖㄣˋ，懷孕。
8　加：更加。
9　數：音ㄕㄨㄛˋ，屢次。
10　顰蹙：音ㄆㄧㄣˊㄘㄨˋ，皺眉頭，表示憂愁。
11　為：因為。
12　數：音ㄕㄨㄛˋ，屢次。
13　瘖：音ㄧㄣ，啞。

以下畫大姊。」以二子肖母也。

　　孺人諱[14]桂。外曾祖諱明；外祖諱行，太學生；母何氏。世居吳家橋，去縣城東南三十里。由千墩浦而南直[15]橋，並[16]小港以東，居人環聚，盡周氏也。外祖與其三兄皆以貲[17]雄；敦尚簡實，與人姁姁[18]說村中語，見子弟甥姪無不愛。

　　孺人之吳家橋，則治木綿[19]；入城，則緝纑[20]；燈火熒熒[21]，每至夜分。外祖不二日使人問遺[22]。孺人不憂米、鹽，乃[23]勞苦若不謀夕。冬月鑪火炭屑，使婢子為團[24]，累累[25]暴階下。室靡[26]棄物，家無閒人。兒女大者攀衣，小者乳抱，手中紉綴[27]不輟[28]，戶內灑然[29]。遇僮奴有恩，雖至箠楚[30]，皆不忍有後[31]言。

14　諱：表示避稱尊長名字時的用語。
15　直：直行的。
16　並：沿著。
17　貲：音ㄗ，通「資」，財貨。
18　姁，音ㄒㄩˇ，言語溫和親切的樣子。
19　木棉：棉花。
20　緝纑：音ㄑㄧˋㄌㄨˊ，將麻捻搓成線，以備縫補之用。
21　熒熒：火光微弱的樣子。
22　問遺：問，問候；遺，音ㄨㄟˋ，贈送。
23　乃：竟然。
24　為團：做成圓球狀。
25　累累：眾多的樣子。
26　靡：音ㄇㄧˇ，沒有。
27　紉綴：縫補的動作。
28　輟：中斷。
29　灑然：乾淨的樣子。
30　箠楚：箠，音ㄔㄨㄟˊ，馬鞭；楚，古時教師用以責罰學生的小杖。在此皆作動詞用，為轉品修辭，二字合起來意指用木杖鞭打。
31　後：背後。

吳家橋歲致魚、蟹、餅餌，率人人得食。家中人聞吳家橋人至，皆喜。

　　有光七歲，與從兄[32]有嘉入學。每陰風細雨，從兄輒留，有光意戀戀，不得留也。孺人中夜覺寢，促有光暗誦孝經，即[33]熟讀，無一字齟齬[34]，乃喜。

　　孺人卒，母何孺人亦卒。周氏家有羊狗之痾[35]：舅母卒；四姨歸顧氏又卒；死三十人而定[36]，惟外祖與二舅存。

　　孺人死十一年，大姊歸王三接，孺人所許聘者也。十二年，有光補學官弟子。十六年而有婦，孺人所聘者也。期而抱女，撫愛之，益念孺人。中夜與其婦泣，追惟一二，彷彿如昨，餘則茫然矣。世乃有無母之人，天乎！痛哉！

寫作背景

　　本文選自《震川集》（景印文淵閣四庫全書，第1289冊，臺北：臺灣商務印書館，1983），作者歸有光（1506-1571），字熙甫，學者稱震川先生。明江南崑山（今江蘇省崑山縣）人。生於明武宗正德元年，卒於穆宗隆慶五年，年六十六。參加科舉考試極為不順，三十五歲才中舉人，六十歲方中進士。歸有光熟讀經史，尤喜司馬遷的文章，為古文家，反對當時王世貞、李攀龍一派所提倡「文必秦漢，詩必盛唐」的模擬風氣，而力主取法唐宋古文名家如韓愈、歐陽脩

32　從兄：堂兄。從，音ㄗㄨㄥˋ。
33　即：如果。
34　齟齬：音ㄐㄩˇ　ㄩˇ，音本指上下排的牙齒不整齊，此指背書不順。
35　痾，音ㄜ，病。
36　定：止。

等人的古文。歸有光作文，多以清淡自然、平實通順之筆，寫日常家庭生活瑣事，不務雕琢卻法度嚴謹，情韻洋溢且情感真摯。

　　歸有光母親姓周名桂，生於弘治元年（1488），卒於正德8年（1513），卒時年僅二十六歲，而歸有光才八歲。本文作於歸有光長女出生後不久，即嘉靖八年（1529），歸有光時年二十三歲，他與母親的緣份不深，但仍能蒐羅與母親相關的日常行事、語言，以平易的文字道出對母親深切的思念。林紓評此文說：「年稚失母，無遺事足錄，但言姐之嫁夫，母所許聘；己之娶婦，母之所聘，終身大事，均母主張。至娶婦之後，述懷示婦，為去後之思量，餘波猶帶淒咽之聲。文之善於言情，可云精摯而獨步。」（《古文辭類纂選本・傳狀類》卷7）在善於取材與長於言情兩方面給予極高的評價。

閱讀鑑賞

　　本文屬傳記類，主旨在表現母親多子多苦的辛勞形象（而非多子多福氣的形象），以及對子女多方設想的無私母愛，從中還透露了作者對母親的風木之思。取材則來自作者追憶母親日常生活的瑣事，在不經意處落筆，寫來格外親切而真實。

　　全文可分三大部分：第一至三段是對母親個人的基本介紹，先交代她的生卒年與生育八子的苦況；再略述她的家世（崑山吳家橋的望族）、經濟（有雄厚資產）與家人性格（敦尚簡實、慈善和藹）。第四、五段是針對母親愛家愛子形象的特別書寫，歸家在當地的社會地位很高，不但「世世為鄉人所服」，且有「縣官印，不如歸家信」的說法（歸有光〈歸氏世譜〉），而歸有光的母親對於維持歸家家風亦盡其最大的努力，她持家教子的形象有勤、儉、能幹、寬厚、督子嚴等豐富樣貌，且每種形象都有生活中具體的事例可以驗證，充分透顯出她愛家愛子的深情與殷切。第六、七段則寫母親過世後家人概況，以及歸有光追思母親的悲痛，文中特別提及母親的深謀遠慮，早早為子女安排婚聘之事，可見她為子女設想的細心周全，初為人父的有光，每思及這些母親關愛子女的往事，便倍感懷念與

傷痛。

　　全篇以自然流暢的語言，從平居時的生活細節來具體刻畫母親克勤克儉、善待家人的生動形象。字裡行間雖極少出現思念母親、哀悼母親的情語，然而在娓娓敘述對母親的種種追憶後，僅在文末用「世乃有無母之人，天乎！痛哉！」三句作一簡潔的收束，就足以產生感動讀者的極大力量！

隨堂推敲

1. 本文中作者描寫其母親的形象有哪些特色？請歸納出幾個重點，並分別舉文本內容為例加以說明。
2. 你對於文中作者母親「為多子苦」的情形，有何感想？你對於歸母服用偏方以求節育的做法，有何看法？
3. 文中敘述歸母「中夜覺寢，促有光暗誦孝經，即熟讀，無一字齟齬，乃喜」。你認同這樣的教育方式嗎？請說明理由。

閱讀安可

下列選文皆表現出母親愛護子女的用心良苦與設想周全。

1. 清‧蔣士銓〈鳴機夜課圖記〉（節選）

　　　　銓四齡，母日授《四子書》四句。苦兒幼不能執筆，乃鏤竹枝為絲斷之，詰屈作波磔點畫，合而成字；抱銓坐膝上教之。既識，即拆去。日訓十字；明日令銓持竹絲合所識字，無誤乃已。至六齡，始令執筆學書。

　　　　先外祖家素不潤，歷年饑大凶，益窘乏。時銓及小奴衣服冠履，皆出於母。母工纂繡組織，凡所為女紅，令小奴攜於市，人輒爭購之；以是銓及小奴，無襤褸狀。……

　　記母教銓時，組紃績紡之具，畢置左右；膝置書，令銓坐膝下讀之。母手任操作，口授句讀，咿唔之聲，與軋軋相間。兒怠，則少加夏楚；旋復持兒泣曰：「兒及此不學，我何以見汝父？」至夜分寒甚，母坐於牀，擁被覆雙足，解衣以胸溫兒背，共銓朗誦之。讀倦，睡母懷；俄而母搖銓曰：「可以醒矣！」銓張目視母面，淚方縱橫落，銓亦泣。少間，復令讀，雞鳴臥焉。諸姨嘗謂母曰：「妹，一兒也，何苦乃爾？」對曰：「子眾可矣，兒一不肖，妹何託焉？」

　　……（銓）嘗問曰：「母有憂乎？」曰：「然。」「然則何以解憂？」曰：「兒能背誦所讀書，斯解也。」銓誦聲琅琅然，與藥鼎沸聲相亂。母微笑曰：「病少差矣。」由是母有病，銓即持書誦於側，而病輒能愈。

　　……先府君在客邸，督銓學甚急；稍怠，即怒而棄之，數日不及一言。吾母垂涕扑之，令跪讀至熟乃已，未嘗倦也。銓故不能荒於嬉，而母教亦以是益嚴。

　　……銓年二十有二，未嘗去母前；以應童子試，歸鉛山，母略無離別可憐之色。旋補弟子員。明年丁卯，食廩餼。秋，薦於鄉；歸拜母，母色喜。依膝下廿日，遂北行。母念兒輒有詩，未一寄也。……

　　……且問母何以行樂，當圖之以為娛。母愀然曰：「嗚呼！自為蔣氏婦，常以不及奉舅姑盤匜（一ノ，面盆）為恨；而處憂患哀慟間數十年；凡哭父，哭母，哭兒，哭女夭折，今且哭夫矣！未亡人欠一死耳！何樂為？」銓跪曰：「雖然，母志有樂得未致者，請寄斯圖也，可乎？」母曰：「苟吾兒及新婦能習於勤，不亦可乎？鳴機夜課，老婦之願足矣；樂何有焉？」……

　　銓於是退而語畫士，乃圖秋夜之景：虛堂四敞，一燈熒熒，高梧蕭疏，影落簷際。堂中列一機，畫吾母坐而織之，婦執紡車坐母側。簷底橫列一几，剪燭自照，憑畫欄而讀者，則銓也。階下假山一，砌花盆蘭，婀娜相倚，動搖於微風涼月中。其童子蹲樹根捕促織為戲，及垂短髮、持羽扇、煮茶石上者，則奴子阿童，小婢阿昭。圖成，母視之而歡。

說明

　　蔣士銓是與袁枚、趙翼並稱三大家的知名學者，工於詩文，又精通南北曲。不僅擔任過翰林院編修，還先後在蕺山、崇文、安定等書院講過學，這些成就大致可歸功於他嚴謹的母教。本文以質樸平實的文字詳細記敘蔣母嚴厲課子讀書的情況與原因，也道出了母親在孩子離家時雖不捨又要故作「無離別可憐之色」的為子設想之情；文末還點出了母親對子女並無什麼偉大的期盼，她唯一的小小願望只是子女能夠「習於勤」，就於願足矣。

2. 杏林子〈永遠的小女兒〉（《在生命的渡口與你相遇》，九歌出版社，1999）

說明

　　周子祥和杏林子一樣，都飽受著「類風濕關節炎」的折磨。子祥雖然病得辛苦，但更辛苦的是她的父母，無微不至地照顧子祥，「為了專心照顧她，周媽媽辭去公職」，「背著她上下學」，「周爸爸只好賣掉房子，日夜兼課」，從她兩歲發病到現在已二十年，每天晚上她的父母都輪流在她床邊打地鋪，怕萬一她有突發狀況或任何需要。無論多苦多累，他們都是心甘情願的，唯一讓他們感到「心如刀割」的痛苦，是無法用更多的愛與保護來讓他們的愛女對抗病魔的入侵與攻擊。這便是天下父母心啊！

分組活動

　　「父母愛子女」之道：吳靜吉〈愛的心理基礎〉說：「眞正的愛必須具備四個條件，那就是尊重、了解、關心和負責。」依此理論，你覺得爲人父母者，該怎麼做才算是懂得「愛」自己的子女呢？請就日常生活各方面，分別舉一例子說明。

寫作鍛鍊

1. 主題鍛鍊：從本文的內容來看，如果不以「先妣事略」爲題目，那麼根據文中內容你會爲本文換上什麼新的題目呢？

2. 仿寫：請參考本文的取材方式（以日常生活瑣事爲題材），以「我的母親」爲題，寫一篇具體刻畫母親形象的文章，文長500字左右。

3. 角色扮演：〈永遠的小女兒〉的文末，子祥說如果還有來世，希望再做爸媽的小孩，而且是健康的孩子。請你以子祥父母的角度，寫下對子祥的心意。字數不限。

【分組討論單】系級：＿＿＿＿　組別：＿＿＿＿　報告者：＿＿＿＿

　　　　　　組員簽名：＿＿＿＿＿＿＿＿＿＿＿＿

問：**「父母愛子女」之道**：吳靜吉〈愛的心理基礎〉說：「真正的愛必須具備四個條件，那就是尊重、了解、關心和負責。」依此理論，你覺得為人父母者，該怎麼做才算是懂得「愛」自己的子女呢？請就日常生活各方面，分別舉一例子說明。

答：

請沿虛線剪下

寫作鍛鍊　　　　　　　　　　日期：＿＿＿＿＿＿

系級：＿＿＿＿＿　學號：＿＿＿＿＿　姓名：＿＿＿＿＿

〈我的四個假想敵〉(節選)

余光中

文本內容

　　好多年來，我已經習於和五個女人為伍，浴室裡瀰漫著香皂和香水氣味，沙發上散置皮包和髮捲，餐桌上沒有人和我爭酒，都是天經地義的事。戲稱吾廬為「女生宿舍」，也已經很久了。做了「女生宿舍」的舍監，自然不歡迎陌生的男客，尤其是別有用心的一類。但自己轄下的女生，尤其是前面的三位，已有「不穩」的現象，卻令我想起葉慈[1]的一句詩：

　　　　一切已崩潰，失去重心。[2]

　　我的四個假想敵，不論是高是矮，是胖是瘦，是學醫還是學文，遲早會從我疑懼的迷霧裡顯出原

1　葉慈：英文全名為William Butler Yeats，生於1865年6月13日，卒於1939年1月28日。愛爾蘭詩人、劇作家，1923年他因能「以高度藝術化且洋溢靈感的詩作表達民族靈魂」的理由而榮獲諾貝爾文學 。

2　一切已崩潰，失去重心：原文為" Things fall apart; the centre cannot hold." 出自葉慈於1919年的詩作〈二度來臨〉（The Second Coming）。

形，一一走上前來，或迂迴曲折，囁嚅[3]其詞，或開門見山，大言不慚，總之要把他的情人，也就是我的女兒，對不起，從此領去。無形的敵人最可怕，何況我在亮處，他在暗裡，又有我家的「內奸」接應，真是防不勝防。只怪當初沒有把四個女兒及時冷藏，使時間不能拐騙，社會也無由污染。現在她們都已大了，回不了頭；我那四個假想敵，那四個鬼鬼祟祟的地下工作者，也都已羽毛豐滿，什麼力量都阻止不了他們了。先下手為強，這件事，該乘那四個假想敵還在襁褓的時候，就予以解決的。至少美國詩人納許（Ogden Nash, 1902-71）勸我們如此。他在一首妙詩〈由女嬰之父來唱的歌〉（Song to Be Sung by the Father of Infant Female Children）之中，說他生了女兒吉兒之後，惴惴不安，感到不知什麼地方正有個男嬰也在長大，現在雖然還渾渾噩噩，口吐白沫，卻註定將來會搶走他的吉兒。於是做父親的每次在公園裡看見嬰兒車中的男嬰，都不由神色一變，暗暗想：「會不會是這傢伙？」想著想著，他「殺機陡萌」（My dreams, I fear, are infanticiddle），便要解開那男嬰身上的別針，朝他的爽身粉裡撒胡椒粉，把鹽撒進他的奶瓶，把沙撒進他的菠菜汁，再扔頭優遊的鱷魚到他的嬰兒車裡

3　囁嚅：音ㄋㄧㄝˋ　ㄖㄨˊ，想說又不敢說的樣子。

陪他遊戲，逼他在水深火熱之中掙扎而去，去娶別人的女兒。足見詩人以未來的女婿為假想敵，早已有了前例。

　　不過一切都太遲了。當初沒有當機立斷，採取非常措施，像納許詩中所說的那樣，真是一大失策。如今的局面，套一句史書上常見的話，已經是「寇入深矣！」[4]女兒的牆上和書桌的玻璃墊下，以前的海報和剪報之類，還是披頭[5]，拜絲，大衛·凱西弟的形象，現在紛紛都換上男友了。至少，灘頭陣地已經被入侵的軍隊佔領了去，這一仗是必敗的了。記得我們小時，這一類的照片仍被列為機密要件，不是藏在枕頭套裡，貼著夢境，便是夾在書堆深處，偶爾翻出來神往一番，哪有這麼二十四小時眼前供奉的？

寫作背景

　　作者余光中（1928－），祖籍福建省永春縣，生於江蘇省南京市。1952年畢業於台大外文系，1959年獲愛荷華大學藝術碩士。歷任臺灣師範大學英語系教授、政治大學西語系主任，臺灣大學、東海大學、東吳大學、淡江大學等校兼任教授，香港中文大學教授及系主任，中山大學文學院院長等，現任中山大學榮譽退休教授。

4　寇入深矣：語出《左傳·僖公十五年》：「晉侯謂慶鄭曰：『寇深矣，若之何？』」
5　披頭：指英國搖滾樂團The Beatles，由約翰·藍儂（主音、節奏吉他手）、保羅·麥卡尼（主音、貝斯手）、喬治·哈里森（主音吉他手）及林哥·史達（鼓手）等四人組成。樂團成立於1962年，解散於1970年，被認為是流行樂團史上最偉大的樂團。

　　他是現代詩壇的健將，曾主編《藍星週刊》、《文星》等刊物，三十三年間出版了十三本詩集，蕭蕭因而讚他是一種「奔流的生命」；此外，他在散文創作與評論、翻譯等方面亦卓有成就，自稱此四領域是他寫作的「四度空間」。詩文質與量均佳，黃維樑稱美他的詩文為「上承中國文學傳統，旁採西洋藝術」，「敏於感應，富於想像」。余光中獲獎極多，曾獲中國文藝協會新詩獎章、十大傑出青年、第15屆詩歌類國家文藝獎、中山文藝獎、時報文學獎、吳魯芹散文獎、吳三連文藝散文獎、新聞局圖書金鼎獎主編獎、五四獎文學交流獎等獎項。著作有散文集《左手的繆思》、《聽聽那冷雨》、《記憶像鐵軌一樣長》等，詩集《舟子的悲歌》、《蓮的聯想》、《白玉苦瓜》等。

　　〈我的四個假想敵〉一文，原有二十一段，本文節選其中的七至九段，可以看到作者以幽默而深情的口吻，在充滿想像又不失理性的敘述中，細膩而深刻地表現出對女兒的關懷之情。

閱讀鑑賞

　　有人說「女兒是父親前世的情人」，就余光中這篇文章所流露出的愛女之情看來，似乎有些道理。他在〈我的四個假想敵〉一文中，將那些追求他千金的男士們都視為「假想敵」，對他們充滿了敵意。同時，將女兒們比喻為「樹上的果子」，對於果子自動落入行人手中，表達出無限的苦惱與無奈，全文就是在表現身為父親者捨不得女兒成長後離開自己的複雜心情。原文較長，約可分三部分來看：第1、2段寫父親在女兒婚事上不能作主的無奈心理，第3段至第11段寫假想敵的出現與自己陷入的危急局面：第12至21段寫對女兒們出嫁的擔憂。

　　尤其在第二部分的第7至9段，假想敵的出現令作者生活「失去重心」，內心一時難以接受，遂激發他產生解決假想敵的種種狂想，是文中描寫最為精彩之處，因而節錄作為本文文本。其中，「內奸」、「地下工作者」、「寇入深矣」、「入侵的軍隊」、「機密要件」等戰爭術語的靈活運用，使文章更添幽默生動的趣味；引用名詩人葉慈「一切已崩潰，失

去重心」的詩句，傳神地表達出身為人父者對於女兒被女婿拐走的錯愕焦急與惴惴不安；更妙用轉化修辭：「只怪當初沒有把四個女兒及時冷藏，使時間不能拐騙，社會也無由污染」，將女兒擬物化，以恨不得將女兒冷藏來書寫他對女兒羽翼已豐、與男友裡應外合的不滿與醋意，意象新穎，寓意深刻。最教人擊節讚嘆的是關於解決假想敵的策略，作者發揮高度的聯想力，取材自美國詩人納許的詩歌，將假想敵的範圍拉大到公園裡嬰兒車中的男嬰，展開一連串的想像，如：解開男嬰的別針，朝男嬰的爽身粉裡撒胡椒粉，把鹽撒進男嬰的奶瓶，把鱷魚扔到男嬰的嬰兒車，逼他在水深火熱中掙扎去娶別人女兒……等等。這些針對未來女婿所萌發的「殺機」，讀之不僅令人發出會心一笑，還不得不為作者豐富的想像力而歎服不已；同時，也不禁要對這位「用心良苦」的父親的艱難處境深表同情。

隨堂推敲

1. 請指出本文運用了哪些修辭手法？
2. 你覺得文中哪一段文字最能表現出作者「不捨」女兒的深情？為什麼？
3. 你覺得文中哪一段文字最能表現出作者的幽默感？請說明理由。
4. 有人說：「女兒是父親前世的情人。」你同意嗎？請舉自己的經驗或親友的實例加以說明。
5. 如果你有機會和余光中就此文內容作一對話，你會如何安慰他？
6. 請分享一下你和父親相處的情形。

閱讀安可

下列兩首詩都是身為父親者描寫其眼中孩子形象的作品。

1. 錦連（陳金連）〈嬰兒〉

　　　　七原色的哄笑，
　　　　滴落著
　　　　閃耀……
　　　　漩渦著
　　　　放散……
　　　　光與影的，
　　　　有皺紋的，
　　　　有彈力且兼有磁性的，
　　　　跳動的肉球。

説明

　　本詩善於調動人的感官：前五行原本是寫嬰兒的笑聲，卻以彩虹七原色的視覺所得，來摹寫嬰兒繽紛燦爛而令人愉悅的笑聲，造成知覺轉化的「通感」效果；同時，將抽象的嬰兒笑聲以「滴落」、「閃耀」、「漩渦」、「放散」等動詞加以具象化展現，使得嬰兒吸引人的天真形象益發鮮明。後四行以作者眼中所見的、皮膚所觸的感官描摹出嬰兒圓圓滾滾、白白胖胖的可愛身軀。嬰兒的音容笑貌、舉手投足，皆是身為人父者眼底最最可愛的啊！

---

2. 管管（管運龍）〈滿臉梨花詞〉

　　　　看著妻昨夜教春雨淋濕的那滿臉梨花，
　　　　和妻懷中那棵長滿綠芽的小女，吾就禁

不住跑出去，拼命淋著，吾滿身的
枝椏

吾等不及吾那個管管
慢吞吞的
開花！

說明

　　全詩以「梨樹」比擬家人：「滿臉梨花」寫妻生女的辛苦，「綠芽」
是新誕生的女兒，而「滿身枝椏」的自己則是興奮而忙碌的！最後更以
「等不及」綠芽的「開花」，透顯出初為人父的歡欣雀躍。值得注意的
是，詩中女兒在父親心中的形象，是一個充滿春日生機的「綠芽」，不僅
為家庭帶來新生的喜悅，也為父親這個角色帶來全新的體驗。

分組活動

　　「尋找名字的意義」：請先寫下自己名字中各字的字義，以及父母命
此名的原因（對自己的期許）；然後再與組員們分享，各組推兩位同學上
臺發表。

姓名	
我「名」中各字的字義	
父母為我命此「名」的原因（對我的期許）	
我賦予我「名」的新詮釋（如果不喜歡此「名」，可寫出你為自己取的「字」，並說明原因）	

寫作鍛鍊

1. 轉化格修辭鍛鍊（擬物）──

   「只怪當初沒有把四個女兒及時冷藏，使時間不能拐騙，社會也無由污染。」

   上句是以擬物法寫出對女兒成長快速的慨嘆，以及與男友內外相應的無奈。請你也以擬物法造句，寫出你帶男友（或女友）回家時，父母深恐你被拐騙的防衛心理與緊張情勢。

2. 仿寫：請你仿造文中所引美國詩人納許的寫法，也想像一些整治可能是你未來女婿的妙法，使其害怕退卻。（以現代詩或現代散文的形式皆可，長度不限）

3. 續寫：請你為本文撰寫「續篇」，想像一下余光中四個女兒出嫁後的情況。（文長不限，以有想像力為佳）

【分組討論單】系級：＿＿＿＿　組別：＿＿＿＿　報告者：＿＿＿＿

組員簽名：＿＿＿＿＿＿＿＿＿＿＿

姓名	
我「名」中各字的字義	
父母為我命此「名」的原因（對我的期許）	
我賦予我「名」的新詮釋（如果不喜歡此「名」，可寫出你為自己取的「字」，並說明原因）	

請沿虛線剪下

寫作鍛鍊

日期：＿＿＿＿＿＿＿

系級：＿＿＿＿＿＿　學號：＿＿＿＿＿＿　姓名：＿＿＿＿＿＿

請沿虛線剪下

〈我交給你們一個孩子〉

張曉風

文本內容

我交給你們一個孩子

小男孩走出大門，返身向四樓陽臺上的我招手，說：

「再見！」

那是好多年前的事了，那個早晨是他開始上小學的第二天。

我其實仍然可以像昨天一樣，再陪他一次，但我卻狠下心來，看他自己單獨去了。

他有屬於他的一生，是我不能相陪的，母子一場，只能看作一把借來的絃琴，能彈多久，便彈多久，但借來的歲月畢竟是有其歸還期限的。

他歡然的走出長巷，很聽話的既不跑也不跳，一副循規蹈矩的模樣。我一人怔怔的望著油加利下細細的朝陽而落淚。

想大聲的告訴全城市，今天早晨，我交給你們一個小男孩，他還不知恐懼為何物，我卻是知道的，我開始恐懼自己有沒有交錯？

　　我把他交給馬路，我要他遵守規矩沿著人行道而行，但是，匆匆的路人啊，你們能夠小心一點嗎？不要撞到我的孩子，我把我至愛的交給了縱橫的道路，容許我看見他平平安安的回來。

　　我不曾搬遷戶口，我們不要越區就讀，我們讓孩子讀本區內的國民小學而不是某些私立明星小學，我努力去信任自己國家的教育當局，而且，是以自己的兒女為賭注來信任的——但是，學校啊，當我把我的孩子交給你，你保證給他怎樣的教育？今天清晨，我交給你一個歡欣誠實又穎悟的小男孩，多年以後，你將還我一個怎樣的青年？

　　他開始識字，開始讀書，當然，他也要讀報紙、聽音樂或看電視、電影，古往今來的撰述者啊！各種方式的知識傳遞者啊！我的孩子會因你們得到什麼呢？你們將飲之以瓊漿[1]，灌之以醍醐[2]，還是哺之以糟粕[3]？他會因而變得正直忠信，還是學會奸猾詭詐？當我把我的孩子交出來，當他向這世界求知若渴，世界啊，你給他的會是什麼呢？

　　世界啊，今天早晨，我，一個母親，向你交出她可愛的小男孩，而你們將還我一個怎樣的呢！

1　飲之以瓊漿：即「以瓊漿飲之」的倒裝。飲，音ㄧㄣˋ，拿流質的食品給人或動物喝。瓊漿，指美酒，宋玉〈招魂〉云：「華酌既陳，有瓊漿些。」
2　醍醐：從牛奶中精煉出來的乳酪，佛教將之用來比喻最高妙的佛法或智慧。
3　糟粕：音ㄗㄠ　ㄆㄛˋ，酒糟、米糟或豆糟等渣滓，比喻粗劣無用的東西。

小蜥蜴如何藏身在草叢裡的奇觀

　　我給小男孩請了一位家庭教師，在他七歲那年。

　　聽到的人不免嚇一跳：

　　「什麼？那麼小就開始補習了？」

　　不是的，我為他請一位老師是因為小男孩被蝴蝶的三部曲弄得神魂顛倒，又一心想知道螞蟻怎麼回家；看到世上有那麼多種蛇，也使他歡喜得著了慌，我自己對自然的萬物只有感性的歡欣讚嘆，沒有條析縷陳的解釋能力，所以，我為他請了老師。

　　有一張徵求老師的文字是我想用而不曾用過的，多年來，它像一罈忘了喝的酒，一直堆棧在某個不顯眼的角落。春天裡，偶然男孩又不自覺的轉頭去聽鳥聲的時候，我就會想起自己心底的那篇文字：

　　我們要為我們的小男孩尋找一位生物老師。

　　他七歲，對萬物的神奇興奮到發昏的程度，他一直想知道，這一切「為什麼是這樣的？」

　　我們想為他找的不單是一位授課的老師，也是一位啟示他生命的奇奧和繁富的人。

　　他不是天才，他只是一個好奇而且喜歡早點知道答案的孩子。我們尊重他的好奇，珍惜他興奮易感的心，我們不是富有的家庭，但我們願意好好為他請一位老師，告訴他花如何開？果如何結？蜜蜂如

何住在六角形的屋子裡？蚯蚓如何在泥土中走路吃飯……他只有一度童年，我們急於讓他早點享受到「知道」的權利。

有的時候，也請帶他到山上到樹下去上課，他喜歡知道蕨類怎樣成長，杜鵑怎樣紅遍山頭，以及小蜥蜴如何藏身在草叢裡的奇觀……

有誰願意做我們小男孩的生物老師？

小男孩後來讀了兩年生物，獲益無窮，而這篇在心底重複無數遍的「徵求老師」的腹稿卻只供我自己回憶。

尋人啓事

我坐在餐桌上修改自己的一篇兒童詩稿，夜漸漸深了。

男孩房裡的燈仍亮著，他在準備那些考不完的試。

我說：

「喂，你來，我有一篇詩要給你看！」

他走過來，把詩拿起來，慢慢看完，那首詩是這樣寫的：

〈尋人啓事〉
　　媽媽在客廳貼起一張大紅紙
　　上面寫著黑黑的幾行字：
　　茲有小男孩一名不知何時走失
　　誰把他拾去了啊，仁人君子
　　他身穿小小的藍色水手服
　　他睡覺以前一定要念故事
　　他重得像鉛球又快活得像天使
　　滿街去指認金龜車是他的專職
　　當電扇修理匠是他的大志
　　他把剛出生的妹妹看了又看露出詭笑：
　　「媽媽呀，如果你要親她就只准親她的牙齒。」
　　那個小男孩到那裡去了，誰肯給我明示？
　　聽說有位名叫時間的老人把他帶了去
　　卻換給我一個國中的少年比媽媽還高
　　正坐在那裡愁眉苦臉的背歷史
　　那昔日的小男孩啊不知何時走失
　　誰把他帶還給我啊，仁人君子。

　　看完了，他放下，一言不發的回房去了。第二
天，我問他：
　　「你讀那首詩怎麼不發表一點高見？」
　　「我讀了很難過，所以不想說話……」
　　我茫然走出他的房間，心中悵悵，小男孩已成大

男孩，他必須有所忍受，有所承載，我所熟知的一度握在我手裡的那一雙小手有如飛鳥，在翩飛中消失了。

　　僅僅只在不久以前，他不是還牽著妹妹的手，兩人詭祕的站在我的書房門口嗎？他們同聲用排練好的做作的廣告腔說：

　　好立克大王
　　張曉風女士
　　請你出來
　　為你的兒子女兒沖一杯好立克

　　這樣的把戲玩了又玩，一杯杯香濃的飲料喝了又喝，童年，繁華喧天的歲月，就如此跫音[4]漸遠。

　　有一次，在朋友的牆上看到一幅英文格言：
　　「今天，是你生命餘年中的第一日。」
　　我看了，立即不服氣。
　　「不是的，」我說，「對我來講，今天，是我有生之年的最後一天。」

　　最後一天，來不及的愛，來不及的飛揚，來不及的期許，來不及的珍惜和低迴。

　　容我好好愛寵我的孩子，在今天，畢竟，在永世永劫的無窮歲月裡，今天，仍是他們今後一生一世裡最最幼小的一天啊！

4　跫音：跫，音ㄑㄩㄥˊ，腳步聲。

寫作背景

　　張曉風（1941－），江蘇省銅山縣人。筆名為曉風、桑科、可叵，出生於浙江省金華縣，八歲隨父母遷臺，1952年進入北一女中就讀，1954年舉家遷往屏東，遂讀屏東女中，後畢業於東吳大學中文系。曾任教東吳大學、香港浸信會書院、國立陽明大學，也曾擔任不分區立法委員，現為「搶救國文教育聯盟」副召集人。寫作類型有散文、小說、詩歌、戲劇、雜文、童話等，但以散文為主，曾榮獲中山文藝獎、國家文藝獎散文獎、中國時報文學獎散文推薦獎、吳三連文學獎，還當選過十大傑出女青年。

　　張曉風十七歲就在中副發表第一篇作品，二十五歲時出版第一本散文集《地毯的那一端》，便榮獲中山文藝散文獎，至今仍是最年輕的得獎人。她的散文內容深刻，但文字卻淺明易讀，曾說：「散文的寫作不純粹使用生活的語言，由於它包含著較多的思維，使用的語言不免有賴於傳統文學的簡潔、閎約及婉轉深厚。」著有散文集《地毯的那一端》、《愁鄉石》、《你還沒有愛過》、《星星都已經到齊了》、《玉想》、《從你美麗的流域》，戲劇作品《武陵人》、《和氏璧》，主編《中華現代文學大系》散文卷、《小說教室》等。

　　本文是《我在》中的一篇文章，《我在》是張曉風寫作巔峰時期的最佳散文集。張曉風解釋「我在」，是因為「我出席了」，所以「我」參與了世間所有的紛擾熙攘，所以有了一切的感情。而本文所寫的是，她參與了兒子成長的歷程，也對其他參與者（路人、學校、撰述者、知識傳遞者等），以諸多的詰問語句來表達出為人父母的擔心、焦慮與期許的愛子之情。

閱讀鑑賞

　　本文藉作者眼中孩子的形象描寫、期盼孩子不被周遭環境傷害為材，表現出母親對孩子關愛之主旨。全篇結構以三篇短文組成，依「時間」的進展分別寫出作者眼中三種兒子形象：第一篇〈我交給你們一個孩子〉，寫的是小男孩剛入小學時可愛、歡欣、誠實、穎悟的形象，呈顯出「景（實）－情（虛）－景（實）－情（虛）」虛實交錯的構篇特色。第一個「景」，是人事之景，寫她的兒子第一天入學就獨自上學的景象，而

作者面對此「景」所抒發的「情」，則是「母子一場，像一把借來的絃琴，能彈多久，便彈多久」的領悟與不捨，以及「借來的歲月畢竟是有其歸還期限」、無法永遠相陪的無奈；第二個「景」，仍是人事之景，作者繼續描寫她兒子歡欣、聽話而循規蹈矩地走出長巷的景象，但作者此時的「情」卻是恐懼的，恐懼這個世界（路人、老師、媒體、撰述者、知識傳遞者等）對她純眞可愛的兒子造成不良的影響。文中善用先寫景、再抒情的謀篇方式，使得文章具象美與抽象美兼備，也在寫景、抒情的交錯運用與和諧搭配中，將作者身爲人母對子女關愛的綿綿情思作了具體、連貫而細膩的表達。

第二篇〈小蜥蜴如何藏身在草叢裡的奇觀〉，寫的是小男孩七、八歲時好奇求知的形象，呈顯出「果－因－果」的構篇特色。作者先道出兒子七歲時爲他請家教的結「果」，然後才解釋原「因」，是男孩對萬物有著強烈好奇求知的慾望，但作者又自覺無法爲兒子解答；接著，作者還以另一個隱藏其心中、未曾實際用到的結「果」——「徵求生物老師的文字」腹稿，來暗示他對孩子好奇心的尊重、以及對孩子興奮易感之心的珍惜。無論是文章開頭表面的「果」（請家教），抑或是結尾時隱喻的「果」（未公開的徵求生物家教文字），在在都顯示了作者對子女教育的重視與用心；而夾在前後兩個結果的「因」，則有效地在篇腹中凸顯出男孩對萬物好奇求知的鮮明形象。

第三篇〈尋人啓事〉，寫的是國中時小男孩已長成大男孩、有所忍受、有所承載的形象，呈顯出「先敘後議」的構篇特色。「敘事」部分採取逆敘法，作者先言男孩「現在」（國中時期）與母親互動的情況，對於母親展示的〈尋人啓事〉詩強忍難受、默然不語；作者緊接著回憶男孩「過去」童稚時與妹妹同聲請求媽媽泡飲料的可愛動作，作爲強烈對比，形象地表現出男孩目前的成熟，以及童稚言語的不再。文章末尾，作者藉反駁一句英文格言：「今天，是你生命餘年中的第一日」來發抒「議論」，認爲該句應改爲：「今天，是我有生之年的最後一天」，而此「最

後一天」是指孩子們「今後一生一世裡最最幼小的一天」。作者將每一個今天都當作是孩子最爲幼小的最後一天，因此，她把握每一個今天來愛寵自己的孩子，深恐一不小心，孩子就長大了、握在手裡的小鳥就翩飛消失了。字裡行間，充分流露出作者對子女滿溢的關愛與珍惜。

隨堂推敲

1. 據本文所云，張曉風眼中的兒子有哪些形象？
2. 「在父母眼中，孩子永遠是長不大的」，你是否同意？請說明理由。
3. 請回憶一下你上小學的第一天，是自己上學？還是由大人帶你上學？當時你的心情如何？
4. 你覺得在父母的眼中，你是個怎樣的孩子？請用三個形容詞加以陳述。

閱讀安可

下列作品皆表達出父母對子女的期許與關愛。

1. 陶淵明〈責子詩〉

> 白髮被兩鬢，肌膚不復實。雖有五男兒，總不好紙筆。
> 阿舒已二八，懶惰故無匹。阿宣行志學，而不愛文術。
> 雍端年十三，不識六與七。通子垂九齡，但覓梨與栗。
> 天運苟如此，且進杯中物。

說明

　　陶淵明以戲謔的口吻，道出五個兒子（儼、俟、份、佚、佟）的平庸，但卻不見嚴厲的責罵，可以深層探知作者愛子的深情、望子成龍的盼望。而這份盼望，則可從「雖有五男兒，總不好紙筆」觀出，詩人期許兒

子能勤於文術，文采煥發。然而，人生往往難以事事如意，詩人在兒子不能成材、事與願違之際，所採取的對治之道為順其自然，不加以強求，詩末二句「天運苟如此，且進杯中物」，正流露出他這種曠達任真的天性。

2. 蘇軾的〈洗兒詩〉

> 人皆養子望聰明，我被聰明誤一生。
> 惟願孩兒愚且魯，無災無難到公卿。

說明

　　本詩作於宋神宗元豐六年（1080），蘇軾時年四十五（貶黃州之時），與陶潛作〈責子詩〉的年齡相似，陶氏遺憾兒子不好文術，但蘇軾對兒子遯的期望卻只是「惟願孩兒愚且魯」，不必聰明，只願孩子平凡、平安就好，詩中充滿了對自己遭遇（烏臺詩獄）的痛苦無奈，也流露出對孩子的關愛之情。二詩值得比較玩味。

3. 簡媜〈媽媽送你九樣禮〉（《老師的十二樣見面禮──一個小男孩的美國遊學誌》，印刻出版社，2007）

說明

　　簡媜在旅美行程即將結束之際，送兒子九樣禮物，分別代表了對兒子的九種期許：「一片葉子」，提醒他要時時內省自己的生命，尋找屬於自己生命源頭的那棵樹；「一個秤」，期許兒子兼顧理性與感性；「一塊炭」，希望兒子做一個有慈悲心、能雪中送炭的人；「鐵釘與榔頭」，提醒兒子能以無比的自信與意志來面對充滿挫折的人生；「一把鏟子」，則用來掏出自己心靈洞內的負面情緒，……在在透顯出作者對子女的用心。為人父母者讀之，會覺得與我心有戚戚焉；為人子女者讀之，則能體會母愛的細膩與周至，並從中領悟人生的哲理與智慧。

分組活動

親情問卷調查：這是一份關於父母與子女間親情的簡單問卷，如果您是跟父母同住的孩子，請一至三項都作答；如果，您只跟父母其中一人同住，請只回答一或二項及第三項；如皆無，請回答第三項。

作答前，請先勾選身份別：　　□男　　□女

一、父親

1.請問您平常與您父親的相處情形融不融洽？ □非常融洽　　□有點融洽　　□不太融洽　　□非常不融洽　　□不知道
2.請問您平常常不常和父親聊天說話？ □經常　　　□偶爾　　□不常，很少　　□不和父親說話　　□不知道
3.請問您理想中的父親應該具備哪些必要的條件？（可複選，至多3項） □負責任、顧家　　　□關心家人子女　　□健談，常與家人溝通 □親切、和藹可親　　□明理、民主　　　□多了解子女的想法 □給子女良好的生活環境　□脾氣好，不打人　□個性成熟 □無不良習慣　　　　□既威嚴又慈祥　　□愛的教育 □跟得上時代　　　　□會幫忙作家事　　□幽默、風趣 □肯上進，有穩定工作　□為別人著想　　　□不知道 □其他：_____
4.請問您會在父親節買禮物送給父親或是請父親吃飯嗎？ □會　　　　□不會　　□尚未決定　　　□不知道
5.請問您認為爸爸最想要的禮物是什麼？（可複選，至多3項） □現金　　□子女聽話有成就　□襯衫，衣服　　　　□多關心他 □刮鬍刀　□家人團聚吃飯　　□健康、平安　　　　□車子 □出外旅遊　□電器用品　　　□領帶　　　　　　　□手錶 □菸酒　　□皮件（皮包，皮帶）□早點結婚、可抱孫子　□運動器材 □不知道　□其他：_____

二、母親

1.請問您平常與您母親的相處情形融不融洽？
□非常融洽　　□有點融洽　　□不太融洽　　□非常不融洽　　□不知道
2.請問您平常常不常和母親聊天說話？
□經常　　　　□偶爾　　　　□不常，很少　□不和母親說話　□不知道
3.請問您理想中的母親應該具備哪些必要的條件？（可複選，至多3項）
□負責任、顧家　　　　□關心家人子女　　　□健談，常與家人溝通   □親切、和藹可親　　　□明理、民主　　　　□多了解子女的想法   □給子女好的生活環境　□脾氣好，不打人　　□個性成熟   □無不良習慣　　　　　□既威嚴又慈祥　　　□愛的教育   □跟得上時代　　　　　□很賢慧很會作家事　□幽默、風趣   □肯上進，有穩定工作　□為別人著想　　　　□不知道   □其他：＿＿＿＿＿＿＿＿
4.請問您會在母親節買禮物送給母親或是請母親吃飯嗎？
□會　　　□不會　　　□尚未決定　　　□不知道
5.請問您認為媽媽最想要的禮物是什麼？（可複選，至多3項）
□現金　　　　□子女聽話有成就　　□衣服　　　　　　□多關心她   □名牌精品　　□家人團聚吃飯　　　□健康、平安　　　□車子   □出外旅遊　　□電器用品　　　　　□早點結婚、可抱孫子　□手錶   □手機　　　　□皮件（皮包，皮帶）□運動器材　　　　□不知道   □其他：＿＿＿＿＿＿＿＿

三、如果您是父親或母親

1.請問您認為孩子應該具備哪些條件，才能成為理想的小孩？（可複選，至多   　3項）
□懂事乖巧聽話　　□關心家人　　　□常與父母溝通　□功課優秀   □有自己的想法　　□無不良習慣　　□肯上進，個性穩定　□不亂發脾氣   □個性成熟　　　　□品學兼優　　　□獨立自主　　　□嘴巴很甜   □跟得上時代　　　□會為別人著想　□幽默、風趣　　□不知道   □其他：＿＿＿＿＿＿＿＿

2.您最希望收到您的孩子送給您什麼禮物？
□現金　　　□子女聽話有成就　□衣服　　　　□多關心
□名牌精品　□家人團聚吃飯　　□健康、平安　□車子
□出外旅遊　□電器用品　　　　□運動器材　　□手錶
□手機　　　□皮件（皮包，皮帶）□早點結婚、可抱孫子□領帶
□刮鬍刀　　□菸酒　　　　　　□不知道
□其他：

寫作鍛鍊

1. 象徵格修辭鍛鍊：文中作者以〈尋人啟事〉來象徵她兒子童年的逝去，如：

「他身穿小小的藍色水手服／他睡覺以前一定要念故事／他重得像鉛球又快活得像天使／滿街去指認金龜車是他的專職／當電扇修理匠是他的大志」

請以同樣的修辭手法，並以自己童年的回憶為聯想內容，完成下列句子（句中的「他」即指自己）：

「他身穿＿＿＿＿＿＿＿＿＿＿＿／
他以前一定要＿＿＿＿＿＿＿＿／
他＿＿＿＿＿＿又＿＿＿＿＿＿／
＿＿＿＿＿＿＿是他的專職／
＿＿＿＿＿＿＿是他的大志」

2. 回應本文：請就「兒子、路人、學校、教師、撰述者、知識傳遞者」
　　等身分，選擇其中一種，並以其口吻來回應張曉風女士這篇文章。文
　　長不限，但至少要分三段。

[分組討論單] 系級：＿＿＿＿＿　組別：＿＿＿＿＿　報告者：＿＿＿＿＿＿

組員簽名：＿＿＿＿＿＿＿＿＿＿＿＿＿＿＿＿＿

作答前，請先勾選身份別：　　□男　　□女

一、父親

1.請問您平常與您父親的相處情形融不融洽？ □非常融洽　□有點融洽　□不太融洽　□非常不融洽　□不知道
2.請問您平常常不常和父親聊天說話？ □經常　　□偶爾　　□不常，很少　　□不和父親說話　　□不知道
3.請問您理想中的父親應該具備哪些必要的條件？（可複選，至多3項） □負責任、顧家　　　　□關心家人子女　　□健談，常與家人溝通 □親切、和藹可親　　　□明理、民主　　　□多了解子女的想法 □給子女良好的生活環境　□脾氣好，不打人　□個性成熟 □無不良習慣　　　　　□既威嚴又慈祥　　□愛的教育 □跟得上時代　　　　　□會幫忙作家事　　□幽默、風趣 □肯上進，有穩定工作　□為別人著想　　　□不知道 □其他：＿＿＿＿＿＿＿＿＿
4.請問您會在父親節買禮物送給父親或是請父親吃飯嗎？ □會　　　□不會　　□尚未決定　　□不知道
5.請問您認為爸爸最想要的禮物是什麼？（可複選，至多3項） □現金　　　□子女聽話有成就　□襯衫，衣服　　　□多關心他 □刮鬍刀　　□家人團聚吃飯　　□健康、平安　　　□車子 □出外旅遊　□電器用品　　　　□領帶　　　　　　□手錶 □菸酒　　　□皮件（皮包，皮帶）□早點結婚、可抱孫子□運動器材 □不知道　　□其他：＿＿＿＿＿＿＿＿

二、母親

1. 請問您平常與您母親的相處情形融不融洽？

☐非常融洽　　☐有點融洽　　☐不太融洽　　☐非常不融洽　　☐不知道

2. 請問您平常常不常和母親聊天說話？

☐經常　　　　☐偶爾　　　　☐不常，很少　☐不和母親說話　☐不知道

3. 請問您理想中的母親應該具備哪些必要的條件？（可複選，至多3項）

☐負責任、顧家　　　　☐關心家人子女　　　☐健談，常與家人溝通

☐親切、和藹可親　　　☐明理、民主　　　　☐多了解子女的想法

☐給子女好的生活環境　☐脾氣好，不打人　　☐個性成熟

☐無不良習慣　　　　　☐既威嚴又慈祥　　　☐愛的教育

☐跟得上時代　　　　　☐很賢慧很會作家事　☐幽默、風趣

☐肯上進，有穩定工作　☐為別人著想　　　　☐不知道

☐其他：＿＿＿＿＿＿＿＿＿＿＿＿＿＿＿＿＿＿＿＿＿

4. 請問您會在母親節買禮物送給母親或是請母親吃飯嗎？

☐會　　☐不會　　☐尚未決定　　☐不知道

5. 請問您認為媽媽最想要的禮物是什麼？（可複選，至多3項）

☐現金　　　☐子女聽話有成就　☐衣服　　　　　　☐多關心她

☐名牌精品　☐家人團聚吃飯　　☐健康、平安　　　☐車子

☐出外旅遊　☐電器用品　　　　☐早點結婚、可抱孫子☐手錶

☐手機　　　☐皮件（皮包，皮帶）☐運動器材　　　　☐不知道

☐其他：＿＿＿＿＿＿＿＿＿＿＿＿＿＿＿＿＿＿＿＿＿

三、如果您是父親或母親

1.請問您認為孩子應該具備哪些條件，才能成為理想的小孩？（可複選，至多3項）

☐懂事乖巧聽話　　☐關心家人　　☐常與父母溝通　　☐功課優秀

☐有自己的想法　　☐無不良習慣　☐肯上進，個性穩定☐不亂發脾氣

☐個性成熟　　　　☐品學兼優　　☐獨立自主　　　　☐嘴巴很甜

☐跟得上時代　　　☐會為別人著想☐幽默、風趣　　　☐不知道

☐其他：

2.您最希望收到您的孩子送給您什麼禮物？

☐現金　　　　☐子女聽話有成就　☐衣服　　　　　　　☐多關心

☐名牌精品　　☐家人團聚吃飯　　☐健康、平安　　　　☐車子

☐出外旅遊　　☐電器用品　　　　☐運動器材　　　　　☐手錶

☐手機　　　　☐皮件（皮包，皮帶）☐早點結婚、可抱孫子☐領帶

☐刮鬍刀　　　☐菸酒　　　　　　☐不知道

☐其他：

請沿虛線剪下

寫作鍛鍊　　　　　　　　　　　日期：＿＿＿＿＿＿

系級：＿＿＿＿＿　學號：＿＿＿＿＿　姓名：＿＿＿＿＿

請沿虛線剪下

主題二　心靈的探索

楔子二　傾聽內心真誠的聲音

女兒：

　　最近妳問老爸，「人為什麼活著？」「人一定會死嗎？」「人可不可以不要死？」「人死了之後會去哪裡呢？」……排山倒海的問題，一連串重重地敲打在老爸的心裡。讓我突然驚覺到，從前那個剛牽著手上學的小女兒，似乎已在我的陀螺生活中一下子長大了，像一朵聞到早春氣息的蓓蕾，即將釋放出蓄積已久的那股綻放的力量。

　　老爸不知道妳為什麼會突然問這些沉重的問題？是妳的童話故事中壞人的下場讓妳感到迷惑嗎？還是妳聽到什麼人的什麼故事讓妳覺得害怕？沒關係！妳既不用迷惑，也無須害怕，因為這些問題連很多大人都搞不清楚呢！更不用說是妳那顆小小腦袋瓜的記憶體所能驅動的了的。

　　老爸只能跟妳說，人，跟世界上所有的動物、植物一樣，都會在生命走到某個階段的時候自然的消亡，接著新的生命會誕生，然後再消亡，再誕生。這樣子的生生不息是老天爺為我們設計的，所以它就像呼吸一樣地自然，沒有人能夠有什麼不同。

　　或許老爸這樣講，還是沒能解決妳小小心中的那團大大、厚厚的迷霧；但老爸希望妳能夠想想，「如果時間有限，那麼，從出生到死亡的這段期間，我能夠做些什麼？而這些什麼能夠讓我覺得很有意義，感到很快樂」？

　　其實，很多人都想過這些問題，而且為了找尋這些問題的答案，即使跋涉千山萬水，依舊無怨無悔。後來，還真的有人找到了自己的答案了喔！

　　在這當中，有一位孔仲尼先生，他所找到的答案是「仁」。

「仁」能夠讓「老者安之，朋友信之，少者懷之」，能夠推己及人而「留個寬廣任人行走」，是一位「知其不可而為之」的思想家。還有一個人叫墨翟，他找到的答案是「兼愛」。他認為這個世界之所以會那麼的亂，是因為大家都沒有平等地愛大家，我愛你比較多，你卻愛他比較多，所以他才主張要平等而廣博地愛大家，這樣大家才不會因為不公平而產生計較，因為計較而產生混亂。

　　雖然孔仲尼和墨翟這兩位先生找到的答案不一樣，但他們同樣都是以認真、用心的態度來面對每一天，他們都希望自己的努力能夠為這個世界帶來很多很多的美好。當然了，不是所有的事情都能照妳所想的去完成，就好像妳很用功的讀書，但考試不一定會一百分一樣。所以有些人會認為人的一生就好像睡在「枕頭」上的「一場夢」，等到夢醒的時候會發現所有的事情都是假的。

　　不過，妳年紀還小，老爸不希望妳這麼想。老爸希望妳都能以最專注、最認真的態度，去面對每一件妳想要做或必須要做的事情；而當妳碰到困難或挫折的時候，能夠稍微轉個彎，不要鑽牛角尖，要懂得調適，好讓自己感到快樂自在。就好像古代有一個人叫陶淵明，他因為沒錢而勉強去當官，但他又不喜歡當官，所以這個官當起來自然就很不快樂。最後在他當了八十多天的官之後，他終於決定不當了，自己fire掉自己，從此過著雖然貧窮但卻快樂無比的生活。

　　老爸希望妳也能夠像他一樣，傾聽自己內心最真誠的聲音，當妳在面對人生的每一個路口時。

　　放假的時候，我們全家再一起去看看「海」吧！看看寬廣無限的海，妳會發現，這個世界是如此的寬廣，人生是如此的無限。

老爸　留

〈兼愛〉（上）

墨翟

文本內容

　　聖人以治天下爲事者也，必知亂之所自起，焉[1]能治之；不知亂之所自起，則不能治。譬之如醫之攻[2]人之疾者然：必知疾之所自起，焉能攻之；不知疾之所自起，則弗能攻。治亂者何獨不然？必知亂之所自起，焉能治之；不知亂之所自起，則弗能治。聖人以治天下爲事者也，不可不察亂之所自起。

　　當[3]察亂何自起？起不相愛。臣子之不孝君父，所謂亂也。子自愛不愛父，故虧[4]父而自利。弟自愛不愛兄，故虧兄而自利。臣自愛不愛君，故虧君而自利；此所謂亂也。雖[5]父之不慈子，兄之不慈弟，君之不慈臣，此亦天下之所謂亂也。父自愛也，不愛子，故虧子而自利。兄自愛也，不愛弟，故虧弟而自利。君自愛也，不愛臣，故虧臣而自利。是何也？皆起不相愛。雖至天下之爲盜賊[6]者亦然：盜愛

1　焉：乃、才。
2　攻：醫治。
3　當：通「嘗」，曾經之意。
4　虧：損，動詞。
5　雖：如果。
6　盜賊：盜，竊取；賊，殺害。《荀子‧正論》楊倞注：「盜賊，通名。分而言之，則私竊謂之盜，劫殺謂之賊。」古文中盜、賊之意，恰與現今的用法相反。古文中的盜指竊盜，可指小偷，現今則以強盜爲盜；古文中的賊指殺害，可指殺人的強盜，現今則以小偷爲賊。

其室，不愛異室，故竊異室以利其室；賊愛其身，不愛人，故賊人以利其身。此何也？皆起不相愛。雖至大夫之相亂家、諸侯之相攻國者亦然：大夫各愛其家，不愛異家，故亂異家以利其家；諸侯各愛其國，不愛異國，故攻異國以利其國。天下之亂物[7]，具[8]此而已矣！察此何自起，皆起不相愛。

　　若使天下兼相愛，愛人若愛其身，猶有不孝者乎？視父兄與君若其身，惡施不孝[9]？猶有不慈者乎？視子弟與臣若其身，惡施不慈？故不孝不慈亡[10]，猶有盜賊乎？視人之室若其室，誰竊？視人身若其身，誰賊？故盜賊有亡[11]。猶有大夫之相亂家、諸侯之相攻國者乎？視人家若其家，誰亂？視人國若其國，誰攻？故大夫之相亂家、諸侯之相攻國者有亡。若使天下兼相愛，國與國不相攻，家與家不相亂，盜賊無有，君臣父子皆能孝慈，若此，則天下治。

　　故聖人以治天下為事者，惡得不禁惡[12]而勸愛？故天下兼相愛則治，交相惡則亂。故子[13]墨子曰：「不可以不勸愛人」者，此也。

7　物：事。

8　具：完、全。

9　惡施不孝：何從施行其不孝的作為呢？惡，音ㄨ，何也。

10　亡：「無」之本字。

11　有：音又，下同。

12　惡：音ㄨˋ，厭惡、討厭。

13　子：老師。表示此段文字為墨子弟子所記。

寫作背景

　　本文選自《墨子校注》（吳毓江校注，北京：中華書局，1993）。〈兼愛〉有上、中、下三篇，雖各自獨立，然所言主旨皆同。本篇為上篇，為《墨子》七十一篇（《漢書‧藝文志》著錄）中的第十四篇。《墨子》一書，為墨翟自著及其弟子後學記述綴輯而成。墨翟，為春秋末年至戰國初年魯國人，生存年代約介於周敬王三十一年（前489）至周安王（前390）之間。由於當時周文疲弊、世局混亂，出身工程師的墨翟，自創學派，授徒講學，又與信徒們周遊齊、衛、宋、楚等國，陳兼愛、非攻之義，期達罷兵止亂的目的。莊子稱「墨者多以裘褐為衣，以跂蹻為服，日夜不休，以自苦為極」（《莊子‧天下》）。墨家信徒眾多，組織周密，在當時與儒家並稱為「顯學」。孟子也曾說過，「天下之學，不歸楊，則歸墨」」。

　　墨家從功利主義的觀點出發，主張以「兼相愛」為手段，才能達平亂得治的天下大利（即得「交相利」的現實目的），此即孟子所稱的「墨子兼愛，摩頂放踵利天下，為之」（《孟子‧盡心上》）。雖與儒家從內在仁心自覺之點醒而攝禮歸義、攝義歸仁的方法不同，但其悲天憫人之襟懷、積極改良社會之用心則為一致。總之，墨、儒兩家所表現出來的人生觀，都屬於積極、服務人群的生命態度。

閱讀鑑賞

　　本文主旨在強調天下如能兼相愛則平治，如果交相惡則混亂的道理。全篇以反面例證與正面例證相對取材，在正反材料的對舉之中，更鮮明突顯所欲揭示的主旨。

　　謀篇布局方面，全文分四段，分別依著論說文常用的起、承、轉、合來結構全篇，論述十分嚴謹周密：第一段為開端，先點出欲治天下必先察亂起之因；第二段承前段續作發揮，具體道出亂起之因為不相愛，並舉君臣、父子、兄弟等等反面例證以明亂源所在；第三段反轉至正面論點，說明如果天下人能兼相愛，那麼君臣、父子、兄弟等等關係皆能達忠孝慈愛

之理境；最後爲結尾，總結並融合前三段內容，明揭聖人必須禁惡而勸愛方能平治天下。於是，在正反對比、條理分明而連綿有致的論述中，天下兼相愛則治、交相惡則亂的主旨被清晰地辯證而出。

在例證的使用方面，第一段以治病來比喻治天下，治病須找到病根，才能對症下藥，藥到病除；治理天下也是如此，必須找到天下混亂的根源，才能開出對治的方法。這裡所使用的譬喻，也是全文中唯一所使用的修辭手法，顯現《墨子》一書文采之修飾，但多論理鋪陳之特色。第二、三段則以人倫的關係來當例證，這兩段的例證則呈現出由小至大，再由大至小的層次感。第二段以反面角度陳述，從五倫中的君臣、父子、兄弟三種關係開始，擴大到社會上沒有人倫關係的盜賊，最後再擴大到天下間的宗族、國家，說明若不相愛便會造成混亂。第三段的前半部則以正面角度陳述，仍從五倫關係擴大到宗族、國家，說明兼相愛、愛人若愛其身的好處；後半部仍以正面角度陳述，但舉例的範圍反過來，由國家、宗族縮小到盜賊，再縮小到五倫關係中的君臣、父子兄弟，說明兼相愛與天下治的關係。

所謂「兼」者，即全之意，是與「別」相對而言；因此，「兼相愛」就是要愛人如己，愛天下若己身，如此以兼代別，所呈現的是一種絕對的義道、絕對的大公境界，與儒家「親親而仁民，仁民而愛物」、「老吾老以及人之老，幼吾幼以及人之幼」（愛有差等）的親親之義有別，而近於宗教的境界。然而，爲何要兼相愛？墨家對此絕對義的嚮往，並非來自於人性的自覺，而是訴之於權威主義的「天志」（故而不得不發展出「尙同」、「明鬼」等主張），因而在價值標準上難以讓人接受；同時，以兼愛優於別愛的主張，在現實生活中難以符應具體生命的實際性（即不合人性），例如愛人父如己父之時，其實是對己父與自己間關係的委屈，難以安天下的人心與人情，因此，孟子評之以「無父」，荀子論之以「慢差等」（〈非十二子〉）、「有見於齊，無見於畸」，都是針對此忽略生

命的特殊性、個別性之弊而言，這樣兼愛的主張將造成個人生命的抽象與虛脫之感。不過，儘管墨家主張有上述限制，但其以自苦為極、摩頂放踵（墨家還有「節用」、「節葬」、「非樂」等主張）以利天下的大愛精神與作為，仍在千秋萬世以後，深深感動著世人！

隨堂推敲

1. 你覺得本文主要在強調什麼道理？作者舉了哪些例證？
2. 墨家所主張的大愛精神與利他思想，你覺得容易推行到普泛大眾嗎？請說明理由。
3. 請說出在現今社會中，有哪些人的作為與墨家所主張的人生觀極為類似？並略述其作為。
4. 你比較認同儒家的愛有差等，還是墨家的視人父如同己父的平等之愛？為什麼？

閱讀安可

下列作品皆表現出服務、積極、利他的人生觀。

1. 《論語》（選）

　　子路、曾皙、冉有、公西華侍坐。子曰：「以吾一日長乎爾，毋吾以也。居則曰：『不吾知也。』如或知爾，則何以哉？」子路率爾而對，曰：「千乘之國，攝乎大國之間，加之以師旅，因之以饑饉，由也為之，比及三年，可使有勇，且知方也。」夫子哂之。「求，爾何如？」對曰：「方六七十，如五六十，求也為之，比及三年，可使足民；如其禮樂，以俟君子。」「赤，爾何如？」對曰：「非曰能之，願學焉！宗廟之事，如會同，端章甫，願為小相焉。」「點，爾何如？」

鼓瑟希，鏗爾，舍瑟而作；對曰：「異乎三子者之撰。」子曰：「何傷乎！亦各言其志也。」曰：「莫春者，春服既成；冠者五六人，童子六七人。浴乎沂，風乎舞雩，詠而歸。」夫子喟然歎曰：「吾與點也！」三子者出，曾皙後。曾皙曰：「夫三子者之言何如？」子曰：「亦各言其志也已矣。」曰：「夫子何哂由也？」曰：「為國以禮，其言不讓，是故哂之。」「唯求則非邦也與？」安見方六七十，如五六十，而非邦也者！」「唯赤則非邦也與？」「宗廟會同，非諸侯而何？赤也為之小，孰能為之大！」（〈先進〉廿五章）

說明

孔子對學生聽言觀志：子路和冉求可成為富國強兵的經綸之才，公西華適合為廟堂之器；而曾皙則異於前三人，一心嚮往著太平之世，不僅道出孔子內心的企盼，也是當時全天下人共同的願望。

顏淵、季路侍。子曰：「盍各言爾志？」子路曰：「願車馬、衣輕裘，與朋友共，敝之而無憾。」顏淵曰：「願無伐善，無施勞。」子路曰：「願聞子之志。」子曰：「老者安之，朋友信之，少者懷之。」（〈公冶長〉廿六章）

說明

子路和顏淵的志向都是比較偏向個人式的：子路重義氣，所以志向以外向性的與朋友互動關係為主；顏淵重自省，所以志向以內在性的自我省思為主。至於孔子，其志願則是關乎群體大利而非個人私利：願老年人得到奉養而安樂，朋友交往有信義，年少者得到教養與關懷愛護。

2. 蘇軾〈浣溪沙〉

　　　　覆塊青青麥未蘇，江南雲葉暗隨車，臨皋煙景世間無。
雨腳半收檐斷線，雪牀初下瓦跳珠，歸來冰顆亂黏鬚。　（其一）
　　　　醉夢昏昏曉未蘇，門前轆轆使君車，扶頭一醆怎生無。
廢圃寒蔬挑翠羽，小槽春酒滴真珠，清香細細嚼梅鬚。　（其二）
　　　　雪裡餐氈例姓蘇，使君載酒為回車，天寒酒色轉頭無。
薦士已聞飛鶚表，報恩應不用蛇珠，醉中還許攬桓鬚。　（其三）
　　　　半夜銀山上積蘇，朝來九陌帶隨車，濤江煙渚一時無。
空腹有詩衣有結，溼薪如桂米如珠，凍吟誰伴撚髭鬚。　（其四）
　　　　萬頃風濤不記蘇，雪晴江上麥千車，但令人飽我愁無。
翠袖倚風縈柳絮，絳脣得酒爛櫻珠，尊前呵手鑷霜鬚。　（其五）

說明

　　〈浣溪沙〉五首詞是蘇軾到黃州將滿二年時的創作，由詞作的主旨
（「臨皋之樂」）可看出他如何從挫折憂患和悲哀痛苦中解脫出來。葉嘉
瑩說蘇軾「要結合儒家和佛老並不是空談，不是在理論上說說就算了，他
是通過現實生活去實踐的」（《唐宋名家詞賞析》）。東坡在這五首作品
中，由現實生活去欣賞臨皋的景、事、人，以佛老喜樂、達觀之心超脫貶
謫之苦；更難能可貴的是，他由眼前的貧困環境及豐年之兆，寫自己貧卻
樂、只願民飽、愛民如子的儒家襟懷，的確如葉氏所說的，是從生活上具
體實踐佛、老、儒思想的。

分組活動

「助人」之思：

問1：當你走在路上看到有人被車撞傷，而肇事者逃逸了，你會不會主動
　　協助撞傷者就醫？為什麼？

問2：如果福音船「忠僕號」（「世界最大的海上書坊」）在本校召募義
　　工，你會不會參加？為什麼？

問3：青年守則第八條說：「助人為快樂之本。」請你分享一下你自身的
　　經驗。（每人一例）

寫作鍛鍊

1. 映襯格修辭鍛鍊：

> 例句：「你不能只看見史懷哲獲得諾貝爾和平獎的榮
> 耀，而看不見他幫助非洲土著脫離貧病的努力與奉獻。」

請完成下列句子：
「你不能只看見＿＿＿＿獲得＿＿＿＿的榮耀，而看不見＿＿＿＿＿＿。」

2. 仿寫：

杏林子說：「能夠愛，是一種福氣；懂得愛，是一種智慧。」請參考
本文謀篇的方式，以「有愛、能愛、會愛」為題，寫一篇論說文，文
長至少500字，要舉正、反面的例證。

［ 分組討論單 ］系級：＿＿＿＿　組別：＿＿＿＿　報告者：＿＿＿＿＿

　　　　　　　組員簽名：＿＿＿＿＿＿＿＿＿＿＿＿＿＿

問1：當你走在路上看到有人被車撞傷，而肇事者逃逸了，你會不會主動
　　協助撞傷者就醫？為什麼？

問2：如果福音船「忠僕號」（「世界最大的海上書坊」）在本校召募義
　　工，你會不會參加？為什麼？

問3：青年守則第八條說：「助人為快樂之本。」請你分享一下你自身的
　　經驗。（每人一例）

答：

寫作鍛鍊

日期：＿＿＿＿＿＿＿＿＿

系級：＿＿＿＿＿＿＿　學號：＿＿＿＿＿＿＿　姓名：＿＿＿＿＿＿＿

〈歸去來辭並序〉

陶淵明

文本內容

　　余家貧，耕植不足以自給。幼稚[1]盈室，缾[2]無儲粟。生生[3]所資[4]，未見其術[5]。親故多勸余為長[6]吏，脫然[7]有懷[8]，求之靡途。會有四方之事[9]，諸侯以惠愛為德；家叔以余貧苦，遂見用於小邑。於時風波[10]未靜，心憚[11]遠役[12]。彭澤去家百里，公田之利，足以為酒，故便求之。及少日，眷然[13]有歸與之情。何則？質性自然，非矯厲[14]所得；飢凍雖切，違己[15]交病[16]。嘗從人事，皆口腹自役[17]。於是悵然慷慨[18]，

1　幼稚：幼年的孩子。指陶潛的五個孩子，其名分別為：儼、俟、份、佚、佟。
2　缾：同「瓶」，汲水或盛酒之器，陶潛以之儲粟，可見其貧。
3　生生：維持生活。第一個「生」為動詞，第二個「生」為名詞。
4　資：憑藉。
5　術：方法。
6　長：音ㄓㄤˇ，大也。
7　脫然：放開的意思。
8　懷：念頭，此指出仕為官的念頭。
9　四方之事：指擔任建威將軍劉敬宣之參軍而奉使入都之事。四方，指諸侯。
10　風波：指當時的政治局勢。
11　憚：害怕。
12　役：工作，動詞。
13　眷然：依戀貌。
14　矯厲：矯情勉強。
15　違己：違背自己自然的本性。
16　交病：益加難受。
17　自役：役使自己。
18　悵然慷慨：惆悵感慨。

深愧平生之志。猶望一稔[19]，當斂[20]裳宵[21]逝。尋程氏妹[22]喪於武昌，情在駿[23]奔，自免去職。仲秋至冬，在官八十餘日。因事順心[24]，命篇曰〈歸去來兮〉。乙巳歲十一月也。

　　歸去來兮，田園將蕪，胡不歸？既自以心為[25]形役，奚惆悵而獨悲？悟已往之不諫，知來者之可追；實迷途其未遠，覺今是而昨非。舟遙[26]遙以輕颺[27]，風飄飄而吹衣。問征夫以前路，恨晨光之熹[28]微。

　　乃瞻衡宇[29]，載[30]欣載奔。僮僕歡迎，稚子候門。三逕[31]就[32]荒，松菊猶存。攜幼入室，有酒盈樽。引壺觴以自酌，眄[33]庭柯[34]以怡[35]顏；倚南窗以寄傲，

19　一稔：一年。稔，音ㄖㄣˇ，穀熟曰稔。北方穀物一年一熟，故以一稔代稱一年。
20　斂：收拾、整理。
21　宵：夜。
22　程氏妹：指陶潛嫁給程氏的妹妹。
23　駿：如駿馬般地快速。
24　順心：得償心願。
25　為：音ㄨㄟˋ，被。
26　遙：通「搖」。
27　颺：風吹，唐‧許渾〈送客歸峽中詩〉：「江風颺帆急，山月下樓遲。」
28　熹微：天剛亮陽光微明貌。
29　衡宇：以橫木為門的屋宇，指隱者所居的簡陋居處。
30　載：「又」之意。
31　三逕：園庭內小路，借代指隱士所居的田園。趙歧《三輔決錄》卷一：「（西漢末）蔣詡，字元卿，舍中三逕，唯羊仲、裘仲從之遊，二仲皆雅廉逃名之士。」
32　就：漸漸。
33　眄：本意斜視，此泛指望、看，閒觀的意思。
34　柯：本為樹枝之意，此借代指樹。
35　怡：悅也。

審[36]容膝[37]之易安[38]。園日涉[39]以成趣，門雖設而常關。策[40]扶老[41]以流憩[42]，時矯首[43]而遐觀。雲無心[44]而出岫[45]，鳥倦飛而知還。景[46]翳翳[47]以將入，撫孤松[48]而盤桓[49]。

歸去來兮，請息交以絕遊。世與我而相違，復駕言[50]兮焉求？悅親戚之情[51]話，樂琴書以消憂。農人告余以春及，將有事[52]於西疇[53]。或命巾車[54]，或棹[55]孤舟，既窈窕[56]以尋壑[57]，亦崎嶇而經丘。木欣欣以向榮，泉涓涓而始流[58]。喜萬物之得時[59]，感吾生之

---

36 審：知。
37 容膝：借指僅堪容膝的狹小之地。
38 易安：易安其身（與心）。李清照「易安居士」之號源於此。
39 涉：行走。
40 策：持、拿。
41 扶老：竹名，即扶竹，可做成杖，因而杖又稱「扶老」。
42 流憩：隨處休息。
43 矯首：抬起頭。
44 無心：無意，此暗喻自己無意出仕。
45 岫：音ㄒㄧㄡˋ，山谷。
46 景：音ㄧㄥˇ，日光。
47 翳翳：光線漸暗貌。
48 孤松：此自喻堅貞的性格。
49 盤桓：流連、徘徊不去。
50 駕言：駕車出門。言，助詞，無意義。
51 情：真實的。
52 事：農耕等事。
53 疇：田。
54 巾車：設有帷幔之車。
55 棹：本為槳，此為轉品修辭，名詞作動詞用，指以槳划船。
56 窈窕：幽深貌。
57 壑：澗谷。
58 從「或命巾車」到「泉涓涓而始流」是錯綜句法。正常句法應是「或命巾車，亦崎嶇而經丘，木欣欣以向榮」，三句皆在描述走陸路的情形；「或棹孤舟，既窈窕以尋壑，泉涓涓而始流」，三句皆在描述走水路的情形。
59 得時：依時節而生息。

行休[60]。

　　已矣乎！寓形宇內復幾時？曷不委心[61]任去留[62]？胡爲乎遑遑[63]兮欲何之？富貴非吾願，帝鄉[64]不可期。懷良辰以孤往，或植杖而耘耔[65]。登東皋[66]以舒嘯，臨清流而賦詩。聊[67]乘化[68]以歸盡，樂夫天命復奚疑？

寫作背景

　　作者陶淵明（365－427），在晉時本名淵明，字元亮，入宋後改名潛。東晉潯陽柴桑（今江西省九江市）人，友人私諡為靖節，世人因此稱之靖節先生。淵明好讀書，儒家經典、《老子》、《莊子》、先秦以至漢魏文史著作，皆有涉獵。少時懷有濟世之志，又因親老家貧，曾幾度出仕，擔任過江州祭酒、鎮北將軍參軍、建威將軍參軍等職。四十一歲時，出任彭澤令，到職僅八十餘日，終因不合己志，不屑「為五斗米折腰」，辭官歸隱田園，此後二十多年躬耕自給，怡然自得。為人高風亮節，任真率性，詩、文也自然質樸，平淡中有深意。作品以取材田園生活為主，表現出歸隱田鄉之樂，為田園詩開創新的意境。梁朝鍾嶸《詩品》譽他為「古今隱逸詩人之宗」，蕭統編集他的詩文為《陶淵明集》，清人陶澍為之作注，名為《靖節先生集注》。

　　本文選自《陶淵明集》（《景印文淵閣四庫全書》，第1063冊，臺北：臺

60　行休：將要結束。
61　委心：捐棄世俗之心。
62　任去留：任性死生去留。即隨順死生的自然變化。
63　遑遑：心神不寧貌。
64　帝鄉：仙境。
65　植杖而耘耔：將杖插立地上，而徒手除草、培土。耔，音ㄗˇ，培土。
66　皋：高地。
67　聊：姑且。
68　乘化：隨順自然運轉的變化。

灣商務印書館，1983），為仿《楚辭》而作的辭賦類文體；原題目為〈歸去來
兮〉，後人刪「兮」字，加上「辭」字而成今題，其中「來」為助詞，無義，
「歸去來」即「歸去」之意。本文作於東晉安帝義熙元年（405），時年作者
四十一歲，剛辭去彭澤令、述其欲歸隱家園之心跡。

閱讀鑑賞

　　本文藉想像自己歸隱後的愉快生活情形為材，表現出「順應自然、心
不為形役」的人生觀。全篇含「序」與「辭」兩部分，其中「序」是敘明
作者為官的動機與辭官的原因；「辭」則是正文部分，形成先敘事、再抒
懷的「先實（敘事）後虛（抒懷）」文章結構。

　　敘事部份為第一段至第三段，依時間的進展順序、空間的由內而外推
擴，先後寫出自己想像的歸家情形。第一段先想像歸途中自己急切抵家的
心緒；其次在第二段則設想自己抵家後、從室內到戶外流連盤桓的欣喜與
心安；再接著，第三段更將空間向外推展至家園以外的山水丘壑，想像自
己過著與親戚閒話家常、讀書彈琴消憂解悶、親自耕作、從陸路水路尋幽
訪勝等自在生活。抒懷部份則在第四段，解釋自己辭官歸去的內在心聲。
人生苦短，不必汲汲於外在的富貴名利，或是遙不可及的道教仙鄉，而應
捐棄追名逐利的俗心與惶惶不安的心神，順應自然的生命變化、勘破生
死，盡情地徜徉於大自然之中，在天人合一的境界中獲得生命的樂趣。

　　淵明身處晉將移祚的亂世，世道人心皆不可問，他的隱退，是在預見
國事日非、己力難以挽救之下的抉擇，其潔身自愛的高尚志節，可由此文
中加以窺見。文中大量運用的設問修辭使行文更形生動、警策，而摹寫格
（如：「風飄飄而吹衣」為觸覺摹寫，「景翳翳以將入」為視覺摹寫）的
使用，則令讀者有身歷其境的美學效果！

隨堂推敲

1. 根據本文「序」中所述，作者棄官歸隱的原因是什麼？
2. 陶淵明在文中所描述的歸隱生活如何？請依作者在空間上移動的次序加以說明。
3. 你是否嚮往像陶淵明過的躬耕自足、尋幽訪勝、不問俗世的生活？為什麼？
4. 你覺得短暫而有限的人生應如何過才算不虛此生？請具體說明。（或者是至少要完成了什麼理想才會甘願？）

閱讀安可

下列作品為道家「順應自然」人生觀的理論或實踐。

1. 周・莊子〈秋水〉（節選）

> 河伯曰：「然則吾大天地而小豪末，可乎？」北海若曰：「否！夫物：量無窮，時無止，分無常，終始無故。是故大知觀於遠近，故小而不寡，大而不多，知量無窮；證曏今故，故遙而不悶，掇而不跂，知時無止；察乎盈虛，故得而不喜，失而不憂，知分之無常也；明乎坦塗，故生而不說，死而不禍，知終始之不可故也。許人之所知，不若其所不知，其生之時，不若未生之時。以其至小，求窮其至大之域；是故迷亂而不能自得也。由此觀之，又何以知豪末之足以定至細之倪？又何以知天地之足以窮至大之域？」

（說）明

道家的「道」即為自然，莊子喜由自然現象的觀察來體悟人生哲理。他從空間上觀察到任何物體的大小與天地宇宙無窮的空間相比之下，都是

沒什麼差別的（都很渺小）；從時間上觀察到任何生命的長短與天地宇宙無盡的時間之河相比，亦是沒有分別的（都很短暫）；從天體運行、萬物生滅觀察到自然界盈虛的變化（如：月）都是周而復始、循環不已的。因此，認為人生不必為了孰大孰小、誰長壽誰短命而計較（都很渺小、短暫），也不必執著於一切外在的得失、生死，只要各安其分，順應自然的變化，就能達到逍遙自得的心靈境界。

2. 宋‧黃庭堅〈醉落魄〉四首

　　　　陶陶兀兀。罇前是我華胥國。爭名爭利休休莫。雪月風花，不醉怎歸得。　邯鄲一枕誰憂樂。新詩新事因閒適。東山小妓攜絲竹。家裡樂天，村裡謝安石。

　　　　陶陶兀兀。人生無累何由得。杯中三萬六千日。悶損旁觀，我但醉落拓。　扶頭不起還頹玉。日高春睡平生足。誰門可款新篘熟。安樂、春泉，玉醴、荔枝綠。

　　　　陶陶兀兀。人生夢裡槐安國。教公休醉公但莫。盞倒垂蓮，一笑是贏得。　街頭酒賤民聲樂。尋常行處逢勸適。醉看簷雨森銀燭。我欲憂民，渠有二千石。

　　　　陶陶兀兀。醉鄉路遠歸不得。心情那似當年日。割愛金荷，一盞淡不拓。　異鄉薪桂炊香玉。摩挲經笥須知足。明年小麥能秋熟。不管輕霜，點盡鬢邊綠。

說明

　　黃庭堅認為人生本如槐安國之夢，夢醒之後終究是一場空，何必爭名奪利，徒然讓外物勞累自己的心神？因而，他雖被貶謫蠻荒僻遠的巴蜀地區，卻能自我調節精神狀態以適應新生活，詞中「新詩新事因閒適」、

「日高春睡平生足」、「尋常行處逢勸適」、「摩挲經笥須知足」，便明白揭示了作者在巴蜀「以登覽文墨自娛，若無遷謫意」的閒適自足，真可說是道家守分知足人生觀的具體實踐者。

分組活動

　　「我也是醫生－心靈處方」：請每人參考範例填寫下表，然後與組員分享，每組推派兩位上台發表。

例一：自視甚高的老闆

主訴病症	自以為是，難以接受他人意見；好爭辯，目光短淺，冥頑不靈	
處方箋	藥方名	明目養氣丸（一個月份）
	藥方內容	1.戒急用忍10克 2.《傲慢與偏見》一本 3.包容5克 4.謙虛10克 5.用冰糖調製的人際關係20克
	服／用法	1.《傲慢與偏見》每日服用2小時 2.戒急用忍、包容、謙虛、用冰糖調製的人際關係等四項所製成的丸子，三餐後服用1粒
	提醒	如果患者是過度急性子的人，「戒急用忍」的份量宜酌量加重。

例二：交往五年的男友

主訴病症	約會逛街時不易專心，總愛看路上其他女子	
處方箋	藥方名	「眼裡只有你」拔罐，每週五次（至少持續三週） 「回憶往日甜蜜」丸，每次一粒（一個月份）

	藥方內容	「眼裡只有你」拔罐： 1.「女友是最珍惜我的人」藥膏 2.「下一個女人不會更好」藥水 「回憶往日甜蜜」丸： 1.告白時的怦然心動　10克 2.兩人擁抱時的悸動　10克 3.兩人心意相通時的感動　10克 4.女友對自己無微不至的照顧　10克
	服（用）法	女友親自上陣為他拔罐（背上記得先塗上藥膏及藥水）；藥丸則三餐飯後及睡前配水服用
	提醒	女友親自拔罐可使效果加倍；如二人發生口角時可立刻加服一粒「回憶往日甜蜜」丸

寫作鍛鍊

1. 摹寫格修辭鍛鍊：

   請找出下列文章中有運用摹寫法的句子（劃線），並註明為何種摹寫：

   　　東方才剛露出一點兒魚肚白時，公雞早已迫不及待地伸長了脖子，從喉頭拉出「咕咕咕──」的嘹亮歌聲，開啓了嶄新的一天。接著，太陽才懶洋洋地露出半臉，給大地一個暖溶溶的微笑。習慣早起的老人們，在公園中，一邊手舞足蹈地運動著，一邊與老朋友開開心心地聊著天。同時，公園裡的動植物也以多樣的姿態歡迎他們：雀悅的鳥兒「啾啾啾」地鳴唱，並頑皮地在樹梢賣力地搖來晃去；老榕樹則吹鬍子瞪眼地抗議著鳥兒的胡鬧；花兒們更爭先恐後地綻放出萬紫千紅的花瓣。

　　清晨，公園遂成為一個有聲有色的花花世界。（〈公園的早晨〉）

2. 請以「學校的清晨」為題，寫一段300字以內的短文，需包含視覺、聽覺、嗅覺、觸覺及心覺等摹寫技巧。

3. 改寫：
　　請將陶淵明〈歸去來辭〉改寫成一篇約500字的現代散文，仍以第一人稱口吻書寫，題目自訂。

【分組討論單】系級：＿＿＿＿＿　組別：＿＿＿＿＿　報告者：＿＿＿＿＿

組員簽名：＿＿＿＿＿＿＿＿＿＿＿＿＿＿＿＿＿

「心靈處方」練習：

主訴病症		
處方箋	藥方名	
	藥方內容	
	服／用法	
	提醒	

請沿虛線剪下

寫作鍛鍊　　　　　　　　　日期：＿＿＿＿＿＿

系級：＿＿＿＿＿　　學號：＿＿＿＿＿　姓名：＿＿＿＿＿

請沿虛線剪下

〈枕中記〉

沈既濟

文本內容

　　開元七年，道士有呂翁者，得神仙術，行邯鄲道中，息邸舍，攝[1]帽弛帶，隱[2]囊而坐。俄見旅中少年，乃盧生也。衣短褐，乘青駒，將適於田，亦止於邸中，與翁共席而坐，言笑殊暢。久之，盧生顧其衣裝敝褻[3]，乃長歎息曰：「大丈夫生世不諧，困如是也！」翁曰：「觀子形體，無苦無恙，談諧方適，而歎其困者，何也？」生曰：「吾此苟生耳。何適之謂？」翁曰：「此不謂適，而何謂適？」答曰：「士之生世，當建功樹名，出將入相，列鼎而食[4]，選聲而聽，使族益昌而家益肥，然後可以言適乎。吾嘗志於學，富於遊藝，自惟當年青紫可拾[5]。今已適壯，猶勤畎畝，非困而何？」言訖，而目昏

1　攝：收起。
2　隱：音一ㄣˋ，憑據、倚靠。《禮記・檀弓下》：「既葬而封，廣輪揜坎，其高可隱也。」鄭玄注：「隱，據也。」
3　敝褻：指衣服破舊而不潔。
4　列鼎而食：形容飲食間菜餚極為豐盛，過著奢華的生活。唐・李白〈古風詩〉五十九首之十八：「入門上高堂，列鼎錯珍羞。」鼎，是古代一種三足兩耳、盛肉類的器皿。
5　青紫可拾：指可以輕易地獲得高官厚祿。青紫，借代指青綬、紫綬，綬是繫在印紐上的絲質帶子，古代以綬的顏色區別官職的高低大小，身上佩繫紫綬金印者為二品以上的官，佩青綬銀印者則為三品之官，均為高官顯職。《隋書》卷十一〈志六・禮儀六〉：「印綬，二品已上，並金章，紫綬；三品銀章，青綬；三品已上，凡是五省官及中侍中省，皆為印，不為章。四品得印者，銀印，青綬；五品、六品得印者，銅印，墨綬，四品已下，凡是開國子、男及五等散品名號侯，皆為銀章，不為印。七品、八品、九品得印者，銅印，黃綬。」

思寐。

　　時主人方蒸黍。翁乃探囊中枕以授之，曰：「子枕吾枕，當令子榮適如志。」其枕青甍[6]，而竅其兩端。生俛首就之，見其竅漸大，明朗，乃舉身而入，遂至其家。

　　數月，娶清河崔氏女。女容甚麗，生資愈厚。生大悅，由是衣裝服馭，日益鮮盛。明年，舉進士，登第；釋褐[7]秘校；應制，轉渭南尉；俄遷監察御史；轉起居舍人，知制誥。三載，出典同州，遷陝牧。生性好土功[8]，自陝西鑿河八十里，以濟不通。邦人利之，刻石紀德。移節汴州，領河南道採訪使，徵爲京兆尹。是歲，神武皇帝[9]方事戎狄，恢宏土宇。會吐蕃悉抹邏及燭龍莽布支攻陷瓜、沙，而節度使王君㚟新被殺，河湟[10]震動。帝思將帥之才，遂除[11]生御史中丞，河西道節度。大破戎虜，斬首七千級，開地九百里，築三大城以遮要害，邊人立石於居延山以頌之。歸朝冊勳，恩禮極盛。

6　甍：同「瓷」字。

7　釋褐：脫去布衣而穿上官服，比喻做官或進士的及第授官。舊制，新科進士需在太學行「釋褐禮」，如漢‧揚雄〈解嘲〉：「夫上世之士，或解縛而相，或釋褐而傅。」

8　土功：指水利土木等方面的工程。

9　神武皇帝：指唐玄宗。「神武皇帝」是玄宗的尊號，一開始是稱「聖文皇帝」，而後稱「開元天寶聖文神武應道皇帝」，後又稱「開元天地大寶聖文神武應道皇帝」，最後則稱「開元天地大寶聖文神武證道孝德皇帝」。

10　河湟：指黃河、湟水，在甘州、涼州一帶。

11　除：除去舊職，就任新職。

　　轉吏部侍郎，遷戶部尚書兼御史大夫，時望清
重，群情翕習[12]。大爲時宰所忌，以飛語[13]中之，貶
爲端州刺史。三年，徵爲常侍。未幾，同中書門
下平章事[14]。與蕭中令嵩，裴侍中光庭同執大政十
餘年，嘉謨密命，一日三接，獻替啓沃[15]，號爲賢
相。同列害之，復誣與邊將交結，所圖不軌。下制
獄。府吏引從至其門而急收之。生惶駭不測，謂妻
子曰：「吾家山東，有良田五頃，足以禦寒餒，何
苦求祿？而今及此，思衣短褐，乘靑駒，行邯鄲道
中，不可得也。」引刃自刎，其妻救之獲免。其罹
者皆死，獨生爲中官保之，減罪死，投驩州。

　　數年，帝知冤，復追爲中書令，封燕國公，恩旨
殊異。生五子；曰儉，曰傳，位，曰倜，曰倚，皆
有才器。儉進士登第，爲考功員外；傳爲侍御史，
位爲太常丞；倜爲萬年尉；倚最賢，年二十八，爲
左襄。其姻媾皆天下望族。有孫十餘人。兩竄[16]荒
徼[17]，再登臺鉉[18]，出入中外，迴翔臺閣[19]，五十餘

---

12 翕習：親近。《晉書》卷四十八〈閻纘傳〉：「賈謐小兒，恃寵恣睢，而淺中弱植之徒，更相翕習，故世號魯公二十四友。」

13 飛語：同「蜚語」，無根據的話。

14 同中書門下平章事：相當於宰相之位。

15 獻替啓沃：獻替，建議可行的方案，廢止不可行的。啓沃，啓發灌注。《梁書》卷三〈武帝本紀下〉：「凡爾在朝，咸思匡救，獻替可否，用相啓沃。」

16 竄：放逐。《書經·舜典》：「放驩兜于崇山，竄三苗于三危，殛鯀于羽山。」

17 徼：邊界、邊塞。《史記》卷一一七〈司馬相如傳〉：「南至牂柯爲徼。」

18 鉉：橫貫鼎耳用以扛鼎的棍形工具，在此有輔助之意。說文解字：「鉉，所以舉鼎也。」

19 臺閣：漢時對尚書的稱呼，後人亦稱閣臣爲「臺閣」。《樂府詩集·古辭焦仲卿妻》：「汝

年，崇盛赫奕。性頗奢蕩，甚好佚樂，後庭聲色，皆第一綺麗。前後賜良田、甲第、佳人、名馬，不可勝數。後年漸衰邁，屢乞骸骨[20]，不許。病，中人候問，相踵於道，名醫上藥，無不至焉。將歿，上疏曰：「臣本山東諸生，以田圃爲娛。偶逢聖運，得列官敘。過蒙殊獎，特秩[21]鴻私[22]，出擁節旄，入昇臺輔，周旋中外，綿歷歲時。有忝天恩，無禆聖化。負乘貽寇[23]，履薄增憂，日懼一日，不知老至。今年逾八十，位極三事[24]，鐘漏並歇[25]，筋骸俱耄[26]，彌留沉頓，待時益盡。顧無成效，上答休明，空負深恩，永辭聖代，無任感戀之至。謹奉表陳謝。」

　　詔曰：「卿以俊德，作朕元輔。出擁藩翰，入贊雍熙[27]。昇平二紀，實卿所賴。比[28]嬰[29]疾疹，日謂痊

是大家子，仕宦於臺閣，慎勿為婦死，貴賤情何薄！」
20　乞骸骨：亦稱「乞骸」、「乞身」，意謂使骸得歸葬鄉土，為古時大臣辭職之術語。《漢書》卷七一〈疏廣傳〉：「滿三月賜告，廣遂稱篤，上疏乞骸骨。上以其年篤老，皆許之。」
21　秩：官職、品級。
22　鴻私：洪恩。唐‧杜審言〈和李大夫嗣真奉使存撫河東詩〉：「雨霑鴻私滌，風行睿旨宣。」
23　負乘貽寇：比喻居非其位，才不稱職，就會招致禍害。典出《易經》「解」卦：「六三：負且乘，致寇至，貞吝。」〈象〉曰：「負且乘，亦可醜也。自我致戎，又誰咎也。」〈繫辭上〉：「負且乘，致寇至。負也者，小人之事也；乘也者，君子之器也。小人而乘君子之器，盜思奪之矣。」意謂小人背負君子之器而炫耀，將引來強盜的搶奪。乘，音彳ㄥˊ。
24　三事：指尚書、門下、中書三省的長官。
25　鐘漏並歇：喻己年壽如鐘漏般將走到盡頭。
26　耄：老。
27　雍熙：和樂的樣子。
28　比：音ㄅㄧˋ，近來。
29　嬰：罹。

平。豈斯沉痼，良用憫惻。今令騎驃大將軍高力士就第候省。其勉加鍼石³⁰，爲予自愛。猶冀無妄，期於有瘳。」是夕薨。

盧生欠伸而悟，見其身方偃於邸舍，呂翁坐其旁，主人蒸黍未熟，觸類如故。生蹶然³¹而興，曰：「豈其夢寐也？」翁謂生曰：「人生之適，亦如是矣。」生憮然³²良久，謝曰：「夫寵辱之道，窮達之運，得喪之理，死生之情，盡知之矣。此先生所以窒吾欲也，敢不受教。」稽首再拜而去。

寫作背景

本文選自《文苑英華》（李昉等奉敕編，北京：商務印書館，2006）卷833〈寓言類〉，《太平廣記》卷82亦收入此文，但題目改為〈呂翁〉。作者為沈既濟，唐蘇州吳郡人。父親沈朝宗曾為婺州武義縣主簿，於唐代宗大曆十四年任協律郎。沈既濟「博通群籍，史筆尤工」（《舊唐書·沈既濟傳》），雖早年潦倒，然於唐德宗建中初年因受楊炎賞識而任左拾遺、史館撰修。可惜為官時間極短，生平職志尚未實現，建中二年（781）即因楊炎遭遣逐而受牽連，「坐貶處州司戶」（《舊唐書·沈既濟傳》），一直到德宗貞元初才重任禮部員外郎，大約在貞元十五、六年左右去世。

根據傅璇琮先生的考證（《唐五代文學編年史·中唐卷》），〈枕中記〉的撰寫時間，應在唐德宗建中二年，正是作者沈既濟被貶謫的那年。因此，文中主人翁在官場的遭遇起伏與壯志難酬，便隱現著作者宦海浮沉的影子。本文以

30 鍼石：古代以砭石為材質的醫療用具，此借代指藥物。《後漢書》卷80〈文苑傳下·趙壹傳〉：「然而糒脯出乎車輪，鍼石運乎手爪。」
31 蹶然：驚起的樣子。
32 憮然：若有所失的樣子。

《搜神記》、《幽明錄》皆收的焦湖廟祝以玉枕使楊林入夢事為故事原型，加以發揮、敷演而成；而後有作於貞元十八年（802）的李公佐〈南柯太守傳〉，無論在思想內容或謀篇結構上都是「仿沈既濟〈枕中記〉」（王夢鷗語）的。不僅傳奇體如此，連鳩摩羅什翻譯的《大莊嚴論經》卷12第六十五也有類似的故事，馬致遠〈黃粱夢〉和湯顯祖〈臨川四夢〉中的〈邯鄲記〉亦受其影響，由此可見〈枕中記〉對後世文學的影響力。

閱讀鑑賞

　　俗話說：「家財萬貫三碗飯，豪宅千棟一張床，功成名就一坯土，榮華富貴轉頭空。」說明了名利富貴，如同一場大夢般虛幻，夢醒之後轉眼隨即成空。話雖如此，放眼古今中外，能夠徹底了悟而真正看開的又有多少人呢？

　　本文作者藉由盧生對一場夢境的體悟，傳達了透視生命中寵辱、窮達、得喪、死生等皆虛幻如夢的主旨。故事發生的時間在唐玄宗開元七年（719），主角盧生為一落第、不得不返鄉種田的書生，於途中下榻的旅舍巧遇一道士呂翁，呂翁送給他一個兩端有孔竅的青瓷枕，他就在黃粱米香中枕著這個枕頭沉沉睡去，並經由孔竅進入夢中。夢中他不僅迎娶有著豐厚嫁妝的女子，還進士及第、出將入相，其間雖兩度被同列忌害而遭貶謫，但終能逢凶化吉，獲得善終。五子皆賢達顯貴，姻婭皆天下望族。夢醒後，店主鍋裡的黃粱還沒煮熟，回到現實的盧生，領悟到再怎麼適意的人生，終究也只是一個夢，所有的繁華富貴最後也都會成空！

　　從表現手法來看，本文採取全知的角度敘述，對於盧生的所作所為所感，作者知之甚詳，這對於呈現故事的完整性有著不錯的效果。但在人物描寫方面，雖然文中出現的人物不少，卻無法在個性上有突出的刻畫，尤其與〈南柯太守傳〉相較下，缺少生動的對話與細節的舖陳，更顯得平淡無特色。至於篇章結構，本文則與〈南柯太守傳〉相似，皆依時間的進展分「實－虛－實」三大部分：進入夢境（實）、夢境詳情（虛）、夢醒

體悟（實），雖然導入夢境的方式不同（前者由呂翁引盧生入夢，後者由二位紫衣使者導引淳于棼入夢），夢境中主人翁的遭際起伏亦有差異（前者在人世，出將入相，政績在地方水利、外破戎虜、中央執政等皆卓著，曾兩度貶謫，而後壽終正寢；後者在蟻國，僅治理南柯郡，後受讒遭斥逐回鄉，逝於家中），但夢醒後主人翁對現實虛幻的了悟（前者對「寵辱之道，窮達之運，得喪之理，死生之情」盡皆通透明瞭，對呂翁「稽首再拜而去」；後者是「感南柯之浮虛，悟人世之倏忽，遂棲心道門，絕棄酒色」），卻是一致的。

明‧楊慎〈臨江仙〉：「滾滾長江東逝水，浪花淘盡英雄。是非成敗轉頭空，青山依舊在，幾度夕陽紅？白髮漁樵江渚上，慣看秋月春風。一壺濁酒喜相逢，古今多少事，都付笑談中。」也以飲酒談笑的瀟灑態度，表現出「是非成敗皆幻」的生命思維；清初毛宗崗修訂《三國演義》時，在卷頭加入了此詞，同樣透顯了這種對生命無常的無奈看法，實可作為本文的最佳注腳。然而，值得注意的是，這些人生無常、名利如夢的思想，都是從「結果論」來看人生，雖然可以作為我們失意時的安慰劑，卻難免偏於消極；我們必須深思的是：人之所以能成為萬物之靈，擁有其他生物所無法具有的許多特質，必然有其存在的意義與價值，是否更應好好把握有限的生命，珍惜每一個活著的當下，從「過程論」來思索生命中該積極努力的目標與內涵才是。

隨堂推敲

1. 文中主角盧生在夢中的遭遇有何起伏之處？
2. 你覺得作者寫作此文的用意在表現什麼人生哲理？
3. 本文以主角盧生夢醒後的領悟作結，他的領悟是什麼？你認同這樣的領悟嗎？請舉你自己的生活經驗加以說明。
4. 除了人生無常、富貴如夢的領悟外，你由文中還悟出了什麼道理？

閱讀安可

人生如夢、夢如人生，下列作品亦為對生命中「得」與「失」、「常」
與「變」的思索。

1. 宋‧蘇軾〈赤壁賦〉（節選）

　　　蘇子曰：「客亦知夫水與月乎？逝者如斯，而未嘗往
也；盈虛者如彼，而卒莫消長也。蓋將自其變者而觀之，則天
地曾不能以一瞬；自其不變者而觀之，則物與我皆無盡也。而
又何羨乎？且夫天地之間，物各有主。苟非吾之所有，雖一毫
而莫取；惟江上之清風，與山間之明月，耳得之而為聲，目遇
之而成色。取之無禁，用之不竭。是造物者之無盡藏也，而吾
與子之所共食。」

說明

　　蘇軾以自然界的水、月來比喻人生：從變動的角度言，天地萬物的
表象（水會流動逝去、月有陰晴圓缺）時時刻刻都在變化著。從不變的角
度言，眼前不斷逝去的流水，其實從未曾消失不見；每月會有盈虛變化的
月亮，其本體根本未曾有所增減。只要能認清現象界的變動是難以避免
的，就能順任自然的變化，不強求不屬於自己的永恆，而應活在當下，盡
情享受造物者提供給我們的自然美景，以達逍遙自在的心靈境界。

---

2. 唐‧李公佐〈南柯太守傳〉

　　　東平淳于棼，吳楚遊俠之士，嗜酒使氣，不守細行，累
巨產，養豪客。曾以武藝補淮南軍裨將，因使酒忤帥，斥逐落
魄，縱誕飲酒為事。家住廣陵郡東十里，所居宅南有大古槐一

株，枝幹修密，清陰數畝，淳于生日與群豪大飲其下。

貞元七年九月，因沈醉致疾，時二友人於坐，扶生歸家，臥於堂東廡之下。二友謂生曰：「子其寢矣，余將秣馬濯足，俟子小愈而去。」生解巾就枕，昏然忽忽，彷彿若夢。見二紫衣使者，跪拜生曰：「槐安國王遣小臣致命奉邀。」生不覺下榻整衣，隨二使至門。見青油小車，駕以四牡，左右從者七八，扶生上車，出大戶，指古槐穴而去，使者即驅入穴中。生意頗甚異之，不敢致問。

忽見山川風候草木道路，與人世甚殊。前行數十里，有郛郭城堞，車輿人物，不絕於路。生左右傳車者傳呼甚嚴，行者亦爭避於左右。又入大城，朱門重樓，樓上有金書，題曰「大槐安國」。執門者趨拜奔走，旋有一騎傳呼曰：「王以駙馬遠降，令且息東華館。」因前導而去。

俄見一門洞開，生降車而入。彩檻雕楹，華木珍果，列植於庭下；几案茵褥，簾幃肴膳，陳設於庭上。生心甚自悅。復有呼曰：「右相且至。」生降階祗奉。有一人紫衣象簡前趨，賓主之儀敬盡焉。右相曰：「寡君不以弊國遠僻，奉迎君子，托以姻親。」生曰：「某以賤劣之軀，豈敢是望。」右相因請生同詣其所。

行可百步，入朱門，矛戟斧鉞，布列左右，軍吏數百，辟易道側。生有平生酒徒周弁者，亦趨其中，生私心悅之，不敢前問。右相引生升廣殿，御衛嚴肅，若至尊之所。見一人長大端嚴，居正位，衣素練服，簪朱華冠。生戰慄，不敢仰視。左右侍者令生拜，王曰：「前奉賢尊命，不棄小國，許令次女瑤芳，奉事君子。」生但俯伏而已，不敢致辭。王曰：「且就賓宇，續造儀式。」有旨，右相亦與生偕還館舍。生思念之，意

以為父在邊將，因歿虜中，不知存亡。將謂父北蕃交通，而致茲事，心甚迷惑，不知其由。

是夕，羔雁幣帛，威容儀度，妓樂絲竹，肴膳燈燭，車騎禮物之用，無不咸備。有群女，或稱華陽姑，或稱青溪姑，或稱上仙子，或稱下仙子，若是者數輩，皆侍從數十，冠翠鳳冠，衣金霞帔，采碧金鈿，目不可視。遨遊戲樂，往來其門，爭以淳于郎為戲弄。風態妖麗，言詞巧艷，生莫能對。復有一女謂生曰：「昨上巳日，吾從靈芝夫人過禪智寺，於天竹院觀右延舞《婆羅門》，吾與諸女坐北牖石榻上。時君少年，亦解騎來看，君獨強來親洽，言調笑謔。吾與瓊英妹結絳巾，掛於竹枝上，君獨不憶念之乎？又七月十六日，吾於孝感寺侍上真子，聽契玄法師講《觀音經》。吾於講下捨金鳳釵兩支，上真子捨水犀合子一枚，時君亦講筵中，於師處請釵合視之，賞歎再三，嗟異良久。顧余輩曰：『人之與物，皆非世間所有。』或問吾民，或訪吾里，吾亦不答。情意戀戀，矚盼不捨，君豈不思念之乎？」生曰：「中心藏之，何日忘之。」群女曰：「不意今日與君為眷屬。」復有三人，冠帶甚偉，前拜生曰：「奉命為駙馬相者。」中一人，與生且故，生指曰：「子非馮翊田子華乎？」田曰：「然。」生前，執手敍舊久之。生謂曰：「子何以居此？」子華曰：「吾放遊，獲受知於右相武成侯段公，因以棲托。」生復問曰：「周弁在此，知之乎？」子華曰：「周生，貴人也，職為司隸，權勢甚盛，吾數蒙庇護。」言笑甚歡。俄傳聲曰：「駙馬可進矣。」三子取劍佩冕服，更衣之。子華曰：「不意今日獲睹盛禮，無以相忘也。」

有仙姬數十，奏諸異樂，婉轉清亮，曲調淒悲，非人間之所聞聽。有執燭引導者亦數十，左右見金翠步障，彩碧玲

瓏，不斷數里。生端坐車中，心意恍惚，甚不自安，田子華數
言笑以解之。向者群女姑娣，各乘鳳翼輦，亦往來其間。至一
門，號修儀宮，群仙姑姊，亦紛然在側。令生降車輦拜，揖讓
升降，一如人間。撤障去扇，見一女子，云號金枝公主，年可
十四五，儼若神仙。交歡之禮，頗亦明顯。生自爾情義日洽，
榮曜日盛，出入車服，遊宴賓御，次於王者。

王命生與群僚備武衛，大獵於國西靈龜山。山阜峻秀，川
澤廣遠，林樹豐茂，飛禽走獸，無不蓄之。師徒大獲，竟夕而
還。

生因他日啓王曰：「臣頃結好之日，大王云奉臣父之
命。臣父頃佐邊將，用兵失利，陷沒胡中，爾來絕書信十七八
歲矣。王既知所在，臣請一往拜覲。」王遽謂曰：「親家翁職
守北土，信問不絕，卿但具書狀知聞，未用便去。」遂命妻致
饋賀之禮，一以遣之。數夕還答，生驗書本意，皆父平生之
跡。書中憶念教誨，情意委屈，皆如昔年。復問生親戚存亡，
閭里興廢。復言路道乖遠，風煙阻絕，詞意悲苦，言語哀傷。
又不令生來覲，云：「歲在丁丑，當與女相見。」生捧書悲
咽，情不自堪。

他日，妻謂生曰：「子豈不思為政乎？」生曰：「我放
蕩，不習政事。」妻曰：「卿但為之，余當奉贊。」妻遂白於
王。累日，謂生曰：「吾南柯政事不理，太守黜廢，欲藉卿
才，可曲屈之，便與小女同行。」生敦受教命。王遂敕有司備
太守行李，因出金玉錦繡，箱奩僕妾車馬列於廣衢，以餞公主
之行。生少遊俠，曾不敢有望，至是甚悅。因上表曰：「臣將
門餘子，素無藝術。猥當大任，必敗朝章。自悲負乘，坐致覆
餗。今欲廣求賢哲，以贊不逮。伏見司隸潁川周弁，忠亮剛

直，守法不回，有毗佐之器。處士馮翊田子華，清慎通變，達
政化之源。二人與臣有十年之舊，備知才用，可托政事。周請
署南柯司憲，田請署司農，庶使臣政績有聞，憲章不紊也。」
王並依表以遣之。

其夕，王與夫人餞於國南。王謂生曰：「南柯國之大
郡，土地豐壤，人物豪盛，非惠政不能以治之，況有周田二
贊，卿其勉之，以副國念。」夫人戒公主曰：「淳于郎性剛好
酒，加之少年，為婦之道，貴乎柔順，爾善事之，吾無憂矣。
南柯雖封境不遙，晨昏有間，今日暌別，寧不沾巾。」生與妻
拜首南去，登車擁騎，言笑甚歡。累夕達郡。

郡有官吏、僧道、耆老、音樂、車輿、武衛、鑾鈴，爭來
迎奉，人物闐咽，鐘鼓喧嘩，不絕十數里。見雉堞臺觀，佳氣
鬱鬱。入大城門，門亦有大榜，題以金字，曰「南柯郡城」，
見朱軒棨戶，森然深邃。生下車，省風俗，療病苦，政事委以
周田，郡中大理。自守郡二十載，風化廣被，百姓歌謠，建功
德碑，立生祠宇。王甚重之，賜食邑，錫爵位，居臺輔。周田
皆以政治著聞，遞遷大位。生有五男二女，男以門蔭授官，女
亦聘於王族，榮耀顯赫，一時之盛，代莫比之。

是歲，有檀蘿國者，來伐是郡。王命生練將訓師以征
之，乃表周弁將兵三萬，以拒賊之眾於瑤臺城。弁剛勇輕敵，
師徒敗績，弁單騎裸身潛遁，夜歸城，賊亦收輜重鎧甲而還。
生因囚弁以請罪，王並捨之。是月，司憲周弁疽發背卒。生妻
公主遘疾，旬日又薨。

生因請罷郡，護喪赴國，王許之，便以司農田子華行南柯
太守事。生哀慟發引，威儀在途，男女叫號，人吏奠饌，攀轅
遮道者，不可勝數，遂達於國。王與夫人素衣哭於郊，候靈輿

之至。謚公主曰順儀公主，備儀仗羽葆鼓吹，葬於國東十里盤龍岡。是月，故司憲子榮信亦護喪赴國。

　　生久鎮外藩，結好中國，貴門豪族，靡不是洽。自罷郡還國，出入無恒，交遊賓從，威福日盛，王意疑憚之。時有國人上表云：「玄象謫見，國有大恐，都邑遷徙，宗廟崩壞。釁起他族，事在蕭牆。」時議以生侈僭之應也，遂奪生侍衛，禁生遊從，處之私第。生自恃守郡多年，曾無敗政，流言怨悖，鬱鬱不樂。王亦知之，因命生曰：「姻親二十餘年，不幸小女夭枉，不得與君子偕老，良用痛傷。」夫人因留孫自鞠育之。又謂生曰：「卿離家多時，可暫歸本里，一見親族，諸孫留此，無以為念。後三年，當令迎卿。」生曰：「此乃家矣，何更歸焉？」王笑曰：「卿本人間，家非在此。」生忽若惛睡，曶然久之，方乃發悟前事，遂流涕請還。王顧左右以送生，生再拜而去。

　　復見前二紫衣使者從焉，至大戶外，見所乘車甚劣，左右親使御僕，遂無一人，心甚歎異。生上車行可數里，復出大城，宛是昔年東來之途，山川原野，依然如舊。所送二使者，甚無威勢，生逾怏怏。生問使者曰：「廣陵郡何時可到？」二使謳歌自若。久乃答曰：「少頃即至。」俄出一穴，見本里閭巷，不改往日。潸然自悲，不覺流涕。

　　二使者引生下車，入其門，升其階，己身臥於堂東廡之下。生甚驚畏，不敢前近。二使因大呼生之姓名數聲，生遂發寤如初，見家之僮僕，擁帚於庭，二客濯足於榻，斜日未隱於西垣，餘樽尚湛於東牖。夢中倏忽，若度一世矣，生感念嗟歎，遂呼二客而語之，驚駭，因與生出外，尋槐下穴。生指曰：「此即夢中所驚入處。」二客將謂狐狸木媚之所為祟，遂

命僕夫荷斤斧，斷擁腫，折查枿，尋穴究源。

　　旁可袤丈，有大穴，根洞然明朗，可容一榻，上有積土壤，以為城郭臺殿之狀，有蟻數斛，隱聚其中。中有小臺，其色若丹，二大蟻處之，素翼朱首，長可三寸，左右大蟻數十輔之，諸蟻不敢近，此其王矣，即槐安國都也。又窮一穴，直上南枝，可四丈，宛轉方中，亦有土城小樓，群蟻亦處其中，即生所領南柯郡也。又一穴，西去二丈，磅礴空圬，嵌竆異狀，中有一腐龜殼，大如斗，積雨浸潤，小草叢生，繁茂翳薈，掩映振殼，即生所獵靈龜山也。又窮一穴，東去丈餘，古根盤屈，若龍虺之狀，中有小土壤，高尺餘，即生所葬妻盤龍岡之墓也。追想前事，感歎於懷，披閱窮跡，皆符所夢。不欲二客壞之，遽令掩塞如舊。

　　是夕，風雨暴發。旦視其穴，遂失群蟻，莫知所去。故先言「國有大恐，都邑遷徙」，此其驗矣。復念檀蘿征伐之事，又請二客訪跡於外。宅東一里，有古涸澗，側有大檀樹一株，藤蘿擁織，上不見日，旁有小穴，亦有群蟻隱聚其間，檀蘿之國，豈非此耶！嗟乎！蟻之靈異，猶不可窮，況山藏木伏之大者所變化乎？

　　時生酒徒周弁、田子華，並居六合縣，不與生過從旬日矣，生遽遣家僮疾往候之。周生暴疾已逝，田子華亦寢疾於床。生感南柯之浮虛，悟人世之倏忽，遂棲心道門，絕棄酒色。後三年，歲在丁丑，亦終於家，時年四十七，將符宿契之限矣。

　　公佐貞元十八年秋八月，自吳之洛，暫泊淮浦，偶覿淳于生芬，詢訪遺跡。翻復再三，事皆摭實，輒編錄成傳，以資好事。雖稽神語怪，事涉非經，而竊位著生，冀將為戒。後之君

子，幸以南柯為偶然，無以名位驕於天壤間云。

　　前華州參軍李肇贊曰：「貴極祿位，權傾國都。達人視此，蟻聚何殊。」

説明

　　作者李公佐藉淳于棼於古槐樹下的螞蟻國，夢到自己被大槐安國的國王招為駙馬、又當上南柯太守，備極榮顯卻終復成空的故事，來表現人生如夢，一切富貴、權勢、名利終將隨形體消失而幻滅的道家思想。本文主題思想與〈枕中記〉類似，兩篇可以相互參看、比較。

分組活動

　　「超級比一比」（〈枕中記〉與〈南柯太守傳〉）：請與組員充分討論後，在下表空白處填入適當的答案。

比較項目	〈枕中記〉	〈南柯太守傳〉
1.故事來源	由《幽明錄》擴充而成	由《妖異記》改編
2.夢境場景	人間	蟻國
3.文末作者是否現身		
4.主角遭遇		
5.主角領悟		
6.情節繁簡		
7.對話多寡		
8.讀完故事後的領悟		

寫作鍛鍊

1. 「人稱」的鍛鍊：

   請以第一人稱的方式，假想你是某一種動物（請具體寫出是何種動物），以一段文字寫出你的外形、習性與心理。（字數不少於100字）

2. 仿寫：請你想像一下自己未來理想的生活方式，以「我的○○夢」為題，仿照本文「夢前（實）－夢中（虛）－夢醒（實）」的布局方式（依時間進展、心路歷程發展來陳述），寫一篇至少500字的完整文章。

[分組討論單] 系級：＿＿＿＿＿ 組別：＿＿＿＿＿ 報告者：＿＿＿＿＿＿

　　　　　　組員簽名：＿＿＿＿＿＿＿＿＿＿＿＿＿＿＿＿＿＿＿

問：「超級比一比」（〈枕中記〉與〈南柯太守傳〉）：請與組員充分
　　討論後，在下表空白處填入適當的答案。

答：

比較項目	〈枕中記〉	〈南柯太守傳〉
1.故事來源	由《幽明錄》擴充而成	由《妖異記》改編
2.夢境場景	人間	蟻國
3.文末作者是否現身		
4.主角遭遇		
5.主角領悟		
6.情節繁簡		
7.對話多寡		
8.讀完故事後的領悟		

寫作鍛鍊　　　　　　　　　　　　　日期：＿＿＿＿＿＿

系級：＿＿＿＿＿　　學號：＿＿＿＿＿　姓名：＿＿＿＿＿

請沿虛線剪下

〈仲尼回頭〉

蕭 蕭

文本內容

　　走過曲阜斜坡，仲尼曾經三次回頭，一次為顏淵、子路、曾參、宰我，一次為孔鯉[1]、孔伋，另一次為門口那棵蒼勁的古柏[2]。

　　走過魯國開闊的平疇，仲尼只回了兩次頭，一次為遍地青柯不再翠綠，遍地麥穗不再黃熟[3]；一次為東逝的流水從來不知回頭而回頭，回頭止住那一顆忍不住的淚沿頰邊而流。

　　走過人生仄[4]徑時，仲尼曾經最後一次回頭，看天邊那個仁字還有哪個人在左邊撐天上的那一橫地上的那一橫，留個寬廣任人行走。

1　一次為孔鯉：孔鯉為孔子之子。《論語·季氏第十六》：「陳亢問於伯魚曰：『子亦有異聞乎？』對曰：『未也。嘗獨立。鯉趨而過庭。曰，「學詩乎？」對曰，「未也」。「不學詩，無以言」。鯉退而學詩。他日，又獨立。鯉趨而過庭。曰，「學禮乎？」對曰，「未也」。「不學禮，無以立」。鯉退而學禮。聞斯二者。』陳亢退而喜曰：『問一得三，聞詩、聞禮，又聞君子之遠其子也。』」

2　蒼勁的古柏：喻孔子高尚堅貞的節操。《論語·子罕第九》：「子曰：『歲寒，然後知松柏之後凋也！』」

3　遍地麥穗不再黃熟：此指「禾黍之悲」，乃流浪者對故國家鄉在戰火後繁盛不再、只見禾黍繁茂的淒涼憂思。《詩經·王風·黍離》：「彼黍離離，彼稷之苗。行邁靡靡，中心搖搖。知我者謂我心憂；不知我者，謂我何求。悠悠蒼天，此何人哉！彼黍離離，彼稷之穗。行邁靡靡，中心如醉。知我者謂我心憂；不知我者，謂我何求。悠悠蒼天，此何人哉！彼黍離離，彼稷之實。行邁靡靡，中心如噎。知我者謂我心憂；不知我者，謂我何求。悠悠蒼天，此何人哉！」

4　仄：狹小的。

寫作背景

　　蕭蕭（1947－），本名蕭水順，彰化縣社頭鄉人。臺灣當代作家，畢生奉獻於臺灣文學的創作與教育。輔仁大學中國文學系畢業，國立臺灣師範大學國文研究所碩士。在輔大就讀期間，曾擔任「輔大新聞社」、「新境界社」社長，與林文寶、周順、林明德等人共同主編《輔大新聞》、《新境界》、《輔仁文學》等刊物，並曾與陳芳明創立「水晶詩社」。研究所畢業後返回家鄉，擔任中州工專講師兼課外指導組主任。五年後北上，先後執教於達德商工、再興中學、景美女中、北一女中、南山中學等校，中學教職生涯長達三十二年。期間並曾兼任德明商專、文化大學、輔仁大學、東吳大學、明道管理學院等校教職，現為明道大學中國文學系專任教授。

　　作品以新詩為主，散文、評論為輔。除創作實踐外，也奉獻心力於新詩的推廣與教育。其新詩有關懷台灣風土人情之作，也有以簡潔而凝鍊的意象化入空白之境的作品。散文作品以尊重生命為主軸，常以「人」為中心探討人與土地的關係，人與自然的和諧與對立。評論作品則以建構台灣詩學、台灣新詩美學為終身職志。曾獲《創世紀》創刊二十週年詩評論獎、第一屆青年文學獎、中興文藝獎章，新聞局金鼎獎（著作獎）、五四獎（編輯獎）、新詩協會詩教獎等。

　　著作等身，新詩著作有：《緣無緣》、《雲邊書》、《凝神》、《悲涼》、《皈依風皈依松》等書。散文作品有：《太陽神的女兒》、《來時路》、《與白雲同心》、《稻香路》、《忘憂草》、《47歲的蘇東坡，47歲的我》、《禪與心的對話》、《心中昇起一輪明月》、《詩人的幽默策略》、《父王‧扁擔‧來時路》等書。新詩教學類著作有：《現代詩入門》、《青少年詩話》、《現代詩創作演練》、《現代詩遊戲》、《中學生現代詩手冊》、《中學生現代散文手冊》、《蕭蕭教你寫詩為你解詩》、《新詩體操十四招》等書。學術著作則有：《現代詩學》、《臺灣新詩美學》、《現代新詩美學》、《後現代新詩美學》等書。

　　本詩詩題「回頭」，暗示著主人翁不捨、掛念與眷戀的內在心靈。詩中跳脫了一般人對孔子嚴肅而理性的歌功頌德方式，以別具創意的題目與材料，生動地描繪出孔子對弟子、家國、乃至天下人的款款深情，令人動容。

閱讀鑑賞

　　這是一首風趣卻引人深思的散文詩，詩中以孔子對周遭人與物充滿眷戀的動作（「回頭」）爲材，表現了孔子內在豐富的感情世界與忠恕仁愛的生命堅持。結構上依情意的遠近親疏分爲三節，作者以由親而疏、層層遞進的方式，逐一呈現、開展出孔子的感情世界與品格胸懷。

　　第一節是孔子對周遭人物的深情回顧，表現出師生之情、父子之情及家門口的古柏之愛。孔子十分重視教育，首開平民教育的風氣，有弟子三千，曾說：「吾黨之小子狂簡，不知所以裁之。」即便在政治極度失意時，學生，仍是孔子心頭最深的眷戀。作者在孔子眾多學生中，選擇了好學不違仁的顏淵（「復聖」）、好勇重信的子路、善於自我反省的曾參（「宗聖」）、辯才無礙的宰我等人作爲代表，也標幟了孔子的教學內涵與重點。孔子對子女的深情，相關文獻中雖然所見不多，但由《論語》的趨庭之訓，即可具體看到他對兒子「詩」、「禮」之教的重視，以及爲人處世能「言」、能「立」的殷切期盼。孔子對家門口古柏的回首凝望，不僅透顯著他對家庭的依戀，也暗示了孔子對一己品格貞固高潔如歲寒仍不凋謝之古柏的堅持。

　　第二節是孔子對魯國的深情回顧。「青柯不再翠綠」、「麥穗不再黃熟」，是借《詩經·黍離》的典故隱喻孔子對魯國百姓生活的憂思。作者再由此延伸，引發出孔子對德治理想難以實現、無法澤被黎民的嘆息：「逝者如斯夫，不舍晝夜」，慨嘆東逝的流水，也就是慨嘆逝去的生命，而其間所暗示的，是壯志未酬的遺憾哪！

　　第三節是孔子對天下蒼生的深情回顧。「吾道一以貫之」，這個「一」即「仁」，仁者愛人；而其具體內涵則爲「忠恕」二字。孔子終生以愛人爲職志，一心所念，無不是要盡己爲人（忠）、推己及人（恕）；一生所行，無不是要積極化成天下，「知其不可而爲之」，期盼能「使老者安之，朋友信之，少者懷之」。作者憑其靈心慧思，運用了析字格來解

構孔子的中心思想「仁」字，巧妙地向世人揭示：孔子以無比「寬廣」的仁者胸懷，屢屢對天下人深情眷顧，而他的最終理想就是人人得以平安和諧地行走在「寬廣」無礙的人生之路上，其實，這就是所謂的「大同」之境啊！

隨堂推敲

1. 本詩的內容結構極有層次，請指出並詳加說明。
2. 詩題中的「回頭」二字，意涵為何？請舉詩中內容說明。
3. 在你的生命中，會為哪些人或物「回頭」？為什麼？
4. 朱熹：「民吾同胞，物吾與也」，認為不僅要愛護人類，也要推及萬物，將萬物皆視為與人同類而加以愛護。你認為有道理嗎？為什麼？
5. 張載：「為天地立心，為生民立命，為往聖繼絕學，為萬世開太平」，蔣中正：「生活的目的，在增進人類全體的生活；生命的意義，在創造宇宙繼起的生命」。你同意這種助人、助萬物的人生觀嗎？如果不同意，那你覺得生活的目的與生命的意義何在？

閱讀安可

下列作品皆表現了作者堅持、認真的生命態度。

1. 胡適〈老鴉〉

　　　　一
　　　我大清早起，
　　　站在人家屋角上啞啞的啼。
　　　人家討嫌我，說我不吉利；
　　　我不能呢呢喃喃討人家的歡喜！

二

天寒風緊，無枝可棲。

我整日裡飛去飛回，整日裡又寒又飢。

我不能帶著鞘兒，翁翁央央的替人家飛；也不能叫人家繫在竹竿頭，賺一把小黃米！

說明

　藉老鴉堅持原則、不討好他人的形象，譬喻自己孤絕堅貞、不隨意附和眾人的個性。

---

2. 簡媜〈美麗的繭〉

　　讓世界擁有它的腳步，讓我保有我的繭。當潰爛已極的心靈再不想做一絲一毫的思索時，就讓我靜靜回到我的繭內，以回憶為睡榻，以悲哀為覆被，這是我唯一的美麗。

　　曾經，每一度春光驚訝著我赤熱的心腸。怎麼回事呀？它們開得多美！我沒有忘記自己站在花前的喜悅。大自然一花一草生長的韻律，教給我再生的秘密。像花朵對於季節的忠實，我聽到杜鵑顫微微的傾訴。每一度春天之後，我更忠實於我所深愛的。

　　如今，彷彿春已缺席。突然想起，只是一陣冷寒在心裡，三月春風似剪刀啊！

　　有時，把自己交給街道，交給電影院的椅子。那一晚，莫名其妙地去電影院，隨便坐著，有人來趕，換了一張椅子，又有人來要，最後，乖乖掏出票看個仔細，摸黑去最角落的座位，這才是自己的。被註定了的，永遠便是註定。突然了悟，

一切要強都是徒然，自己的空間早已安排好了，一出生，便是千方百計要往那個空間推去，不管願不願意。乖乖隨著安排，回到那個空間，告別繽紛的世界，告別我所深愛的，回到那個一度逃脫，以為再也不會回去的角落。當鐵柵的聲音落下，我曉得，我再也出不去。

我含笑地躺下，攤著偷回來的記憶，一一檢點。也許，是知道自己的時間不多，也許，很宿命地直覺到終要被遣回，當我進入那片繽紛的世界，便急著把人生的滋味一一嘗遍。很認真，也很死心塌地。一衣一衫，都還有笑聲，還有芳馨。我是要仔細收藏的，畢竟得來不易。在最貼心的衣袋裡，有我最珍惜的名字，我仍要每天喚幾次，感覺那一絲溫暖。它們全曾真心真意待著我。如今在這方黑暗的角落，懷抱著它們入睡，已是我唯一能做的報答。

夠了，我含笑地躺下，這些已夠我做一個美麗的繭。

每天，總有一些聲音在拉扯我，拉我離開心獄，再去找一個新的世界，一切重新再來。她們比我還珍惜我，她們千方百計要找那把鎖解我的手銬腳鐐，那把鎖早已被我遺失。我甘願自裁，也甘願遺失。對一個疲憊的人，所有的光明正大的話都像一個個彩色的泡沫，對一個薄弱的生命，又怎能命它去鑄堅強的字句？如果死亡是唯一能做的，那麼就任它的性子吧！這是慷慨。

強迫一只蛹去破繭，讓它落在蜘蛛的網裡，是否就是仁慈？

所有的鳥兒都以為，把魚舉在空中是一種善舉。

有時，很傻地暗示自己，去走同樣的路，買一模一樣的花，聽熟悉的聲音，遙望那扇窗，想像小小的燈還亮著，一衣

一衫裝扮自己，以為這樣，便可以回到那已逝去的世界，至少至少，閉上眼，感覺自己真的在繽紛之中。

　　如果，有醒不了的夢，我一定去做，
　　如果，有走不完的路，我一定去走；
　　如果，有變不了的愛，我一定去求。

　　如果，如果什麼都沒有，那就讓我回到宿命的泥土！這二十年的美好，都是善意的謊言，我帶著最美麗的那部分，一起化作春泥。

　　可是，連死也不是卑微的人所能大膽妄求的。時間像一個無聊的守獄者，不停地對我玩著黑白牌理。空間像一座大石磨，慢慢地磨，非得把人身上的血脂榨壓竭盡，連最後一滴血水也滴下時，才肯俐落地扔掉。世界能亙古地擁有不亂的步伐，自然有一套殘忍的守則與過濾的方式。生活是一個劊子手，刀刃上沒有明天。

　　面對臨暮的黃昏，想著過去。一張張可愛的臉孔，一朵朵笑聲……一分一秒年華……一些黎明，一些黑夜……一次無限溫柔生的奧妙，一次無限狠毒死的要脅。被深愛過，也深愛過。認真地哭過，也認真地求生，認真地在愛。如今呢？……人世一遭，不是要來學認真地恨，而是要來領受我所該得的一份愛。在我活著的第二十個年頭，我領受了這份贈禮，我多麼興奮地去解開漂亮的結，祈禱是美麗與高貴的禮物。當一對碰碎了的晶瑩琉璃在我顫抖的手中，我能怎樣？認真地流淚，然後呢？然後怎樣？回到黑暗的空間，然後又怎樣？認真地滿足。

　　當鐵柵的聲音落下，我知道，我再也無法出去。

　　趁生命最後的餘光，再仔仔細細檢視一點一滴。把鮮明生動的日子裝進，把熟悉的面孔，熟悉的一言一語裝進，把生活的扉頁，撕下那頁最重最鍾愛的，也一併裝入，自己要一遍又一遍地再讀。把自己也最後裝入，甘心在二十歲，收拾一切燦爛的結束。把微笑還給昨天，把孤單還給自己。

　　讓懂的人懂。
　　讓不懂的人不懂。
　　讓世界是世界。
　　我甘心是我的繭。

說明

　　作者以「美麗的繭」來比喻命定卻令自我滿足的人生。她雖然認為人生如蠶，有許多不可逾越的生命限制；但是，卻主張人應好好享用、珍惜自己所擁有的美麗人生，不應強求其他不屬於自己、不可得的美麗，而甘於固守在自己的繭中，獲得「認真的滿足」。全文看似消極，其實是一種能認清生命侷限，從而珍惜擁有、把握當下的積極生活態度。

分組活動

　　「我的生活哲學」：每位同學先寫下自己的生活哲學，再與組員分享，並推選出一人上台報告自己的寫作內容。

寫作鍛鍊

1. 析字格修辭鍛鍊：

   「看天邊那個仁字還有哪個人在左邊撐天上的那一橫地上的那一橫，留個寬廣任人行走。」

   本文以解析「仁」字結構的方式表現孔子仁愛的思想與襟懷。請你仿照此析字的方式，想出一個字來加以分析，並結合哲理的闡發，造出二至三個句子。

2. 所謂「食、色，性也」，覓食與延續生命是動物（包括人類）生存的基本課題。然而，屬於萬物之靈的人類，在上述二者得到滿足的前提之下，應還有更重要的生存課題，請以「存在」爲題，論述你認爲人類存在的意義是什麼？（可以是助人、實現夢想、……），至少四段，字數500字左右。

【分組討論單】系級：＿＿＿＿　組別：＿＿＿＿　報告者：＿＿＿＿＿

　　　　組員簽名：＿＿＿＿＿＿＿＿＿＿＿＿＿＿

問：「**我的生活哲學**」：每位同學先寫下自己的生活哲學，再與組員分
　　享，並推選出一人上台報告自己的寫作內容。

答：

寫作鍛鍊　　　　　　　　　　　日期：＿＿＿＿＿

系級：＿＿＿＿＿　　學號：＿＿＿＿＿　　姓名：＿＿＿＿＿

〈觀海〉

羅門

文本內容

●觀海人的話

我寫「觀海」是因為：

㈠海能包容人生的各種境界。

㈡海的額頭最好看，看久了，會看到羅素與愛因斯坦的額頭。

㈢海的眼睛最耐看，我們的眼睛，看了一百年，都要閉上。而海的獨目望了千萬年，仍一直開著，可看見全人類的鄉愁：時空的鄉愁、上帝的鄉愁。

㈣海最了解詩人與藝術家的心：雲帶著海散步時，可看見中國的老莊；海浪沖激岩壁時，可看見西方的貝多芬，用「英雄」與「命運」交響樂，衝破一切阻力。

㈤海用天地線牽著萬物出來，牽著萬物回去，一直沒有停過。

飲盡一條條江河

你醉成滿天風浪

浪是花瓣　大地能不繽紛

浪是翅膀　天空能不飛翔

浪波動起伏　群山能不心跳
浪來浪去　浪去浪來
你吞進一顆顆落日
　　吐出朵朵旭陽

總是發光的明天
總是弦音琴聲迴響的遠方
千里江河是你的手
握山頂的雪林野的花而來
帶來一路的風景
其中最美最耐看的
到後來都不是風景
而是開在你額上
　　那朵永不凋的空寂

聽不見的　都已聽見
看不見的　都已看見
到不了的　都已進來
你就這樣成為那種
　　無限的壯闊與圓滿
　　　　滿滿的陽光
　　　　滿滿的月色
　　　　滿滿的浪聲
　　　　滿滿的帆影

究竟那條水平線
　　能攔你在何處
壓抑不了那激動時
你總是狂風暴雨
　　　　千波萬浪
把山崖上的巨石　一塊塊擊開
　　放出那些被禁錮的陽光與河流
其實你遇上什麼
　　都放開手順它
任以那一種樣子　靜靜躺下不管
你仍是那悠悠而流的忘川
浮風平浪靜花開鳥鳴的三月而去
　　　　　　　　去無蹤
　　　　　　　來也無蹤

既然來處也是去處
　　　去處也是來處
那麼去與不去
你都在不停的走
從水平線裡走出去
從水平線外走回來
你美麗的側身
　　已分不出是閃現的晨曦
　　　　還是斜過去的夕陽

任日月問過來問過去
你那張浮在波光與煙雨中的臉
一直是刻不上字的鐘面
　　　　能記起什麼來
如果真的有什麼來過
風浪都把它留在岩壁上
　留成歲月最初的樣子
　　　時間最初的樣子

蒼茫若能探視出一切的初貌
那純粹的擺動
那永不休止的澎湃
它便是鐘錶的心
　　　時空的心
也是你的心
　　　你收藏日月風雨江河的心
　　　你填滿千萬座深淵的心
　　　你被冰與火焚燒藍透了的心
任霧色夜色一層層塗過來
任太陽將所有的油彩倒下來
任滿天烽火猛然的掃過來
任炮管把血漿不停的灌下來
　　都更變不了你那藍色的頑強
　　　　　藍色的深沉

藍色的凝望

即使望到那縷煙被遠方
　　　　　　拉斷了
所有流落的眼睛
　都望回那條水平線上
仍望不出你那隻獨目
　　在望著那一種鄉愁
仍看不出你那隻獨輪
　　究竟已到了那裡

從漫長的白晝
　　到茫茫的昏暮
若能凱旋回來
　　便伴著月歸
星夜是你的冠冕
眾星繞冠轉
那至高無比的壯麗與輝煌
使燈火煙火炮火亮到半空
　　　　　　都轉了回來
而你一直攀登到光的峰頂
將自己高舉成次日的黎明
讓所有的門窗都開向你
　　　天空都自由向你

　　　　　大地都遼闊向你

　　　　　河都流向你

　　　　　鳥都飛向你

　　　　　花都芬芳向你

　　　　　果都甜美向你

　　　　　風景都看向你

　　　　　無論你坐成山

　　　　　或躺成原野

　　　　　　　走動成江河

　　　　無論你是醒是睡

　　　只要那朵雲浮過來

　　　你便飄得比永恆還遠

附語：

　　詩中的「海」已成為對人類內在生命超越存在的觀點。尤其是海的壯闊與深沉的生命潛能，海的永恆的造型與海的心，對於那些以不凡智慧才華與超越心靈去接受生命與時空的挑戰、去創造不朽存在的詩人與藝術家們，更是有所呼應與共鳴的。

　　同時我認為一個現代作家除了追逐外在的動變，更應感知那穿越到「動變」之中去的莫名的恆定力，是來自宇宙與大自然整體生命的穩定的結構與本然的基型之中。唯有如此才能使創作的智慧產生一種含有「信仰性」的較深遠的嚮往與感動。

寫作背景

　　羅門（1928－），本名韓仁存，母親姓羅，為紀念母親遂取筆名為「羅門」，廣東省文昌縣人。空軍飛行官校肄業，復畢業自美國民航中心，並通過考試院舉辦的民航高級技術員考試，擔任過民航局的高級技術員和民航業務發展研究員，在航空工程方面是一個優秀的專業人才。1954年他在《現代詩》發表處女作〈加力布露斯〉詩，年輕時即成為倍受注目的詩人。1955年加入藍星詩社，曾任該社社長，1962年與妻蓉子合編《藍星詩頁》。著作等身，獲獎極多，有詩集13種、論文集5種、羅門創作大系書10種、羅門、蓉子系列書8種等等。

　　羅門的詩作內涵深刻，尤其對大自然與生命存在的課題有獨特的觀照與思維。他曾在《羅門詩選》自序中分述其作品內容為：透過戰爭的苦難，追蹤人的生命；透過都市文明與性，探討人生；表現對死亡與時空的默想；透過對自我存在的默想，表現生命感；對大自然的觀照；其他存在情境的探索。他的詩路多變，具實驗性與創新性。早期（1954-1958）作品富有浪漫情調，強調生命的超越性，精神色彩濃厚；中期意象轉為繁複優美，節奏起伏多變；後期風格奇特，善用博喻，在剪裁方面更見高明。

　　本詩為一首長詩，曾以石刻方式鑴刻在海南三亞大小洞天甲級觀光區。作者自言寫此詩的原因有：海能包容人生的各種境界；海最了解詩人與藝術家的心，雲帶著海散步，可看見中國的老莊與王維；海浪沖激岩壁，可看見西方貝多芬以「英雄」與「命運」交響樂，衝破一切阻力；海用天地線牽著日月與萬物進出，從未停過；其實海就是作者心目中的詩人與藝術家的生命塑像等等。由此詩可具體見出詩人觀海所得的精神感應，也可充分感知詩人豐富而驚人的想像能力。他將感情移入大海，將海比擬為人，並以第二人稱稱呼大海，更增親切之感；詩人因觀海、親海進而愛海、感海，其中展現的海洋風情、海洋感動與海洋哲思，都極耐人尋味。

閱讀鑑賞

　　本詩取材自作者觀察到的「海」的各種特質，以驚人的才氣與恢弘的氣勢，藉著對大海豐富多樣、靈動開闊的意象書寫，呈顯出作者對自由的

嚮往之情，以及他想要超脫生命桎梏、安頓心靈於恆定沉潛的老莊思想之企盼。

　　全詩分為八節，各節的重點如下：

　　㈠海的特性總說──具體的（形而下的）：

　　1. 包容性：「飲盡一條條江河」（海納百川）

　　2. 奇壯感：「你醉成滿天風浪」（「捲起千堆雪」的視覺美、崇高美）

　　3. 繽紛感：「浪是花瓣　大地能不繽紛」（岸邊浪花朵朵盛開之美）

　　4. 自由性：「浪是翅膀　天空能不飛翔」（萬馬奔騰之感）

　　5. 韻律感：「浪波動起伏　群山能不心跳」（律動有致）

　　6. 變動性：「浪來浪去　浪去浪來」（浪之變動不居）

　　7. 遼闊性：「你吞進一顆顆落日　吐出朵朵旭陽」（吞吐日月之誇飾，出自曹操〈觀滄海〉）

　　㈡海的源頭（「額頭」）──空寂的（形而上的）、最美最耐看的

　　㈢海的特寫之一──無從掩飾的、壯闊的、圓滿的

　　㈣海的特寫之二──放任的、順應的（對其所遇之物）

　　㈤海的特寫之三──變動不居的

　　㈥海的特寫之四──純粹、頑強而深沉的「心」（即生命潛能）

　　㈦海的特寫之五──一望無際（空間的）

　　㈧海的特寫之六──永恆的存在（時間的）

　　由上列重點可知，作者先從形而下的角度書寫他對海的具象觀察，指出海的諸多特性（包容、奇壯、繽紛、自由、韻律、變動、遼闊）；其次再由形而上的角度書寫他對海的抽象思維，追溯海的源頭為「空寂」，這是老子的「無」，一種超越的「無」，是萬物生成之母，所以是最美最耐看的。再次，作者擷取他觀海所見印象較深的幾個景象加以特寫，如：壯闊圓滿的海、順應萬物的海、變動不居的海、頑強深沉的海、一望無際的

海、永恆存在的海等，海洋的特性實足以啟發人們的心靈，作者強調了空寂、順應、永恆的海洋之心，表現出心靈安頓於佛老思想的傾向。

此外，本詩在意象的選取上，還結合了自由的天空、遼闊的大地、流動的河水、飛行的鳥兒、芬芳的花朵、甜美的果實、坐著的山、躺著的原野等豐富的意象群，來烘托大海，使大海的特性與美感更加凸顯、耀眼、動人。讀完全詩，可以在鮮明、活潑而開朗的畫面與筆調中，看到詩人對海的全面的觀察、深刻的感動與哲理的感悟。

隨堂推敲

1. 詩中描述了「海」的哪些特質？還有哪些「海」的特質是作者未指出的？
2. 作者的「寫後感」是針對「海」能與藝術家心靈共鳴的哪些特質而言？
3. 海洋大學人文大樓一進大門口的左邊牆上，有一幅董陽孜先生所寫的「海納百川，有容乃大」書法。你覺得在日常生活中應如何做，才算是實踐這八字的意涵？請詳加說明。
4. 羅門面對遼闊的大海時，感應的是宇宙的恆定力與內在生命的超越性；蘇軾在面對江水明月等大自然時，領悟的亦是表象雖然變動不居、本體卻是恆定不變的自然法則（〈赤壁賦〉：「蓋自其變者觀之，則萬物曾不能以一瞬；自其不變者而觀之，則物與我皆無盡也」）。那麼，當你面對大海時，內心所興發的又是怎樣的感受呢？

閱讀安可

有夢最美，築夢踏實。當夢想實現的剎那，也是心靈得以安頓的時刻。古人有所謂的「三不朽」：立德、立功、立言，下列作品都是能堅

持夢想，或立功、或立言的事例。

1. 漢・司馬遷《史記・項羽本紀》（節選）

　　沛公旦日從百餘騎來見項王，至鴻門謝曰：「臣與將軍戮力而攻秦，將軍戰河北，臣戰河南，然不自意能先入關破秦，得復見將軍於此。今者有小人之言，令將軍與臣有卻。」項王曰：「此沛公左司馬曹無傷言之；不然，籍何以至此。」項王即日因留沛公與飲。項王、項伯東嚮坐。亞父南嚮坐。亞父者，范增也。沛公北嚮坐，張良西嚮侍。范增數目項王，舉所佩玉玦以示之者三，項王默然不應。范增起，出召項莊，謂曰：「君王為人不忍，若入前為壽，壽畢，請以劍舞，因擊沛公於坐，殺之。不者，若屬皆且為所虜。」莊則入為壽，壽畢，曰：「君王與沛公飲，軍中無以為樂，請以劍舞。」項王曰：「諾。」項莊拔劍起舞，項伯亦拔劍起舞，常以身翼蔽沛公，莊不得擊。於是張良至軍門，見樊噲。樊噲曰：「今日之事何如？」良曰：「甚急。今者項莊拔劍舞，其意常在沛公也。」噲曰：「此迫矣，臣請入，與之同命。」噲即帶劍擁盾入軍門。交戟之衛士欲止不內，樊噲側其盾以撞，衛士仆地，噲遂入，披帷西嚮立，瞋目視項王，頭髮上指，目眥盡裂。項王按劍而跽，曰：「客何為者？」張良曰：「沛公之參乘樊噲者也。」項王曰：「壯士，賜之卮酒。」則與斗卮酒。噲拜謝，起，立而飲之。項王曰：「賜之彘肩。」則與一生彘肩。樊噲覆其盾於地，加彘肩上，拔劍切而啗之。項王曰：「壯士，能復飲乎？」樊噲曰：「臣死且不避，卮酒安足辭！夫秦王有虎狼之心，殺人如不能舉，刑人如恐不勝，天下皆叛之。懷王與諸將約曰『先破秦入咸陽者王之』。今沛公先破秦入咸

陽，豪毛不敢有所近，封閉宮室，還軍霸上，以待大王來。故
遣將守關者，備他盜出入與非常也。勞苦而功高如此，未有封
侯之賞，而聽細說，欲誅有功之人。此亡秦之續耳，竊為大王
不取也。」項王未有以應，曰：「坐。」樊噲從良坐。坐須
臾，沛公起如廁，因招樊噲出。

　　沛公已出，項王使都尉陳平召沛公。沛公曰：「今者
出，未辭也，為之奈何？」樊噲曰：「大行不顧細謹，大禮不
辭小讓。如今人方為刀俎，我為魚肉，何辭為。」於是遂去。
乃令張良留謝。良問曰：「大王來何操？」曰：「我持白璧一
雙，欲獻項王，玉斗一雙，欲與亞父，會其怒，不敢獻。公為
我獻之」張良曰：「謹諾。」當是時，項王軍在鴻門下，沛公
軍在霸上，相去四十里。沛公則置車騎，脫身獨騎，與樊噲、
夏侯嬰、靳彊、紀信等四人持劍盾步走，從酈山下，道芷陽閒
行。沛公謂張良曰：「從此道至吾軍，不過二十里耳。度我
至軍中，公乃入。」沛公已去，閒至軍中，張良入謝，曰：
「沛公不勝桮杓，不能辭。謹使臣良奉白璧一雙，再拜獻大王
足下；玉斗一雙，再拜奉大將軍足下。」項王曰：「沛公安
在？」良曰：「聞大王有意督過之，脫身獨去，已至軍矣。」
項王則受璧，置之坐上。亞父受玉斗，置之地，拔劍撞而破
之，曰：「唉！豎子不足與謀。奪項王天下者，必沛公也，吾
屬今為之虜矣。」……

　　項王軍壁垓下，兵少食盡，漢軍及諸侯兵圍之數重。夜
聞漢軍四面皆楚歌，項王乃大驚曰：「漢皆已得楚乎？是何楚
人之多也！」項王則夜起，飲帳中。有美人名虞，常幸從；駿
馬名騅，常騎之。於是項王乃悲歌忼慨，自為詩曰：「力拔山
兮氣蓋世，時不利兮騅不逝。騅不逝兮可奈何，虞兮虞兮奈若

何！」歌數闋，美人和之。項王泣數行下，左右皆泣，莫能仰視。

於是項王乃上馬騎，麾下壯士騎從者八百餘人，直夜潰圍南出，馳走。平明，漢軍乃覺之，令騎將灌嬰以五千騎追之。項王渡淮，騎能屬者百餘人耳。項王至陰陵，迷失道，問一田父，田父紿曰「左」。左，乃陷大澤中。以故漢追及之。項王乃復引兵而東，至東城，乃有二十八騎。漢騎追者數千人。項王自度不得脫。謂其騎曰：「吾起兵至今八歲矣，身七十餘戰，所當者破，所擊者服，未嘗敗北，遂霸有天下。然今卒困於此，此天之亡我，非戰之罪也。今日固決死，願為諸君快戰，必三勝之，為諸君潰圍，斬將，刈旗，令諸君知天亡我，非戰之罪也。」乃分其騎以為四隊，四嚮。漢軍圍之數重。項王謂其騎曰：「吾為公取彼一將。」令四面騎馳下，期山東為三處。於是項王大呼馳下，漢軍皆披靡，遂斬漢一將。是時，赤泉侯為騎將，追項王，項王瞋目而叱之，赤泉侯人馬俱驚，辟易數里，與其騎會為三處。漢軍不知項王所在，乃分軍為三，復圍之。項王乃馳，復斬漢一都尉，殺數十百人，復聚其騎，亡其兩騎耳。乃謂其騎曰：「何如？」騎皆伏曰：「如大王言。」

於是項王乃欲東渡烏江。烏江亭長檥船待，謂項王曰：「江東雖小，地方千里，眾數十萬人，亦足王也。願大王急渡。今獨臣有船，漢軍至，無以渡。」項王笑曰：「天之亡我，我何渡為！且籍與江東子弟八千人，渡江而西，今無一人還，縱江東父兄憐而王我，我何面目見之？縱彼不言，籍獨不愧於心乎？」乃謂亭長曰：「吾知公長者。吾騎此馬五歲，所當無敵，嘗一日行千里，不忍殺之，以賜公。」乃令騎皆下馬

步行，持短兵接戰。獨籍所殺漢軍數百人。項王身亦被十餘創。顧見漢騎司馬呂馬童，曰：「若非吾故人乎？」馬童面之，指王翳曰：「此項王也。」項王乃曰：「吾聞漢購我頭千金，邑萬戶，吾為若德。」乃自刎而死。王翳取其頭，餘騎相蹂踐爭項王，相殺者數十人。最其後，郎中騎楊喜，騎司馬呂馬童，郎中呂勝、楊武各得其一體。五人共會其體，皆是。故分其地為五：封呂馬童為中水侯，封王翳為杜衍侯，封楊喜為赤泉侯，封楊武為吳防侯，封呂勝為涅陽侯。

說明

司馬遷不以成敗論英雄，仍以項羽為大時代的明星，傳神地寫出項羽為一己夢想奮戰力搏的精彩過程。項羽最終雖未能成為帝王，但他的驍勇善戰、慷慨慈愛、至情至性，卻能令太史公為之大書特書。因為，項羽成就的是一種自我生命的超越，無論在戰功彪炳、抑或是待人接物，皆堪稱實現「立功」夢想的代表。

2. 魏・曹丕《典論・論文》（節選）

蓋文章，經國之大業，不朽之盛事。年壽有時而盡，榮樂止乎其身，二者必至之常期，未若文章之無窮。是以古之作者，寄身於翰墨，見意於篇籍，不假良史之辭，不託飛馳之勢，而聲名自傳於後。故西伯幽而演易，周旦顯而制禮，不以隱約而弗務，不以康樂而加思。夫然，則古人賤尺璧而重寸陰，懼乎時之過已。而人多不強力；貧賤則懾於饑寒，富貴則流於逸樂，營遂目前之務，而遺千載之功。日月逝於上，體貌衰於下，忽然與萬物遷化，斯志士之大痛也！融等已逝，唯幹著論，成一家言。

(說)(明)

　　曹丕雖出身帝王世家，卻認為「文章」（立言）才是「經國之大業，不朽之盛事」，因為體貌會衰退，年壽有盡頭，榮樂亦會隨身體而消逝，唯有文字著述能流傳千古而不廢，可見「立言」為他的最大夢想，而曹丕本身詩文著述不少，也算是能具體實踐了這份夢想。

3. 龍應台〈面對大海的時候〉（《面對大海的時候》，時報文化出版公司，2003）

(說)(明)

　　作者身處臺灣，面對大海，內心興發的是對臺灣社會現狀的關懷，以及臺灣政治文化走向的思索。她具有大海的國際觀：國際是海，中國文化是河，認為我們必須讓心靈解嚴，從大河走向大海，善用中國文化，而具備國際視野與能力。這種海納百川的思維，十分具有啟發性。

分組活動

　　「海的意象」：海的各種特質中，你最欣賞哪一種？請舉出你的生命體驗，說明欣賞的理由。

寫作鍛鍊

1. 意象塑造鍛鍊：「海」
　　完成句子：「你（海）就這樣成為那種
　　　　　　　　　　無限的壯闊與圓滿；
　　　　　　　　____的____與____；
　　　　　　　　____的____與____。
2. 改寫：
　　請節選本詩精華的部分，改寫成一篇現代散文，題目、字數不限。
　　（但須以「觀海」為主題）

[分組討論單] 系級：＿＿＿＿＿　組別：＿＿＿＿＿　報告者：＿＿＿＿＿

組員簽名：＿＿＿＿＿＿＿＿＿＿＿＿

問：「海的意象」：海的各種特質中，你最欣賞哪一種？請舉出你的生命體驗，說明欣賞的理由。

答：

請沿虛線剪下

寫作鍛鍊　　　　　　　　　　　日期：＿＿＿＿＿＿

系級：＿＿＿＿＿　學號：＿＿＿＿＿　姓名：＿＿＿＿＿

主題三　生命的軌跡

 內 容

楔子三　耐人咀嚼的人生況味

女兒：

　　最近看妳好像悶悶不樂，兩眉之間經常皺得可以夾死好幾隻蚊子了，難道妳有什麼困難、挫折？或是碰到了什麼難解的人生問題？惹得妳在這個洋溢的「水仙」年華，卻老是一副「少年不識愁滋味」、「為賦新詞強說愁」的模樣。

　　隨著年紀慢慢的增長，妳的見識會逐漸地加寬，經歷的事情也會不停地累積，對於人生，應該也會有不同的認識和體悟。就在這種新舊認知交替與尋找人生新定位的過程中，人有時會進入一種焦躁、不安、蒼茫、不知如何是好的狀態中，就好像鈍鐵要打造成一把利刃前，總是要經過一番的煎熬與淬煉；但記得，淬煉過後，就是一把可以揮掉人生荊棘的干將莫邪了。

　　有些人經過了淬煉後，豪邁、曠達、了然於胸，體悟「盛衰各有時」的自然法則，因此對於人生不會有「遇酒且呵呵，人生能幾何」的空嘆；有些人則是大隱隱於市，在柴米油鹽醬醋茶的平凡生活中，細細地品嚐人生當中難以言喻的「第九味」；有些人則嚮往童年在「桐花」下曾有的奇妙境遇，將人生當成一段「舞蹈」般的奇遇旅程，隨時以充滿好奇與熱情的心，來探索生命中的種種美好。而有的人更是能屈能伸，既能「橫眉冷對千夫指」，也能「俯首甘為孺子牛」，散發一種隨世俯仰的圓融智慧。

　　但不管如何，人生總是無法盡意，因為「無論岸上或海上，生活確是一場生存的掙扎」，掙扎就會有喜，有悲，有得到，也有失去，不論你願不願意。「人生非金石，豈能長壽考」，既然掙扎難免，何不敞開心胸，灑脫地接受上天所給予人生種種的刀與鞘。

　　等到年老時，妳會發現，在「少年聽雨歌樓上」、「壯年聽雨客舟中」、「而今聽雨僧廬下」的不同階段中，處處都充滿著耐人咀嚼的人生況味。

　　　　　　　　　　　　　　　　　　　　　　　　老爸　留

〈虞美人〉

蔣捷

文本內容

　　少年聽雨歌樓上。紅燭昏羅帳。壯年聽雨客舟中。江闊雲低、斷雁[1]叫西風。

　　而今聽雨僧廬下。鬢已星星[2]也。悲歡離合總無情。一任堦[3]前、點滴到天明。

寫作背景

　　作者蔣捷（1245？－1301？），字勝欲，號竹山，陽羨（今江蘇宜興）人。南宋恭帝咸淳十年（1274）進士，有詞句「紅了櫻桃，綠了芭蕉」（〈一剪梅〉），留名當時，人稱「櫻桃進士」。南宋（1279）滅亡時正值壯年，被迫多次遷徙、輾轉流離。蔣捷具有強烈的家國之思，元朝雖多次徵召，仍遁跡不仕。晚年定居太湖竹山，頗有追昔傷今、懷念故國之詞，著有《竹山詞》。其詞風獨特，兼有凜人之豪放與綺柔之婉約，與其出身巨族、家風淳厚有密切關係。詞語尖新動人，蘊藉有味，一如劉熙載云：「蔣竹山詞未極流動自然，然洗鍊縝密，語多創獲。」與周密、王沂孫、張炎三人並稱「宋末四大家」。

　　本文選自《竹山詞》（《景印文淵閣四庫全書》，冊1488，臺北：臺灣商務印書館，1983），是作者為自己一生生命軌跡所做的分期描寫。蔣捷因為經歷了喪國之痛，生命起伏逐特別劇烈迭宕，本詞精要而具體地呈現了他心境轉折的曲線。

1　斷雁：指失群之雁。
2　星星：指兩鬢頭髮花白，像夜空中密布的繁星。
3　堦：同「階」。

閱讀鑑賞

　　本詞是作者生命軌跡的分期紀錄，旨在表現對國家已亡、江山易主、歷盡人事滄桑的悲痛無奈之情。全詞以「聽雨」為題材之線索，貫串了作者少年、壯年和老年三個不同時期的環境、生活和心情，詞簡意深，讀來餘味無窮。

　　全篇僅以三幅帶暗示性和象徵性的畫面，形象地概括其從少年沉醉歌樓，壯年為生活奔波，一直到老年倦臥僧廬、回憶生平的人生巨變，雖然是以點代面，卻毫無單薄之感。五十六字的小令能有如此豐富的內涵，實屬不易，足見作者非凡的功力。

　　少年時的沉湎歡樂，壯年時的飽嚐鄉愁，這兩種書寫都是為了陪襯老年時心境的對比材料。而今作者年事已高，早已歷盡過各種人事滄桑、國破家亡等苦痛悲愁，他身在空門、萬念俱灰，即使孤寂中聽到雨聲，也已經木然無情、無動於衷了。少年的歡樂與壯年的愁恨，甚至所有的悲歡離合之情，都無法激起他心湖的漣漪，更何況是外在的景物、階前的雨滴，就讓它點點滴滴的直滴到天明，也無所謂！哀莫大於心死，看破世間悲歡離合，或許就是他寫作時心境的寫照吧！

隨堂推敲

1. 「悲歡離合總無情」，如何解釋？你覺得作者在老年時，為何會有此等感觸？
2. 人在天地之間，難免被「情」字苦惱，點點如雨滴，到老滴不完；你覺得「多情」好不好？為什麼？
3. 你如何規劃自己的生涯？請分近程、中程、遠程敘述。

閱讀安可

下列選文皆為關於生命軌跡的分期書寫。

1. 辛棄疾〈醜奴兒・書博山道中壁〉

> 少年不識愁滋味，愛上層樓。愛上層樓，為賦新詞強說愁。
>
> 而今識盡愁滋味，欲說還休。欲說還休，卻道「天涼好箇秋」！

說明

　　這是一篇藉事抒情詞，作者廢退帶湖，長達十年之久，詞中充滿了身世之感和家國之恨。全篇以廢退帶湖為分界點，將自己生命軌跡分為兩大階段：少年的不識愁，與今日的識盡愁滋味。詞中共用了三個「愁」字，其中「少年不識愁滋味」、「為賦新詞強說愁」是「閒愁」，用以反襯篇旨「而今識盡愁滋味」的「家國之恨和身世之感」的「哀愁」。藉著「登樓強說愁」與「欲說還休」、「卻道天涼好箇秋」的「顧左右而言他」兩種迥異動作的對比，來表達自己深藏內心的痛苦和悲憤。政治的打擊、歸正人（南宋與北方的遼金政權對峙時，由北方投奔至南方的中原人被南宋統治階層蔑稱為「歸正人」，多被視為異己分子，而不被信任、重用）身分的難堪及文字獄的威脅，都使稼軒噤若寒蟬，有苦難言。

2. 周芬伶〈汝身〉（陳義芝主編，《周芬伶精選集》，九歌出版社，
　　2002）

說明

　　作者將女子一生分階段描述，並分別選取了鮮明的意象來象徵各時期女子身心的特徵。其中，「水晶」象徵少女時期身體的自在、肌膚的晶

瑩、心靈的澄明；「水仙」象徵青春期女子對自己身心靈漸趨成熟時不自覺的自戀心理；「火蓮」象徵孕婦從懷孕到生產所經歷的如火焚身般的痛苦；「苦楝」則象徵年老女性在釋放身心靈桎梏後、理解生命真相的智慧與圓融。

分組活動

　　「人生像什麼」：請每位同學分別填寫下表，再與組員分享，各組推出兩位代表上台發表自己的作品。

寫作鍛鍊

1. 排比格修辭鍛鍊：

　　例：「少年聽雨（動作）歌樓上（地點），紅燭昏羅帳（畫面）。壯年聽雨（動作）客舟中（地點），江闊雲低、斷雁叫西風（畫面）。而今聽雨（動作）僧廬下（地點），鬢已星星也。悲歡離合總無情。一任堦前、點滴到天明（畫面）。」

　　習作：

　　　少年＿＿＿＿（動作）＿＿＿＿（地點），＿＿＿＿（畫面）；

　　　中年＿＿＿＿（動作）＿＿＿＿（地點），＿＿＿＿（畫面）；

　　　老年＿＿＿＿（動作）＿＿＿＿（地點），＿＿＿＿（畫面）。

2. 自傳撰寫：

　　請先設想好自己踏入社會後想要從事的工作（公司、職稱），再根據該工作的性質設計一份謀職所需的自傳。請包括：「個人基本資料」（個人成長環境、家庭成員及背景、自己個性及興趣等）、「求學經歷與能力」、「工作經驗與專長」、「處世哲學與人生觀」、「生涯規劃與未來展望」等項目，字數為800±200字。

【分組討論單】系級：＿＿＿＿　組別：＿＿＿＿　報告者：＿＿＿＿

　　　　　　　組員簽名：＿＿＿＿＿＿＿＿＿＿＿＿＿＿＿＿＿

問：「**人生像什麼**」：請每位同學分別填寫下表，再與組員分享，各組
　　推出兩位代表上台發表自己的作品。

答：

喻體（喻詞）	喻依	喻解
少年（像）		
壯年（像）		
老年（像）		

請沿虛線剪下

寫作鍛鍊　　　　　　　　　　　日期：＿＿＿＿＿＿

系級：＿＿＿＿＿＿　學號：＿＿＿＿＿＿　姓名：＿＿＿＿＿＿

〈菩薩蠻〉五首

韋莊

文本內容

　　紅樓[1]別夜堪惆悵，香燈半捲流蘇帳[2]。殘月出門時，美人和淚辭。　琵琶金翠羽[3]，絃上黃鶯語。勸我早歸家，綠窗人似花。（其一）

　　人人盡說江南好，遊人只合江南老。春水碧於天，畫船聽雨眠。　爐邊人[4]似月，皓腕凝雙雪。未老莫還鄉[5]，還鄉須斷腸。（其二）

　　如今卻憶江南樂，當時年少春衫薄。騎馬倚斜橋，滿樓紅袖招。　翠屏金屈曲，醉入花叢宿。此度見花枝，白頭誓不歸。（其三）

　　勸君今夜須沉醉，樽前莫話明朝事。珍重主人心，酒深情亦深。　須愁春漏[6]短，莫訴金杯滿。遇酒且呵呵[7]，人生能幾何。（其四）

1　紅樓：原指富貴人家的住宅，此指婦女的居所。
2　流蘇帳：用流蘇裝飾四邊的帷帳。流蘇，由彩絲或羽毛做成的穗狀飾物。
3　金翠羽：一種裝飾琵琶樂器的裝飾品，多置於捍撥之上。
4　爐邊人：此以當爐賣酒之卓文君，借指江南之美女。
5　未老莫還鄉：此乃反語，意謂：老仍要還鄉。
6　春漏：漏為古代計時之器，在此借指春宵。
7　呵呵：指空洞的笑聲。

> 　洛陽城裡春光好，洛陽才子他鄉老。柳暗魏王堤[8]，此時心轉迷。　　桃花春水綠，水上鴛鴦浴。凝恨對殘暉，憶君[9]君不知。（其五）

寫作背景

　　本文作者韋莊（836-910），字端己，京兆杜陵（今陝西西安東南）人。生於唐文宗開成元年（836），卒於蜀高祖武成三年（910），年七十五。他是初唐宰相韋待價的裔孫，是盛唐詩人韋應物的四世孫，具有顯赫的家世，惜其家道至晚唐已衰敗沒落，家境清苦，但韋莊仍刻苦自勵，開朗安貧。他身處晚唐亂世，黃巢之亂更是改變他生命軌跡的重要轉折點。四十四歲時應舉入長安，卻因黃巢兵至，身陷重圍；三年後，在洛陽作〈秦婦吟〉詩，寫下自己目睹的戰爭慘況，因此得到「秦婦吟秀才」的稱號。而後討賊的軍隊屯師洛陽，對百姓的殘害與黃巢不相上下，洛陽竟也殘破不堪，韋莊只好再度動身前往江南避禍，輾轉江南達十年之久，在各處求仕求食，經常貧病交迫，生活困苦。

　　他是一位晚達的作家，五十九歲才中進士，六十二歲才被任命為「判官」，第一次入蜀詔王建罷兵；六十六歲第二次入蜀，因中原戰亂不已，留蜀為王建掌「書記」，唐亡時勸王建稱帝，韋莊為宰相，一切開國制度，多出其手。卒諡文靖。因在成都時曾居杜甫草堂故址，故詩集號《浣花集》。他詩詞皆擅，前期的作品充滿了身世之感；中進士後的作品多憂國嘆時，能在晚唐輕靡的詞風下另闢蹊徑，以疏淡秀雅之風特出於當代，為晚唐詞壇的一股清流，與溫庭筠齊名，並稱「溫韋」。

　　本文選自《花間集》（趙崇祚輯、李一氓校，臺北：源流出版社，1982），是他晚年（約六十六歲時）在蜀地追憶一己平生的聯章詞作。韋莊〈菩薩蠻〉五闋，在藝術技巧上，有極佳的結構安排與意象表現；在內容上更能見出他思鄉的

8　魏王堤：是唐時名勝之一。洛水流入洛陽城中，經過皇城端門，又經尚善、旌善兩坊之北，南溢為池，貞觀中賜予魏王泰，故名魏王池，有堤與水相隔，名魏王堤。此處魏王借指唐朝。

9　君：表面上與第一首的「美人」呼應，實質上指的是唐朝君王，隱現出對故國的思念。

深情與回顧生平的惆悵，其所書寫的生命軌跡，可視為他一生經歷的縮影。

閱讀鑑賞

　　整體來看，這五闋〈菩薩蠻〉主要在藉回顧自己過去生命的行跡，來表現作者「思歸」的心情。就個別詞作來看，五闋詞之間，題旨連貫，題材與詞彙的運用有緊密映照，不可任意分割。各闋詞的主旨安置及顯隱如下表所示：

〈菩薩蠻〉	安置	顯隱	主旨－思歸
其一	篇首	全顯	別夜惆悵之情
其二	篇首	顯中有隱	江南好（不得早歸之痛）
其三	篇外	全隱	無家可歸之痛
其四	篇腹	顯中有隱	主人情深（滯蜀不歸之無奈）
其五	篇末	全顯	歸唐無望之恨

　　由上表可知，在「思歸」的總旨之下，各闋的主旨分別由「別夜的惆悵」（起），而「不得早歸之痛」（承），而「無家可歸之痛」（承），而「滯蜀不歸之無奈、沈醉」（轉），而「歸唐無望之恨」（合）。在詞意的發展上層次井然，能依起承轉合的結構安排，自成一道別鄉、思鄉的情感脈絡。作者由別家而至江南，由江南而至蜀，由蜀而致無家可歸、不得不滯蜀的生命軌跡亦具現於此五闋詞中，此五闋實可視為一個有機的「聯章體」。

　　第一闋寫作者追憶他中年別家時的心情，是一種「別夜的惆悵之情」。首二句為總說：韋莊開門見山地以「紅樓」句揭出主旨，第二句則以室內「流蘇」、「香燈」等精緻美景具寫首句「紅樓」這一夜別的所在，而香燈未滅、床帳半捲之景則暗示離人通宵不寐、難分難捨的纏綣、惆悵之情。接下來的六句則是分說，分別寫門外淚別的惆悵（二句）及樓

上辭別的惆悵（四句）。修辭方面，作者以「黃鶯語」比喻琵琶絃音之美；以「花」比喻美人的容顏，意象十分鮮明。

　　第二闋作者追憶他來到江南的所見、所聞、所感，表面上是說「江南好」：景致美、生活閒、女人美；如此令人流連忘返的江南，若是現在還鄉，會因思念江南而「斷腸」。但詞末二句「未老莫還鄉，還鄉須斷腸」，其實還暗示了：因為中原正遭受黃巢之亂，有家歸不得，「今日若還鄉，目擊離亂，只令人斷腸，故惟有暫不還鄉，以待時定」（唐圭璋《唐宋詞簡釋》），情意的表達十分委婉曲折，哀傷動人。修辭方面，春水碧、畫船聽雨等視、聽的感官摹寫，能鮮明地呈現出江南的美景與作者的悠閒；至於以明月喻江南女子容貌之姣好、以皓雪喻女子肌膚之白皙等譬喻格的運用，更生動而具體地刻畫出江南女子之美麗。

　　第三闋作者的行跡仍在美好的江南，追記他在江南的樂事。在結構的安排上甚見巧思，為「今－昔－今」的結構，這種時序上的交錯安排，能使篇章產生逆敘、順敘的虛實變化。此闋承上一闋而來，上闋「江南好」是別人所說，此闋的「江南樂」則是在離開江南後才深切體會的，作者在起句「如今卻憶江南樂」即生發此一回憶江南樂事的話題，是「今」的部分，此時他身在蜀地，憶起當年江南樂事，有很強烈的今昔之感。自第二句「當時年少春衫薄」到第六句「醉入花叢宿」則進入「昔」的時空裡，具寫江南的樂事：由「當時」二字將時間回溯至過去，以自己的春衫飄舉為年輕瀟灑的標幟，展開他的尋芳樂事；「騎馬倚斜橋」至「醉入花叢宿」四句，具寫他在江南的樂事──美人伴醉，因作者風采動人（以「騎馬」、「倚橋」的英姿呈現），所以引來滿樓紅袖（美人）的招手；又因美人的招引，所以作者便醉宿美人住處了。這四句在空間景物的處理上，是由室外的「斜橋」美景，轉移到室內的「翠屏金屈曲」（翠屏飾以金環紐）的華美擺設上，這種「由遠而近」的設計，使得室內發生的「事」（醉宿花叢）得到最大的注意，此時作者的快樂愜意更加可以想見。結尾二句「此度見花枝，白頭誓不歸」又將時間拉回現在，是「今」的部分。

此二句是作者在蜀地的假設之筆，意即：如果有重遊江南的機會，即使終老也不還鄉，語氣似很堅決，但這只是表面的意思。這時，唐朝已亡，作者深知已無家可歸，所以才以此語反襯他心中的悲苦。俞平伯評此二句說：「把話說得斬釘截鐵，似無餘味，而意卻深長，愈堅決則愈纏綿，愈忍心則愈溫厚，合下文觀，此惜極明晰。若當時只作此一章，結尾殆不會如此。」（〈讀詞偶得〉）也認為此二句除了表面的意義之外，有其更深長的內蘊。韋莊以「由因及果」的順推中，故作誓言要終老江南，其實有無盡的思鄉之情在其中。

第四闋，空間轉移至蜀地，寫蜀主待他的深情厚意，也表現了感嘆生命短暫卻仍留蜀不歸的無奈與遺憾。上半闋寫蜀主的深情，下半闋寫作者化感謝之心為實際的飲酒行動——笑飲主人斟滿的金杯酒。本詞平白如話，表面看來有曠達之風，但「呵呵」二字只是一種空洞的笑聲，其實透顯出韋莊內在強顏歡笑的辛酸，此時唐已滅亡，因此，他隱而不宣的是亡國的悲痛，在無奈之餘，只有故作曠達，暫時以酒麻醉自己。

第五闋作者仍在蜀地，為整個思鄉憶舊的心情作一總結。主旨在篇末「凝恨對殘暉，憶君君不知」，這個「恨」就是「歸唐無望之恨」。結構上最大的特色在以「時空交錯」的方式呈現——表面上是寫空間，其實時間含藏其中：寫「洛陽城裡春光好」、「柳暗魏王堤」，即暗寫昔日時光；表面上是寫時間（事件），其實空間含藏其中：寫「洛陽才子他鄉老」、「此時心轉迷」，即是暗寫作者此時身處四川。在時空的交錯、融合中，作者身處異鄉的無奈及對故國思念的迷亂之情就生動地展現出來了。

隨堂推敲

1. 這五闋組詞的主旨是什麼？作者選用的材料為何？
2. 韋莊寫作此五闋詞時，個人與時代背景如何？其所描述的生命軌跡如何？

3. 這五闋組詞中哪一首令你印象最為深刻？請說明理由。

4. 你希望自己的生命軌跡是大起大落的曲線？還是平平順順的直線？
   為什麼？

閱讀安可

下列選文一為對自己生命軌跡的回顧與感想，另一為專就蘇軾流放黃州
的特殊生命軌跡的論述。

1. 《古詩十九首・迴車駕言邁》

> 迴車駕言邁，悠悠涉長道。四顧何茫茫，東風搖百草。所
> 遇無故物，焉得不速老！盛衰各有時，立身苦不早。人生非金
> 石，豈能長壽考？奄忽隨物化，榮名以為寶。

說明

　　作者回顧自己一生的生命軌跡，深憾一己毫無成就，悔恨未能及早努
力，主旨在表現「立身不早、沈淪失意」（馬茂元《古詩十九首探索》）
的心情。作者藉由自然界客觀景物的盛衰變化，聯想到人生的短促；並
進一步感慨自己的一無所成，在失意之苦的情緒中，寓理於情，寄託應
及時努力以求得榮名之理。自篇首至「焉得不速老」六句寫景：首二句，
用《楚辭・離騷》「迴朕車以復路兮，及行迷之未遠」的辭意，刻畫出作
者駕車行遠、孤苦失意的形象；再以「四顧」四句，寫在春風的吹拂搖動
下，四周廣大無邊的野草全是新生的，使趕路的作者發出人生苦短的悲
嘆！在周遭景物的烘托下，再由「景」入「情」，以「盛衰各有時」六
句，寫作者因眼前之景而感受到的深沉哀傷。許曉晴曾指出：「文學的悲
涼本於人生的悲涼。游子們既無法求得生命的亮度──入仕，亦無法延長
生命的長度──長生，只能轉向對生命密度的追求，即對現實生活的追
求，包括對功名的追求，……對享樂的追求，……對戀人的思念。」（見

〈論《古詩十九首》的生命意象與主題〉，《山西大學學報》1999年第1期）詩中「景」（實）、「情」（虛）兩種組織材料的力量，依時間先後出現，從具體客觀的景物快速的新陳代謝，聯繫到抽象的人生思維，在實與虛的材料互相呼應、連絡之中，作者對現實功名追求不得的失意之苦，便更呼之欲出了。

2. 蔣勳〈寒食帖〉

假日無事，便取出蘇軾的「寒食帖」來看。這是蘇軾於神宗元豐五年（一〇八二）貶到黃州所寫的詩稿。字跡看來顛倒隨意，大小不一，似乎粗拙而不經意，但是，精於書法的人都看得出，那倚側頓挫中有嫵媚宛轉，收放自如，化規矩於無形，是傳世蘇書中最好的一件。

……空庖煮寒菜，破竈燒濕葦。那知是寒食，但感烏啣紙。君門深九重，墳墓在萬里。也擬哭途窮，死灰吹不起。

詩意苦澀，是遭大難後的心灰意冷。書法卻稚拙天真，猛一看，彷彿有點像初學書的孩子所為，一洗甜熟靈巧的刻劃之美，而以拙澀的面目出現。飽經生死憂患，四十六歲的蘇軾，忽然從美的刻意堅持中了悟通達了；原來藝術上的刻意經營造作，只是為了有一日，在生死的分際上可以一起勘破，了無牽掛；而藝術之美的極境，竟是紛華剝蝕淨盡以後，那毫無偽飾的一個赤裸裸的自己。

蘇軾一生多次遭譴謫流放，以後的流放，都比黃州更苦，遠至瘴蠻的嶺南、海南島。黃州的貶斥，只是這一生流放的詩人之旅的起程而已，對蘇軾而言，卻有著不凡的意義。

黃州的被貶，肇因於忌恨小人的誣陷，發動文字獄，以蘇

賦詩文對朝政、皇帝多所嘲諷，要置他一個「謗訕君上」的死罪。蘇軾自元豐二年七月在湖州被逮捕，押解入京，經過四個多月的囚禁勘問，詩文逐字逐句加以究詰，牽連附會，威嚇詬辱交加，這名滿天下的詩人，自稱「魂驚湯火命如雞」，以為所欠惟有一死。在獄中密托獄卒帶絕命詩給兄弟蘇轍，其中有「是處青山可埋骨，他時夜雨獨傷神；與君世世為兄弟，又結來生未了因」這樣惋惻動人的句子。

　　這應當死去而竟未死去的生命，在驚懼、貪戀、詬辱、威嚇之後，豁然開朗。貶謫到黃州的蘇軾，死而後生，他一生最好的詩文、書法皆完成於此時。初到黃州便寫了那首有名的〈卜算子〉：「……驚起卻回頭，有恨無人省。揀盡寒枝不肯棲，寂寞沙洲冷。」那甫定的驚魂，猶帶著不可言說的傷痛，但是，「揀盡寒枝不肯棲」，這生命，在威嚇侮辱之中，猶不可妥協，猶有所堅持，可以懷抱磊落，不肯與世俯仰，隨波逐流啊！

　　黃州在大江岸邊，蘇軾有罪被責不能簽署公事，他倒落得自在，日日除草種麥，畜養牛羊，把一片荒地開墾成為歷史上著名的「東坡」。有名的〈江城子〉寫於此時：「……走遍人間，依舊卻躬耕。昨夜東坡春雨足，烏鵲喜，報新晴。」是在狹小的爭執上看到了生命無謂的浪費，而真正人類的文明，如大江東去，何嘗止息？蘇軾聽江聲不斷，原來這裡也曾有過戰爭，有過英雄與美人，有過智謀機巧，也有過情愛的繾綣，啊，真是江山如畫啊，這飽歷憂患的蘇東坡，在詬辱之後，沒有酸腐的自怨自艾，沒有做態的自憐，沒有了不平與牢騷，在歷史的大江之邊，他高聲唱出了驚動千古的歌聲：「大江東去，浪濤盡，千古風流人物……」時在宋神宗元豐六年，西曆一八〇三年，蘇軾四十七歲。

　　蘇軾的「赤壁賦」也寫在這段時間。「前赤壁賦」原蹟藏在故宮博物院，文末尚附有小註：「軾去歲作此賦，未嘗輕出以示人，見者蓋一、二人而已。欽之有使至，求近文，遂親書以寄。多難畏事，欽之愛我，必深藏之，不出也。」被誣陷之後，蘇賦也知道忌恨小人的可怕，「多難畏事，欽之愛我，必深藏之，不出也」，知道這件文學名著的背景，再讀東坡這幾句委婉含蓄之詞，真是要覺得啼笑皆非啊！

　　在黃州這段時間，東坡常說「多難畏事」或「多難畏人」這樣的話。他的「烏臺詩案」不僅個人幾罹死罪，也牽連了家人親友的被搜捕貶謫，他的「多難畏人」，一方面是說小人的誣陷，另一方面，連那深愛的家人親友學生也寧願遠遠避開，以免連累他人。與李端叔的一封信說得特別好：「得罪以來，深自閉塞，扁舟草履，放浪山水間，與漁樵雜處，往往為醉人所推罵，且自喜漸不為人識。」

　　穿著草鞋，跟漁民樵夫混雜在一起，被醉漢推罵，從名滿天下的蘇軾變成無人認識的一個世間的凡夫俗子，東坡的脫胎換骨，正在他的被誣陷、受詬辱之後，可以「自喜漸不為人識」吧。

　　〈寒食帖〉寫得平白自在，無一點做態，也正是這紛華去盡，返璞歸真的結果吧。卷後有黃庭堅的〈跋〉，對〈寒食帖〉讚譽備至。黃庭堅是宋四大書法家蘇、黃、米、蔡，僅次於蘇軾的一人，書法挺俊而美，但是他對〈寒食帖〉歎為觀止，正是黃州的東坡竟可以連美也不堅持，從形式技巧的刻意中解放出來，美的極境不過是「與漁樵雜處」的平淡自然而已吧。

　　在擁擠穢雜的市集裡，被醉漢推罵而猶能「自喜」，也許

　　「我執」太強的藝術家都必要過這一關，才能入於美的堂奧，但是，談何容易呢？

說明

　　蘇軾的一生，有著大起大落的生命軌跡。「問汝平生功業，黃州、惠州、儋州」，貶謫黃州，是他坎坷經歷的起始，也是他特殊生命軌跡的開端。蔣勳以夾敘夾議的手法，不僅指出〈寒食帖〉書法藝術的特色，更由詩意的探析與蘇軾同時期詩文的佐證，洞悉蘇軾在困境中擺脫生命桎梏、達致曠達自適的超然境界。烏臺詩案與流謫黃州，在旁人看似流落不堪、閉塞畏人的生命歷程，對蘇軾而言，卻反倒是紛華去盡、返璞歸真的美的極境呢！

分組活動

　　「回顧舊遊的生命軌跡」：韋莊在〈菩薩蠻〉中寫道：「人人盡說江南好，遊客只合江南老。」請你仿效韋莊之意，回顧你曾到訪過的舊遊之地，何處是最令你難忘的？將該地填入「人人盡說□□好，遊客只合□□老」□中可以是地名，也可以是國名，並說明填寫此處的理由為何。

寫作鍛鍊

1. 譬喻格修辭鍛鍊：

　　請分別寫出下列譬喻格的「喻依」、「喻體」、「喻義」：

　　⑴「絃上黃鶯語」：以（黃鶯語）喻（琵琶絃聲）之（美）。

　　⑵「綠窗人似花」：以 ＿＿＿＿ 喻 ＿＿＿＿ 之 ＿＿＿＿ 。

　　⑶「爐邊人似月」：以 ＿＿＿＿ 喻 ＿＿＿＿ 之 ＿＿＿＿ 。

　　⑷「皓腕凝雙雪」：以 ＿＿＿＿ 喻 ＿＿＿＿ 之 ＿＿＿＿ 。

2. 請先設想一下你在大學畢業後想找的工作是什麼？然後根據該工作的需求，製作一份你個人的「履歷表」。（內容包括：求職動機、家庭背景、人格特質、求學經過、工作經歷、專長興趣、生涯規劃等）

3. 請你揣想一下韋莊寫作這五闋詞時的心情，然後以現代散文寫下這份心情。題目自訂，字數在400字以上。

請沿虛線剪下

【分組討論單】系級：＿＿＿＿　組別：＿＿＿＿　報告者：＿＿＿＿

　　　　　組員簽名：＿＿＿＿＿＿＿＿＿＿＿＿＿

問：請每位同學分別填寫下表，再與組員分享，各組推出兩位代表上台
　　發表自己的作品。

答：

「人人盡說□□好，遊客只合□□老。」
理由：

寫作鍛鍊　　　　　　　　日期：＿＿＿＿＿＿

系級：＿＿＿＿＿　學號：＿＿＿＿＿　姓名：＿＿＿＿＿

請沿虛線剪下

〈第九味〉

涂國熊

文本內容

　　我的父親常說：「喫是為己，穿是為人。」這話有時想來的確有些意思，吃在肚裡長在身上，自是一點肥不了別人；但穿在身上，漂亮一番，往往取悅了別人而折騰了自己。父親作菜時這麼說，吃菜時這麼說，看我們穿新衣時也這麼說，我一度以為這是父親的人生體會，但後來才知道我的父親並不是這個哲學的始作俑者，而是當時我們「健樂園」大廚曾先生的口頭禪。

　　一般我們對於廚房裡的師傅多稱呼某廚，如劉廚王廚之類，老一輩或矮一輩的幫手則以老李小張稱之，惟獨曾先生大家都喊聲「先生」，這是一種尊敬，有別於一般廚房裡的人物。

　　曾先生矮，但矮得很精神，頭髮已略花白而眼角無一絲皺紋，從來也看不出曾先生有多大歲數。我從未見過曾先生穿著一般廚師的圍裙高帽，天熱時他只是一件麻紗水青斜衫，冬寒時經常是月白長袍，乾乾淨淨，不染一般膳房的油膩腌臢。不識他的人看他一臉清癯[1]，而眉眼間總帶著一股凜然之

1　癯：音ㄑㄩˊ，瘦。

色，恐怕以爲他是個不世出[2]的畫家詩人之類，或是笑傲世事的某某教授之流。

　　曾先生從不動手作菜，只吃菜，即使再怎麼忙，曾先生都是一派閒氣地坐在櫃台後讀他的《中央日報》。據說他酷愛唐魯孫先生的文章，雖然門派不同（曾先生是湘川菜而唐魯孫屬北方口味兒），但曾先生說：「天下的吃到底都是一個樣的，不過是一根舌頭九樣味。」那時我年方十歲，不喜讀書，從來就在廚房竄進竄出，我只知酸甜苦辣鹹澀腥沖八味，至於第九味，曾先生說：「小子你才幾歲就想嚐遍天下，滾你的蛋去。」據父親說，曾先生是花了大錢請了人物套交情才聘來的，否則當時「健樂園」怎能高過「新愛群」一個級等呢？花錢請人來光吃而不做事，我怎麼看都是不合算的。

　　我從小命好，有得吃。

　　母親的手藝絕佳，比如包粽子吧！不過就是醬油糯米加豬肉，我小學莊老師的婆婆就是一口氣多吃了兩個送去醫院的。老師打電話來問秘訣，母親想了半天，說：竹葉兩張要一青一黃，醬油須拌勻，豬肉不可太肥太瘦，蒸完要瀝乾……如果這也算「秘訣」。

　　但父親對母親的廚藝是鄙薄的，母親是浙江人，

2　不世出：世間罕見。

我們家有道經常上桌的家常菜，名曰：「冬瓜蒸火腿」，作法極簡，將火腿（臺灣多以家鄉肉替代）切成薄片，冬瓜取中段一截，削皮後切成梯形塊，一塊冬瓜一片火腿放好，蒸熟即可食。需知此菜的奧妙在於蒸熟的過程冬瓜會吸乾火腿之蜜汁，所以上桌後火腿已淡乎寡味，而冬瓜則具有瓜蔬的清苦之風與火腿的華貴之氣，心軟邊硬，汁甜而不膩，令人傾倒。但父親總嫌母親切菜時肉片厚薄不一，瓜塊大小不勻，因此味道上有些太濃而有些太淡，只能「湊合湊合」。父親在買菜切菜炒菜調味上頗有功夫，一片冬瓜切得硬是像量角器般精準，這刀工自是大有來頭，因與本文無關暫且按下不表。話說父親雖有一手絕藝，但每每感嘆他只是個「二廚」的料，眞正的大廚，只有曾先生。

　　稍具規模的餐廳都有大廚，有些名氣高的廚師身兼數家「大廚」，謂之「通灶」，曾先生不是「通灶」，但絕不表示他名氣不高。「健樂園」的席有分數種價位，凡是掛曾先生排席的，往往要貴上許多。外行人常以爲曾先生排席就是請曾先生親自設計一桌從冷盤到甜湯的筵席，其實大非，菜色與菜序排不排席誰來排席其實都是差不多的，差別只在上菜前曾先生是不是親口嚐過。從來我見曾先生都是一嚐即可，從來沒有打過回票，有時甚至只是看一眼就「派司」，有人以爲這只是個形式或是排場

而已，這當然又是外行話了。

要知道在廚房經年累月的師傅，大多熟能生巧，經常喜歡苛扣菜色，中飽私囊，或是變些魔術，譬如鮑魚海參排翅之類，成色不同自有些價差，即使冬菇筍片大蒜，也是失之毫釐差之千里。而大廚的功用就是在此，他是一個餐廳信譽的保證，有大廚排席的菜色，廚師們便不敢裝神弄鬼，大廚的舌頭是老天賞來人間享口福的，禁不起一點假，你不要想瞞混過關，味精充雞湯，稍經察覺，即使你是國家鑑定的廚師也很難再立足廚界，從此江湖上沒了這號人物。有這層顧忌，曾先生的席便沒人敢滑頭，自是順利穩當。據父親說，現下的廚界十分混亂，那些「通灶」有時兼南北各地之大廚，一晚多少筵席，哪個人能如孫悟空分身千萬，所以一般餐廳多是馬馬虎虎，「湊合湊合」，言下有不勝唏噓之意。

曾先生和我有緣，這是掌杓的趙胖子說的。每回放學，我必往餐廳逛去，將書包往那幅金光閃閃的「樂遊園歌」下一丟，閃進廚房找吃的。這時的曾先生多半在看《中央日報》，經常有一香吉士果汁杯的高粱，早年白金龍算是好酒，曾先生的酒是自己帶的，他從不開餐廳的酒，不像趙胖子他們常常「乾喝」。

趙胖子喜歡叫曾先生「師父」，但曾先生從沒答

理過。曾先生特愛和我講故事，說南道北，尤其半醉之際。曾先生嗜辣，說這是百味之王，正因爲是王者之味，所以他味不易親近，有些菜中酸甜鹹澀交雜，曾先生謂之「風塵味」，沒有意思。辣之於味最高最純，不與他味相混，是王者氣象，有君子自重之道在其中，曾先生說用辣宜猛，否則便是昏君庸主，綱紀凌遲[3]，人人可欺，國焉有不亡之理？而甜則是后妃之味，最解辣，最怡人，如秋月春風，但用甜則尚淡，才是淑女之德，過膩之甜最令人反感，是露骨的諂媚。曾先生常對我講這些，我也似懂非懂，趙胖子他們則是在一旁暗笑，哥兒們幾歲懂些什麼呢？父親則抄抄寫寫地勤作筆記。

　　有一次父親問起鹹辣兩味之理，曾先生說道：鹹最俗而苦最高，常人日不可無鹹但苦不可兼日，況且苦味要等眾味散盡方才知覺，是味之隱逸者，如晚秋之菊，冬雪之梅；而鹹則最易化舌，入口便覺，看似最尋常不過，但很奇怪，鹹到極致反而是苦，所以尋常之中，往往有最不尋常之處，舊時王謝堂前燕[4]，就看你怎麼嘗它，怎麼用它。

　　曾先生從不阻止父親作筆記，但他常說烹調之道

3　凌遲：毀壞。
4　舊時王謝堂前燕：此句出自劉禹錫〈烏衣巷〉：「朱雀橋邊野草花，烏衣巷口夕陽斜。舊時王謝堂前燕，飛入尋常百姓家」，文中以「舊時王謝堂前燕」借喻鹹味，當尋常的鹹到極至時反而成為不尋常的苦，就像「飛入尋常百姓家」的堂前燕一樣地不尋常。

要自出機杼，得於心而忘於形，記記筆記不過是紙上的工夫，與真正的吃是不可同日而語的。

「健樂園」結束於民國七十年間，從此我們家再沒人談起吃的事，似乎有點兒感傷。

「健樂園」的結束與曾先生的離去有很密切的關係。

曾先生好賭，有時常一連幾天不見人影，有人說他去豪賭，有人說他去躲債，誰也不知道，但經常急死大家，許多次趙胖子私下建議父親曾先生似乎不大可靠，不如另請高明，但總被父親一句「刀三火五吃一生」給回絕，意謂刀工三年或可以成，而火候的精準則需時間稍長，但真正能吃出真味，非用一輩子去追求，不是一般遇得上的，父親對曾先生既敬且妒自不在話下。

據父親回憶，那回羅中將嫁女兒，「健樂園」與「新愛群」都想接下這筆生意，結果羅中將賣曾先生一個面子，點的是曾先生排的席，有百桌之餘，這在當時算是樁大生意，而羅中將又是同鄉名人，父親與趙胖子摩拳擦掌準備了一番，但曾先生當晚卻不見人影，一陣雞飛狗跳，本來父親要退羅中將的錢，但趙胖子硬說不可，一來沒有大廚排席的酒筵對羅中將面子上不好看，二來這筆錢數目實在不小，對當時已是危機重重的「健樂園」來說是救命仙丹，趙胖子發誓一定好好做，不會有差池。

　　這趙胖子莫看他一臉肥相，如彌勒轉世，論廚藝卻是博大精深，他縱橫廚界也有二三十年，是獨當一面的人物。那天看他揮汗如雨，如八臂金剛將鏟杓使得風雨不透。本來宴會進行得十分順利，一道一道菜流水般地上，就在最後關頭，羅中將半醺之際竟拿起酒杯，要敬曾先生一杯，場面一時僵住。事情揭穿後，羅中將鐵青著臉，鋃鐺一聲扔下酒杯，最後竟有點不歡而散。幾個月後「健樂園」都沒再接到大生意，衛生局又經常上門噪囉，清廉得不尋常。父親本不善經營，負債累累下終於宣布倒閉。

　　曾先生從那晚起沒有再出現過，那個月的薪俸也沒有拿，只留下半瓶白金龍高粱酒，被趙胖子砸了個稀爛。

　　長大後我問父親關於曾先生的事，父親說曾先生是湘鄉人，似乎是曾滌生家的遠親，與我們算是小同鄉，據說是清朝皇帝曾賞給曾滌生家一位廚子，這位御廚沒有兒子，將本事傳給了女婿，而這女婿，就是曾先生的師父了。對於這種稗官野史我只好將信將疑，不過父親說，要真正吃過點好東西，才是當大廚的命，曾先生大約是有些背景的，而他自己一生窮苦，是命不如曾先生。父親又說：曾先生這種人，吃盡的天地精華，往往沒有好下場，不是帶著病根，就是有一門惡習。其實這些年來，父

親一直知道曾先生在躲道上兄弟的債，沒得過一天好日子，所以父親說：平凡人有其平凡樂趣，自有其甘醇的真味。

「健樂園」結束後，賠賠賣賣，父親只拿回來幾個帳房用的算盤，小學的珠算課我驚奇地發現我那上二下五的算盤與老師同學的大不相同，同學爭看我這酷似連續劇中武林高手用的奇門武器，但沒有人會打這種東西，我只好假裝上下各少一顆珠子地「湊合湊合」。

從學校畢業後，我被分發至澎湖當裝甲兵，在軍中我沉默寡言，朋友極少，放假又無親戚家可去，往往一個人在街上亂逛。有一回在文化中心看完了書報雜誌，正打算好吃一頓，轉入附近的巷子，一爿[5]低矮的小店歪歪斜斜地寫著「九味牛肉麵」，我心中一動，進到店中，簡單的陳設與極少的幾種選擇，不禁使我有些失望，一個肥胖的女人幫我點單下麵後，自顧自的忙了起來，我這才發現暗暝的店中還有一桌有人，一個禿頭的老人沉浸在電視新聞的巨大聲量中，好熟悉的背影，尤其桌上一份《中央日報》，與那早已滿漬油水的唐魯孫的《天下味》，曾先生，我大聲喚了幾次，他都沒有回頭，「我們老闆姓吳」，胖女人端麵來的時候說。

5　爿：音ㄆㄢˊ，計算店家的量詞。

「不！我姓曾。」曾先生在我面前坐下。

我們聊起了許多往事，曾先生依然精神，但眼角已有一些落寞與滄桑之感，滿身廚房的氣味，磨破的袖口油漬斑斑，想來常常抹桌下麵之類。

我們談到了吃，曾先生說：一般人好吃，但大多食之無味，要能粗辨味者，始可言吃，但真正能入味之人，又不在乎吃了，像那些大和尚，一杯水也能喝出許多道理來。我指著招牌問他「九味」的意思，曾先生說：辣甜鹹苦是四主味，屬正；酸澀腥沖是四賓味，屬偏。偏不能勝正而賓不能奪主，主菜必以正味出之，而小菜則多偏味，是以好的筵席應以正奇相生而始，正奇相剋而終……突然我覺得彷彿又回到了「健樂園」的廚房，滿鼻子菜香酒香，爆肉的嗶啵聲，剁碎的篤篤聲，趙胖子在一旁暗笑，而父親正勤作筆記。我無端想起了「健樂園」穿堂口的一幅字：「樂遊古園崒⁶森爽，煙綿碧草萋萋長。公子華筵勢最高，秦川對酒平如掌……」⁷

6　崒：音ㄗㄨˊ，山勢高峻的樣子。

7　樂遊園歌：杜甫作，原詩為：「樂遊古園崒森爽，煙綿碧草萋萋長。公子華筵勢最高，秦川對酒平如掌。長生木瓢示真率，更調鞍馬狂歡賞。青春波浪芙蓉園，白日雷霆夾城仗。閶闔晴開訣蕩蕩，曲江翠幕排銀牓。拂水低回舞袖翻，緣雲清切歌聲上。卻憶年年人醉時，只今未醉已先悲。數莖白髮那拋得，百罰深杯亦不辭？聖朝亦知賤士醜，一物自荷皇天慈。此身飲罷無歸處，獨立蒼茫自詠詩。」天寶十年（751），正月初八至初十這三日，朝廷連續三天舉行祀太清宮、祀太廟、祀南郊三大典禮。失意的杜甫利用這個機會獻「三大禮賦」（〈朝獻太清宮賦〉、〈朝享太廟賦〉、〈有事于南郊賦〉），得到唐玄宗的賞識，並詔試集賢院，等候任用。其後因為宰相所忌，所以失敗告終，此詩即作於此時空背景之下。此詩

　　那逝去的像流水，像雲煙，多少繁華的盛宴聚了又散散了又聚，多少人事在其中，而沒有一樣是留得住的。曾先生談興極好，用香吉士的果汁杯倒滿了白金龍，顫抖地舉起，我們的眼中都有了淚光，「卻憶年年人醉時，只今未醉已先悲」，我記得〈樂遊園歌〉是這麼說的，我們一直喝到夜闌人靜。

　　之後幾個星期連上忙著裝備檢查，都沒放假，再次去找曾先生時門上貼了今日休息的紅紙，一直到我退伍。我知道我再也找不到他了，心中不免惘然。有時想想，那會是一個夢嗎？我對父親說起這件事，父親並沒有訝異的表情，只是淡淡地說：勞碌一生，沒人的時候急死，有人的時候忙死……我不懂這話在說什麼。

　　如今我重新拾起書本，覺得天地間充滿了學問，一啄一飲都是一種寬慰。有時我會翻出〈樂遊園歌〉吟哦一番，有時我會想起曾先生話中的趣味，曾先生一直沒有告訴我那第九味的真義究竟是什麼，也許是連他自己也不清楚；也許是因為他相信，我很快就會明白。

題下原注：「晦日賀蘭楊長史筵醉歌。」乃作者赴楊長史之筵，於席後所作。杜甫以旁觀者的身份處在此盛會之邊緣，結合盛唐的歡樂繁華與個人的蒼涼之感，發為這首流麗深美的身世之歌。首先交代飲宴，並概寫園上所見的自然景物；次寫園中盛況；「卻憶」以下語意忽變，感慨蒼涼，寫自己勉為歡樂，借酒遣愁，表現對獻賦失敗的激憤。「獨立蒼茫」寫出寂寞孤高，餘意無窮。徐國能在文中引此詩的弦外之音為：以杜甫自身的仕途坎坷和詩中的蒼涼之意，比擬昔日盛況之殞落（健樂園與曾先生）。作者與曾先生偶然相遇，徹夜暢飲，但景物、人事皆非，只能借酒消愁、勉為歡樂，在白金龍的陪伴下品嚐人生之味。

寫作背景

　　本文是作者初入文壇的代表作，曾榮獲文建會第三屆全國大專文學獎散文首獎（2000）。作者徐國能（1973－），生於臺北市，祖籍湖南長沙。東海大學畢業，臺灣師範大學文學博士，曾任教於淡江大學中文系，目前任教於臺灣師範大學國文學系。喜好閱讀、電影、棋藝，個性幽默風趣，親和力十足。雖然為人謙和，仍深具犀利的批判力，古典詩、新詩與現代散文皆有創作，文字成熟老練而典雅清麗，善於發掘事物背後蘊藏的深意，字裡行間經常透顯出難以言喻的人生況味與思想深度。作品曾獲《聯合報》文學獎散文大獎、《時報》文學獎散文第二名、教育部文學獎散文第二名、臺灣文學獎散文佳作、文建會全國大專文學獎散文首獎、全國學生文學獎大專散文組首獎、《中央日報》文學獎新詩第三名、臺北市文學獎新詩評審獎、花蓮文學獎新詩佳作、臺北市公車詩文古詩新詩入選等。著有論文《歷代杜詩學詩法論研究》，散文集《第九味》、《煮字為藥》，編有《海峽兩岸現當代文學論集》，合著有《台灣小說》。

閱讀鑑賞

　　本文旨在藉烹飪之特殊生命軌跡的描寫，表現作者對飲食況味的領悟，並帶出酸、甜、苦、辣、鹹、澀、腥、沖八味之外的「第九味」。此味非由生理感官可得，若非嘗遍眾味、閱盡人世，終難得其門而入。作者由「技」而入於「道」，從「食之味」烘托出「人生之味」，點出「飲食即人生」的哲理。

　　在取材方面，以「健樂園」（自家餐廳）的興衰與大廚曾先生生命大起大落的傳奇性軌跡為材，成功地塑造了幾個性格鮮明的人物，如：

　　曾先生，出身不凡，是曾國藩之後、清御廚之徒，對於烹調食道有過人的天賦，談起「吃」則妙語如珠，深涵哲理；但是，曾先生爛賭的惡習使其生活動盪，導致「健樂園」間接歇業。

　　趙胖子，「健樂園」掌杓的廚師，廚藝博大精深，可獨當一面。

　　父親，「健樂園」的老闆，刀工精湛，然而只堪為二廚之料。

母親，在外行人的眼中已經是手藝絕佳，但在父親的眼中卻是鄙薄的。

在佛斯特《小說面面觀》中曾提出「圓形人物」與「扁形人物」的概念，其中圓形人物的特徵爲：角色鮮活，有複雜的心理發展和情緒起伏，正邪界線較不分明，讀者從不同的面向來觀察圓形人物，亦對他有不同的評價；至於扁形人物的特徵則爲：性格單一，非黑即白，多爲小說中的丑角或是大反派。本文中的主角曾先生，對於飲食具有超乎常人的天賦，行事亦有個人之堅持（例如：不「乾喝」），理應是位透徹「食之道」與「人生之道」的高人，卻因爲嗜賭的惡習而身敗名裂，如此多面向的角色，屬於圓形人物，呈現給讀者一種鮮活、變化的形象；而其他人物的性格較單一，則屬扁形人物，有效地對比出主角複雜的性格。

在結構方面，可分四大部分。第一部分爲「序幕」（1-4段），由曾先生的口頭禪：「喫是爲己，穿是爲人」揭開序幕，帶出本文的靈魂人物──曾先生，並埋下「第九味」的伏筆。第二部分言「興盛」（5-13段），作者自幼即有幸接觸飲膳之道，母親、父親、趙胖子皆具有常人之上的廚藝，但是曾先生對於味覺的敏感度，更是凌駕於其他人之上。在健樂園的興盛時期，作者有幸在曾先生的身邊，瞭解許多寶貴的烹調之道、衆味之理。第三部分言「衰落」（14-19段），此部分描述健樂園的結束與曾先生的離去。曾先生因爲嗜賭的惡習，在羅中將嫁女兒的婚宴上缺席，使得早已危機重重的健樂園名聲受損，又因父親的不善經營，終告倒閉。第四部分爲「尾聲」（20-28段），作者長大以後在澎湖當兵，偶然於一間小店與曾先生重逢，兩人徹夜暢飲，談及九味。雖然曾先生終究未將「第九味」點明，作者亦未於文中明說，但在〈樂遊園歌〉的餘韻中，此味似已悟得。

在形式技巧方面，本文雖爲記敘性的散文，但以小說說故事的方式及對話，塑造出曾先生的不凡形象，再由曾先生之口道出飲食之道，進而

托出「食之味」與「人生之味」的密切不可分，營造出餘韻不絕的況味。尤其善用「懸念」的手法，篇名為〈第九味〉，但是作者僅說出八味，直至文末仍未點明何為「第九味」，留予讀者無限的想像空間。此外，還妙用明喻、隱喻、略喻、借喻等譬喻修辭，如：「那逝去的像流水，像雲煙……」（明喻）、「辣是百味之王；甜是后妃之味」（隱喻）、「尋常之中，往往有最不尋常之處，舊時王謝堂前燕，就看你怎麼嘗它，怎麼用它」（略喻）、「用辣宜猛，否則便是昏君庸主，綱紀凌遲，人人可欺，國焉有不亡之理」（借喻），使得意象更加鮮活、生動。另有映襯修辭，正襯如：作者以母親、父親、趙胖子等人對食道之領悟與烹飪之廚藝，襯托曾先生高人一等的層次，成功塑造曾先生的傳奇性與深不可測的形象；對比如：曾先生大起大落的生命軌跡，讓人進一步思索平凡與不平凡孰勝孰敗？以及人生的價值究竟何在？

隨堂推敲

1. 你認為文中所說的「第九味」，是指什麼味呢？

2. 篇末，作者藉父親之口說：「勞碌一生，沒人的時候急死，有人的時候忙死。」你認為這是什麼意思？你又有什麼樣的感觸呢？

3. 曾先生之味覺天賦異稟，一生卻大起大落，歷經甘苦；趙胖子、父親、母親雖資質平庸，卻也在平淡之中安度一生。你欣賞哪一種人生軌跡呢？請說明理由。

4. 杜甫的遭遇，主要是大環境的因素，導致其際遇不順，窮困潦倒（亦即俗謂的「小蝦米無法對抗大白鯊」）；曾先生則因個人嗜賭的壞習慣，賠上其人生與事業（亦即「咎由自取」）。請問二者適合相提並論嗎？並說明理由。

閱讀安可

下列作品分別是無畏、謙遜、幽默、成熟的生命態度與紀錄。

1. 魯迅〈自嘲詩〉

　　　　運交華蓋欲何求，未敢翻身已蹉頭。舊帽遮顏過鬧市，破船載酒泛中流。

　　　　橫眉冷對千夫指，俯首甘為孺子牛。躲進小樓成一統，管他冬夏與春秋。

> #### 說明
>
> 　　本篇為魯迅有名的詩作，其中「橫眉冷對千夫指」表現出他面對人生困難時的無畏精神；而「俯首甘為孺子牛」則展露出對同事、親友時謙遜的一面；二者結合為一就成為他的生命態度與人生哲學。

2. 廖玉蕙〈年過五十〉（廖玉蕙《五十歲的公主》，九歌出版社，2010.06）

> #### 說明
>
> 　　本文選自《五十歲的公主》，是作者為該書所寫的序言，以現在和過去的心境作對照，道出自己年過五十的複雜心境。作者雖年過半百，卻仍以幽默的態度面對生命，藉幽默、自嘲的文字紀錄一己年過半百的矛盾與無奈，由此見出她詼諧、智慧而成熟的生命軌跡。

分組活動

　　「我最難忘的一件事」速配遊戲：每個人生命軌跡形成的元素都包含了人、事（動作）、物（景、地）等三種，而人生就像一面網，每一個結點都是一次生命的抉擇；每一次的抉擇，都將會影響你接下來碰到的人、

事、物，也將會影響你生命軌跡的形狀與弧度。

　　「活動說明」：每位同學發3張小紙條；請同學分別寫下「自己姓名」、「地點」、「動作」（自己曾做過最難忘的一件事）。分類收回後，ＴＡ分別從三類中各抽一張紙片出來，就其內容中的「人物」、「地點」、「動作」搭配在一起順序唸出，讓同學體會一下不同的人、事、地所組合成的軌跡是如此地大不相同。

寫作鍛鍊

1. 譬喻格修辭鍛鍊：

   徐國能〈第九味〉：「辣，是王者氣象，有君子自重之道在其中。」「甜，是后妃之味，最解辣，最怡人，如秋月春風。」將辣比擬為君王，將甜比擬為后妃。除此之外，你認為還能夠將味道比擬成哪些東西呢？例：「腥」是不堪的往事，不敢去觸及，若誤揭傷疤，只會讓自己渾身難受。

2. 每個人的生命都是有限的，而且人生只有一回，無法重新來過。那麼，你希望專屬於你的生命軌跡是創意的複雜曲線？還是平順的筆直線條？你的人生目標何在？又打算如何達成它？請以「生命之軌」為題，寫出一篇完整的文章，勾勒出你理想中的生命軌跡吧！（請至少用三個譬喻修辭）

【分組討論單】系級：_____　組別：_____　報告者：_____

組員簽名：_____

「活動說明」：每位同學發3張小紙條；請同學分別寫下「自己姓名」、「地點」、「動作」（自己曾做過最難忘的一件事）。分類收回後，ＴＡ分別從三類中各抽一張紙片出來，就其內容中的「人物」、「地點」、「動作」搭配在一起順序唸出，讓同學體會一下不同的人、事、地所組合成的軌跡是如此地大不相同。

答：

「我最難忘的一件事」：

姓名：

地點：

動作：

寫作鍛鍊　　　　　　　　　　　　　日期：＿＿＿＿＿＿

系級：＿＿＿＿＿　學號：＿＿＿＿＿　姓名：＿＿＿＿＿

〈丁挽〉

廖鴻基

文本內容

　　灰雲低空疾走。北風掃起白浪飛揚墨藍海面。海湧伯手握舵柄兩眼凝視著猛烈起伏的船尖，粗勇仔腳步踉蹌收拾著甲板上凌亂糾結的漁繩。

　　北風搖撼著桅杆上的小旗子，引擎響著穩定的返航節奏。回航，通常是漁人出海捕魚過程中心情最平靜踏實的一段航程。然而，那一幕幕海上的追逐與掙扎仍然縈繞徘徊在我的腦海裡，每一個晃動，每一個聲響，都波動捶打在我的心裡。這是我首次擔任鏢魚船主鏢手的一個航次，海洋竟然毫不留情的削減了我那初露的豪情。我倚著船欄癱坐在甲板上，港口防波堤已遙遙在望，海湧伯常說的那句話或許可以解釋這段詭譎特異的經過。海湧伯說：「海洋充滿了無限驚奇！」

　　丁挽，是「討海人」對白皮旗魚的稱呼。每年中秋過後，丁挽隨著黑潮洄游靠近花蓮海岸。這時節，東北季風吹起，冷鋒鋒面帶動一波波翻湧的浪潮降臨，這是個漁船繫緊纜繩及上架歲修的季節。丁挽卻偏偏選擇鋒面過境的惡劣天候中浮現浪頭。與一般漁船不同，鏢丁挽的鏢魚船，在這個起風季節解開纜繩，迎著風浪出海。

　　冷鋒壓境，北風掀起波濤，無論在高聳的浪頭或深陷的波谷，丁挽始終把尾鰭露出水面一定高度，像一支豎立在海面的小旗子。即使在那根旗子被鏢魚船發現而展開追逐時，牠也會像一個奔跑的旗手，一個意氣風發不輕易降下旗子的旗手。

　　出了港後，海湧伯、粗勇仔和我都爬上鏢魚船接近桅杆頂端的塔臺上。我們分三個方向在海面搜尋丁挽的那根旗子。潮水墨藍如破曉前的天空，白浪鮮明的在深色布幕上暈開，一朵朵即開即謝的雪白浪花在高低湧動的黑色山丘上綻放。一波大浪從船隻右側湧來，船隻傾側左舷切入水面，塔臺左傾，塔臺上的我們像貼近海面凌空飛翔的海鳥，那傾側的程度已臨近翻覆的極限，那即將墜海的尖叫聲在喉頭隱隱響起。巨浪湧過，船身猛然翻身右傾，塔臺在空中畫過半個圓弧，我們從左側海面快速甩擺到右側，在右側海面上擦浪飛翔。

　　海洋以其繽紛多樣的魚群誘惑漁人，又以翻臉無情的風浪疏離著漁人。討海人說：「海湧親像水查某。」海洋有著謎樣的魔力，潮汐般鼓動著漁人血液裡的浪潮。初初下海的那年春末，我和海湧伯在立霧溪海口拖釣「土托」，船隻繞行了大半天，船後的尾繩仍然沒有絲毫動靜。我坐在船尾，看著水裡一隻隻幾乎透明的水母被槳葉攪出的白沫溢向兩側，形形色色的水母像極了星際大戰中的飛行

器正在海洋的天空裡飛翔；一群烏賊扭著大象樣的鼻子匆匆經過船邊；一隻海龜把一顆圓鈍的頭露出水面，警覺的看著經過的船隻。海上豐富多樣的生命，讓我忘了這趟出海「摃龜」的不愉快。海湧伯突然轉頭問我：「少年家，爲什麼出來討海？」我溶在水裡的心一時拉不回來，不知如何回答。海湧伯又問：「爲著魚，還是爲著海？」

爲著魚是生活，爲了海是心情。海上的確不同於陸地，漁人的腳步局限在這小小一方可能比囚室更狹窄的漂游甲板上，可是，海上遼無遮攔，船隻以有限的空間卻能任意遨遊無限寬廣和無限驚奇的海洋。海洋紓解了岸上人對人眼對眼的擁擠世界，一個甲板往往就是一個王國。在這裡人與人的關係變得單純和原始，一切規範、制度……那種種人爲的樊籬，都可以打破、修改和重建。在海上，我感受到任性的自由和解放，那最原始的人性得以在這裡掙脫束縛無遮無藏。我迷戀海洋，也迷戀海裡的魚群。

粗勇仔指著右前海面高聲大喊：「紅！在那裡紅──咧。」丁挽在海水裡閃現紅灰色澤，漁人通常用第一個「紅」字來表示發現丁挽，再用第二個「紅」來表示丁挽的桀驁不馴。

看到船隻，丁挽並不走避，仍然高舉著旗子從容悠游在翻湧的浪頭。鏢魚船上鈴聲大作，像是遇上

了敵人戰艦，海湧伯奔進駕駛艙、我踏上鏢魚臺、粗勇仔擺好姿勢半蹲在我身後，船隻吐出一陣黑煙，用一個優美弧度往右前波濤上凌壓過去，引擎聲亢奮若急響的戰鼓。

鏢魚臺架設在硬挺的船尖外，踏上鏢魚臺，我把閃耀著寒星亮光的三叉魚鏢高高舉起，想像自己是舞臺上的主角，感覺自己的神勇和威風。水煙似陣陣雨霧從船尖濛向船尾。

每個漁人心裡都埋藏著一幅屬於個人的海洋圖像，漁人點點滴滴累積與海洋接觸的經驗來描繪這幅圖像。海洋波動不息變幻莫測，再細密精緻的圖像也難以完整描繪海洋的性情和脾氣，一個曾經豐收的釣點，往往就是下回落空挫敗的場所。海洋是如此的不可捉摸，漁人除了內心的這幅海洋圖像外，仍須憑著「感覺」來與海洋相對待。有一個晚上，我和海湧伯在洄瀾灣外捕捉烏賊，船舷邊的燈光打亮後，烏賊陸陸續續聚集在燈光下，海湧伯突然按掉燈火，啟動船隻，說要到奇萊鼻海域釣白帶魚。我納悶的想，那裡既不是釣白帶魚的場所，這時候也不是釣白帶魚的季節。那一夜，我們拉魚到天亮，白帶魚亮潔的銀光溢滿了艙口。上岸後我問海湧伯，到底是靈感、運氣，還是他心裡的那幅海洋圖像預知了什麼。海湧伯笑笑的說：「用聽的。」又每一次我們出海放「延繩釣」，到了預定

場所後，海湧伯總是遲遲不下鉤，開著船走走停停在附近海面盤繞，他説，他在「聽流水」。過了很久以後我才明白，海湧伯説的「聽」是「感覺」的意思。

引擎嘶吼叫囂，一根張緊欲裂的弦連結著丁挽尾鰭和我手上這根高舉的標杆。船隻尾隨著丁挽，緊緊咬住丁挽舞出的旋律與節奏。當船隻受浪阻隔時，丁挽那根旗子左招右搖，在船隻前頭游出緩緩曲線，彷彿舉著一根標示旗隨時在提醒我牠的位置，和牠示威式的等候。

只有兩種魚會如此和漁船戲耍。海豚通常在陽光燦爛波面平靜下成群出現，牠們追著船隻或在船舷邊跳躍，向漁人現露著頑皮的眼神。丁挽，只在陰冷灰暗巨浪濤天的天候下孤獨出現，牠不會主動追逐船隻，而是等候勾引著船隻的追逐。牠把眼睛埋在水面下，讓漁人感覺牠的狡黠和神祕。

海湧伯也是這樣的性格，在漁港內他是出了名的陰冷脾氣，也是出了名的鏢丁挽好手。只要有人與他談起鏢丁挽的種種，他的回答始終簡短一致：「無輸無贏啦！」海湧伯曾經這樣告訴過我，有一次，當他把一尾丁挽拉上甲板，丁挽停在船舷的片刻，牠的尾鰭向海面滴落著含血的水柱，在這瞬間，海湧伯感覺到他體內的生命液體，正經過雙手，經過丁挽受創的身軀，從丁挽尾鰭滴落海面，

海湧伯他說，他的半截生命已沉浸在湛藍的海水裡。跟海湧伯學討海這許多年，我一直懷疑，他體內流著的不是溫紅腥熱的血液，而是藍澄澄的冰涼潮水。

　　跟海湧伯在海上捕魚，只要稍有疏失，海湧伯必然破口大罵。罵過後，也總是這樣一句話：「千萬不要跟海湧開玩笑！」

　　在一次迴轉後，船隻順風逼前了一大步，丁挽巨大的身子整個浮現在鏢魚臺下方。看著腳下的丁挽，那碩大美麗的身軀毫無遮掩的浮現在我眼裡，像掀開美女面紗或破蛹而出的蝴蝶，那突破遮掩後的唐突美麗震撼顫動了我的心，海洋給我若隱若現的驚奇感覺，如今毫無隱晦完整而現實的呈現在我眼裡。持鏢的手微微顫抖，我感覺眼下一片白霧茫茫。

　　「出鏢啦！衝啥小──出鏢啦！」海湧伯斥罵著。那急急的催促聲把我拉回現實，我奮力擲出鏢桿。

　　引擎聲嘎然止住，腳下一陣翻騰浪花，鑿入丁挽身軀的魚叉溢流著鮮血，丁挽旋身躍出水面。牠斜身凌空顫擺著；牠尖嘴似一把武士的劍凌空砍殺；牠斜眼向我瞟視──那仇惡的眼神激爆出星藍火花狠狠鑿入我的心底。

　　我怔在鏢魚臺上，動彈不得。

引擎聲再度響起。經驗老到的海湧伯急速迴旋漁船，將鏢魚臺上的我駛離丁挽的劍氣範圍。

待我驚魂甫定回頭看時，丁挽已潛下水面不見蹤影。繫著魚鏢的繩索像蛇身一樣抖動迴擺著衝下海面。血水，像一朵朵玫瑰在墨藍的水裡綻放。

海湧伯衝出駛艙在船舷邊托住飛奔而出的繩索，轉頭對失神走下鏢魚臺的我破口大罵。彷彿鏢中丁挽是一項罪過。

看著飛快落海的繩索，我感覺繩索似是連結著我的腸肚，掏空了我所有的心思。我似乎看到海面下負痛掙扎的丁挽。

粗勇仔站在海湧伯身後，想幫又幫不上忙，轉頭對我露出白皙的牙齒。

接近鏢丁挽季節，海湧伯經常邀約我和粗勇仔一起吃飯，就是在港邊也常常拉住我倆坐在港邊地上聊天。海湧伯的壞脾氣我倆都領教過，如今他一反常態，使得我和粗勇仔都顯得拘束不安。我背地裡察覺海湧伯除了對我倆友好外，對其他的人或事，他仍然保持那慣常的鐵寒面孔。直到現在我才明白，海湧伯早在丁挽尚未靠岸前即著手籌組我們三個人合成的默契，海湧伯明白，任何個人的力量，都將不是丁挽結合洶湧海浪的對手。

海湧伯曾經說過，鏢丁挽要正中牠的背脊。魚叉刺入背脊後丁挽會全身僵硬無力，只能沉沉下潛。

這一次，我鏢中了丁挽下腹部。

　　漁繩飛奔而去，像握也握不住的一束流水。海湧伯托在手上的繩索慢慢停了下來。海湧伯開始用飛快的速度收回繩索。繩索異常鬆軟，似乎已失去了丁挽的訊息。那是第一次我看到海湧伯慌張的神情。海湧伯回頭叫身後的粗勇仔進駕駛艙，準備開船。海湧伯大把大把的收著繩索，從海湧伯凶狂的收繩動作，我感受到海湧伯像在顧忌著什麼的焦慮。粗勇仔進入駕駛艙，從窗口凝視著海湧伯的背影，時常掛在臉上的笑容已經失去蹤影。

　　波浪一陣陣推擁著船身，北風夾著浪花呼嘯著吹上甲板。甲板上出奇的安靜，整個氣氛突然嚴肅靜凝起來。

　　丁挽尖嘴如釘，勁力如挽車，在討海人眼中，丁挽是一條尖銳刁鑽的大魚。丁挽喜歡用牠的尖嘴玩弄食物，像貓在玩弄著已控制在牠爪掌下的老鼠。丁挽會刻意放走小魚，然後用牠的尖喙靈活的四處阻擋小魚的竄逃，直到小魚精疲力竭停止不動，牠仍用尖嘴撥弄著小魚，甚至把小魚挑起拋向空中，讓自己以為小魚仍在跳躍逃竄。那堅硬的尖嘴上長著細密銳利的小顆粒，這些顆粒使得牠的尖嘴像一支精製的狼牙棒。小魚往往被玩弄得遍體鱗傷後，才被牠一口吞下。

　　一聲巨響從船頭傳來，船身重重震了一下。海

湧伯撒下手上的繩索，和我一起趴在船舷上看向船頭。船隻並沒有撞上任何漂流物，船頭高出水面的船板上有一道嶄新的刮痕，像一把利斧斜砍過的鑿痕。海湧伯板著臉，起身示意粗勇仔左滿舵開動船隻。船尾排出一團翻滾白沫，船隻啟動。這時，我看到丁挽的那根尾鰭。

船身大弧迴轉，原來衝向船頭的丁挽，現在正攔腰衝向船身。露出海面的那根尾鰭，堅定的切剖水面，不像戲耍時的左招右搖。水面被犁出兩道筆直的白波。

海湧伯用搏魚的力道扣住我的肩胛，把我扳下船舷。由於船隻飛快的轉彎，我看到丁挽側身飛起幾乎與船舷平行等高。那眼珠子黑白分明，瞄視著跌坐在甲板上的我，然後看向海湧伯。那嚴厲的眼珠子從船欄格子中穿梭經過，像一個法官在檢視著甲板上的罪犯。

「啪噠──」一聲巨響，丁挽未撞到船身懸空落水。海湧伯大聲囑咐粗勇仔全速直行。我以為這道命令是為了要逃開丁挽的追擊，沒想到，海湧伯拉著我，再度踏上鏢魚臺。

海湧伯舉起備用鏢桿，要我蹲在他身後指揮粗勇仔駕駛。鏢桿在海湧伯手上像一把長劍，劍氣森寒。

鏢魚臺三面凌空，我左顧右盼，害怕丁挽從兩旁

側襲。海湧伯似是了解我的惶恐，頭也不回的說：
「看前面，我了解丁挽。」

　　船隻全速直行，甲板上已收回的鏢繩在這時再度
狂奔出去。搭在船舷上的鏢繩像儀表板上的指針指
示著丁挽的位置。鏢繩漸漸由後趕上與船隻垂直，
而後指向前方，鏢繩由繃緊而漸漸緩慢鬆軟下來。
果然，在正前方一百公尺海面上，那根屹立不搖的
旗子堅決的等候著。

　　我拉了一下從駕駛艙延伸出來的銅鈴拉繩，粗勇
仔會意的將船隻停下來。丁挽與船隻隔著濤天巨浪
在海上對峙。

　　海湧伯緩緩把鏢桿舉過頭頂，我看到他肩膀重重
聳了一下，吆喝一聲：「走！」我扯了三下銅鈴，
示意粗勇仔全速衝刺。丁挽那根旗子也在這時動了
起來。

　　丁挽堅硬的尖嘴，曾有刺破船板的紀錄。像這樣
面對面對衝，那力道加上氣勢，足以讓船身破個大
洞。海湧伯飄在腦後的髮梢，滴飛著水珠，那蒼勁
的持鏢姿態，有若破釜沉舟的戰神。

　　丁挽如約飛身躍起，海湧伯凌空擲鏢攔截丁挽投
身刺來的尖喙。船隻再度高速迴轉。我向前抱住海
湧伯用力過猛的雙腿，只依稀聽到鏗鏘裂帛的聲響
交織迴盪在船隻四周和蕭瑟的北風中。

　　我不曾見過這樣直接、勇猛，而且死不甘休的挑

戰。無論岸上或海上，生活確是一場生存的掙扎。這一刻，我終於了解海湧伯、了解丁挽，也了解了海洋謎樣的魔力。

通過堤口，船隻進入港灣。防波堤把洶湧的波濤，界線分明的阻隔在港外。除了我的挫敗感將永久持續，那一幕幕巨浪中的追逐、戲耍和決鬥，那所有的光和熱，就要在船隻靠岸後停頓、靜寂。

碼頭上，人群聚攏過來，圍觀讚嘆著躺在甲板上的丁挽。旁觀者往往只注意結果而忽略了過程，只有我們曉得，離開澎湃海水後，丁挽和漁人都已失去了風采和美麗。粗勇仔站在丁挽身邊一臉徬徨，我們無法多說什麼，因為我們經歷了一場在岸上或風平浪靜的港內無法抒述和解釋的過程。那是一場濤天巨浪般的演出，沒有劇本、沒有觀眾，那是一場遠離人群的演出。

海洋默默的流著。丁挽隨著潮水沖刷過花蓮海岸，刷過我內心深處。沒有被攔截住的丁挽，繼續踐履著海洋的驚奇，隨著潮水，遠遠離去。

寫作背景

作者廖鴻基（1957－）為著名的海洋文學作家，臺灣省花蓮縣人。花蓮高中畢業，35歲時成為職業討海人，而後又於花蓮海域進行鯨豚生態觀察、規劃賞鯨船活動、擔任海洋生態解說員，1988年更籌組「黑潮海洋文教基金會」、執行「墾丁鄰近海域鯨豚類生態調查計畫」，還隨遠洋漁船從事臺灣遠洋漁業報導等，於臺灣海洋環境、生態及文化等方面之維護卓有貢獻。又受邀為香港浸會大

學「國際作家工作坊」訪問作家、國立臺灣海洋大學駐校作家。廖鴻基以其討海人的背景，運用其生動而細膩的文筆描寫自己豐富的海洋經驗：鯨豚生態、黑潮文化、遠洋海運等，作品以海洋書寫為主，目前已出版《討海人》、《鯨生鯨世》、《漂流監獄》、《來自深海》、《山海小城》、《海洋遊俠》、《台11線藍色太平洋》、《尋找一座島嶼》、《漂島》、《腳跡船痕》、《海天浮沉》、《領土出航》、《後山鯨書》、《南方以南：海生館駐館筆記》、《飛魚‧百合》、《漏網新魚：一波波航向海的寧靜》、……等近二十本著作。曾榮獲時報文學獎散文類評審獎、聯合報讀書人文學類最佳書獎、1996年吳濁流文學獎小說正獎、第一屆台北市文學獎文學年金獎、第12屆賴和文學獎、2006年巫永福文學獎、2006九歌年度散文獎、新加坡圖書館年度好文……等多種獎項的肯定，他的散文題材豐富多樣，自成一格，多篇文章被選入臺灣的中學國文課本與重要選集之中，是推動海洋文化、深化海洋書寫的代表作家，更是一位對生命擁有敏銳觀察與深刻反思的海洋人。

　　本文曾獲「1993時報文學獎散文類評審獎」，是作者早期的作品，也是他真實生命軌跡的紀錄。透過鏢獵丁挽（討海人對白皮旗魚的稱呼）曲折而動人心魄的過程描寫，讀者可從字裡行間體驗討海人在海上掙扎求生的艱辛，然而，另一面又能體會海上生活對討海人生命中所具有的深刻意義。

閱讀鑑賞

　　全文藉由描述討海人在海上鏢獵白皮旗魚的過程，運用夾敘夾議的手法，道出「無論岸上或海上，生活確是一場生存的掙扎」的生命體悟，而這種在海上掙扎求生、同時從大海學習的生活體驗，對習慣在陸地生活的我們來說，不啻為一種特殊的生命軌跡。

　　謀篇上最大的特色為「今－昔－今」的結構，開頭兩段為「今」的部分，作者以擬人法書寫回航時風起浪湧的翻騰海景，以及在船身猛烈起伏中仍驚魂未定的晃盪心緒。第三段以下到第四十一段，則將此心緒拉回到鏢獵丁挽的過往時空（「昔」），依時間敘述搜尋丁挽、發現丁挽、追逐丁挽、鏢獵丁挽、再度鏢獵丁挽等過程，同時於每一節的敘述之後加入作

者由此延伸出的想法或心情。其中，第三至七段寫「搜尋丁挽」，丁挽總
是出現在漁船歲修、翻浪撲天的寒冷季節，再加上牠們矯捷迅敏的身手，
更增添搜尋時的艱難；作者從洶湧巨浪中，充分感受到海洋謎樣的魔力，
不禁憶及初初下海時為海上豐富多樣生命而驚嘆的心情，也領略到討海人
不僅為了生活，更是為了單純而自由才選擇出海的真正原因。第八至十一
段寫「發現丁挽」，桀驁不馴、從容悠游的丁挽，看到船隻並不走避，作
者與海湧伯亦嚴陣以待，對鏢獵丁挽充滿信心；這樣的信心與「感覺」，
引領作者回憶起一次隨海湧伯的感覺而突然決定去夜釣白帶魚竟滿船豐收
的愉快經驗，認為每個漁人都有一幅屬於自己心裡的海洋圖像，可以預知
或感覺海洋的脈動。第十二至十五段寫「追逐丁挽」，不主動追逐船隻，
而是等候勾引著船隻追逐的丁挽，與海湧伯一樣同具狡黠、陰冷、神祕的
性格，使得這場追逐戰瀰漫著難分勝負的緊張氣氛；作者與海湧伯討海多
年，深覺海湧伯的性格冰涼而深沉。

　　第十六段至二十六段寫「鏢獵丁挽」，作者在為丁挽的碩大美麗震
撼之餘，奮力擲出鏢桿，卻未能正中背脊而僅鏢中其下腹部；作者在此插
敘了海湧伯籌組鏢獵丁挽團隊的用意，因為他深知個人的力量難以與丁
挽結合海浪的力量相頡頏。第二十七至四十一段寫「再度鏢獵丁挽」，
海湧伯如戰神般與凌空躍起的丁挽正面對決，直接而勇猛地成功攔截了丁
挽刺來的尖喙；作者在這場戰鬥中了解到：「無論岸上或海上，生活確是
一場生存的掙扎」。文末三段（四十二至四十四段）又拉回到回航的時空
（「今」），碼頭上人群讚嘆著丁挽，而作者卻感嘆於旁觀者的只注意結
果而忽略過程，以及丁挽和漁人在離開海水的同時也失去了風采和美麗。
如此「今－昔－今」時、空交錯的安排，成功營造了迂迴、詭譎的獵殺氛
圍，以及漁人在海上掙扎、又離不開海水的矛盾而委婉的情思。

　　文中大量運用譬喻修辭，如：以「始終把尾鰭露出水面一定高度，
像一支豎立在海面的小旗子」、「尖嘴如釘，勁力如挽車」、「喜歡用牠

的尖嘴玩弄食物，像貓在玩弄著已控制在牠爪掌下的老鼠」、「尖嘴像一支精製的狼牙棒」、「那嚴厲的眼珠子從船欄格子中穿梭經過，像一個法官在檢視著甲板上的罪犯」具體地寫出了丁挽的習性與外形；以「潮水墨藍如破曉前的天空」、「白浪鮮明的在深色布幕上暈開，一朵朵即開即謝的雪白浪花在高低湧動的黑色山丘上綻放」、「海湧親像水查某」生動地書寫出海水的顏色、狀態與高深莫測。還有擬人修辭，如：「灰雲低空疾走」、「北風掃起白浪飛揚墨藍海面」、「海洋以其繽紛多樣的魚群誘惑漁人，又以翻臉無情的風浪疏離著漁人」、「北風搖撼著桅杆上的小旗子」、「船隻尾隨著丁挽，緊緊咬住丁挽舞出的旋律與節奏」鮮活地呈顯出海的上空、海面的多樣風情。閱讀廖鴻基描寫海上生活與海洋風光的文句，總能在細緻而饒富想像的字裡行間，領受到如海浪般一波又一波的驚奇與感動。

隨堂推敲

1. 海湧伯的性格與丁挽有何相似之處？
2. 本文在謀篇方面的安排如何？請仔細分析說明。
3. 本文在修辭上的特色如何？文中你最喜歡的句子為何？並說明其原因。
4. 本文在敘述鏢獵丁挽的過程中，不時夾雜作者一己的議論，請一一指出，並說說你是否同意作者的看法。

閱讀安可

下列作品描述的是生命軌跡中的海上生活與海洋生命。

1. 陳大為〈海圖〉（陳大為《流動的身世》，九歌出版社，1999.11）

> **說明**
>
> 　　海洋，以其遼闊而多變的樣貌給了人們許多美麗的想像；然而，對於靠海維生的漁村漁民而言，卻不盡然如此。陳大為藉由構思繪畫一幅海圖，將傳統漁民在大海上生活艱困的特殊生命軌跡作了詳盡的刻畫。

2. 杜虹〈珊瑚戀〉（杜虹《比南方更南》，時報文化出版社，1999.09）

> **說明**
>
> 　　海洋之中，孕育了許許多多、形形色色的海洋生命。從未見過海的作者，在一個難得的機緣下到臺灣南端夜潛，目睹了珊瑚產卵、延續生命的美麗畫面，在感動之餘，深切盼望能一直擁有如斯安靜動人卻又澎湃震撼的海洋，更祝願許久之後的臺灣人民，依舊有機會享受作者所感受到的欣喜與感動。我們珍惜、愛護自己的生命，也要珍惜、保護天地間千千萬萬生物的生命。

分組活動

　　「**海上人家的生命軌跡**」：在閱讀完廖鴻基〈丁挽〉與陳大為〈海圖〉後，請分組討論：(1)「海上生活」的優點與缺點，請分別條列之。(2)你是否會選擇在海上討生活？請說明理由。

寫作鍛鍊

1. 轉化格修辭鍛鍊：

　　例句：「海洋以其繽紛多樣的魚群誘惑漁人，又以翻臉無情的風浪疏離著漁人。」

仿作:「海洋以其_____,

又以_____。」

2. 作文:初為大學新鮮人的你,對於未來四年的大學生活圖像與生命軌跡有何勾勒與企盼,請以「寫給四年後的自己」為題,寫出你對未來四年的想像與規劃,至少500字。

【 分組討論單 】系級：＿＿＿＿　組別：＿＿＿＿　報告者：＿＿＿＿＿＿

　　　　　組員簽名：＿＿＿＿＿＿＿＿＿＿＿＿＿＿＿＿＿

問：「海上人家的生命軌跡」：在閱讀完廖鴻基〈丁挽〉與陳大為〈海
　　圖〉後，請分組討論：⑴「海上生活」的優點與缺點，請分別條列
　　之。⑵你是否會選擇在海上討生活？請說明理由。

答：

請沿虛線剪下

寫作鍛鍊

日期：＿＿＿＿＿＿＿

系級：＿＿＿＿＿＿　學號：＿＿＿＿＿＿　姓名：＿＿＿＿＿＿

請沿虛線剪下

〈伯公跳舞〉

甘耀明

文本內容

　　小時候，我打從心底惱恨桐花，直到我看到一株發光的桐花樹。

　　那時候，孩子放學後常聚在伯公廟玩。廟邊有株大油桐，人稱這廟為油桐伯公廟。樹大有神，腰繫上大紅布，到了四、五月，半天高的樹頂湧出白花，像豪雨翻吵得旺，小廟快憋死在汪厚厚的白光下。白光總是流水滑膩，我們在花毯上玩會摔得四腳朝天，把當天的功課忘光。不知怎的，總在玩得盡興時，桐花像轉學生趁興的加入，一陣白煙似的輕撩起了我們，再重重摔下，好惱人。

　　遊戲前，孩子用課本將花推到廟埕邊，來回了幾次，騰出一塊乾淨地。到花季結束時，四周花牆高達一呎，然後白光逐漸消褪，萎成醃黃腐泥。那些日子，桐花很準時的淹過我們的記憶，也淹過小小的伯公廟頂。花開一季，滅了一季，眨幾眼就沒。看了花泥，才知樹曾經燦爛。過了些年，孩子高得跟廟簷一樣，輕易看到上頭的厚花泥。那裡養出雜草、桐樹苗，然後又被鏟除。

　　我們總聚集在廟前，打彈珠、彈橡皮筋、跳格子或無傷大雅的打架，玩得一身大汗，讓落滿身的桐

花甩都甩不去。在離傍晚六點前的十分鐘，這些遊戲不再迷人。我們很快醒來，像長大的孩子，趕緊收拾玩具，各自背著書包衝回家，打開電視看更迷人的卡通，然後在廣告時摘去一身沾惹的桐花。

看到發光油桐的那夜，我照例在電視前看卡通，碗中飯菜無意識的扒進嘴中。看完卡通，全身卻莫名燥熱，面膛紅啾啾，雙腳軟糊糊。我走到飯桌，發現今天是阿公生日，家人煮了一大鍋他愛吃的雞酒慶生。我吃了幾大碗？四碗吧！利用四個廣告空檔盛菜。

雞酒燒，燒落肚，泛起剽猛的後勁，我的心臟打亂鼓，像一隻還魂的活公雞在那蓁蓁啄不停。我坐回書桌做功課，攤開練習簿，每個字轉起呼啦圈，跳得線骨快散了。好一下子，那些字也會累，才安分躺回原來的格子，安靜打呼。這時候，我腦袋這也本分的掛上頸根，不再搖晃。伸手往書包探，我要拿課本抄生字，卻怎麼都找不著。我確定課本留在伯公廟，便緊張起來。我低頭走過廚房，母親問要去哪？我說要去田邊尿尿。

母親捏捏我的面頰，說：「你醉了喔！不要跌落田呀！」

在田邊，我撒完了一泡尿，才往伯公廟去。天頂烏黑，月亮和星子都蹲在黑雲上，大地暗索索，什麼線條都糊了。我也糊塗起來，在田埂上走得

顛顛倒倒。強風從遠方撲來，像一千頭發狂的水牛衝撞。我再糊塗也懂得伏身爬，讓狂牛風從我背囊奔去。五月了，稻苗已跳到三呎高，用尖銳的小手撓我，鬼似的麻癢。我一身雞母皮跳起來，人跳起來往回衝，讓一千頭的狂牛風順勢推回家。跑了幾步，想到鬼很可怕，但老師比鬼更可怕，又轉頭往伯公廟走。

　　黑風中抖出小白點，小石般打在身上，我隨手撈，發現是油桐花。往四周瞧瞧，山崗田野上有白光跳著，那一定是伙房燈火，我不要老往壞處想。走到伯公廟，那也是黑如大潭水，依稀有淡濛的光。我走階梯進伯公廟，到了最後一格，很小心的伸腳往下捉摸。啵一聲，腳尖啄破水膜，漫開的光漣漪穿過小廟建築，朝荒野泛開一層層的光譜。我感到世界睡軟成湖水了，就要蒸發成雲了。厚靜花水中，我的腳探來探去，什麼也沒發現。天頂落不停的桐花打疼我，花的吃水線也越漲越高，此後十年的花季全在這一夜熱情爆開。我沒有疑慮，悶口氣蹲下去摸尋，找回一堆遺失多年的大彈珠，就是沒有課本。

　　伯公廟不該這麼黑暗，連長明燈也熄，可能急風刮斷電線。我欺近小廟，往那半人高的廟屋找香燭。先摸到四四方方的小盒子，隨即抽出小火柴棒，捽出一朵火，但風很快吞掉火。即使火光短

暫，我還是看清四周，桐花堆沒有剛剛想像的這麼高，但也有一呎餘，連廟內也流動花光。再擦出一朵火，迸亮的瞬光裡，我似乎看到伯公笑了一下。要看清時，火逐漸變成暗冷枯垂的炭棒。第三次，我用身體擋風，再次挃出火，餵給蠟燭蕊。

就著兩盞燭火，我在花海裡撈出下午遺忘的書本，它原來就在供桌上。我又撈出一堆大彈珠，但失望的是，全是一顆顆秋天才會掉落的油桐子，但我把它們塞入口袋。給伯公上香，重添三杯茶水，我離去。

沿小徑回家，路卻連天似的長起來，原本五分鐘的腳程卻花了十五分鐘還未走完。我心急，腿也更急的開跑，但東西南北搞不清，鬼打牆了。這才發現，有種力量拉著衣服往後扯，不讓我走。我回頭看，廟裡有光一朵一朵的亮起來，燈火最後通明刺眼。好奇怪呢！那光起先只是兩盞長明燈，風一捏去，燈眨一下，竟蹦出四蕊光。我眨眼看，燈火又吐出八朵光，接下去是等差級數的蹦光，一下間閃出無數眼睛。我揉揉目珠，彷彿有個頑皮的孩子在那點燃一朵朵的花，讓滿山似的炭火在兜跳。

我嚥了口水，拔腿走回廟。那越近越亮，朝曬完的暖棉被擠去似的，終於塞進濕暖的光裡。在伯公樹下仰望，每朵花透白，不斷轉飛而落下濃烈的花蜜。仔細摸，不是甜滋滋的蜜，而是淡透透的光

滴，滿地叮咚的雨響。我淋濕得一身發光，衣膚透出了膚色，汗毛裹在一層水下漂，小痣像魚游起來了。抹乾了臉，我忍不住掏出口袋的油桐子，高高舉起的說：

「伯公，我偷了你的種子，現下還你。」

油桐籽打破樹冠，濺落一粼粼漣漪，小廟埕泛起了擴散的光圈。種子直上漆黑的天，就沒再掉下來。忽然一陣風捲來，廟邊的整株大樹被掀飛了，大傘似的跳舞，大紅布還在傘柄上。我清楚看到，不是樹掀了，而是有什麼人擎起那一整株的光，上田野的飛蹬，更使手勁的蓬轉。

光傘下山谷，凌過河，沒氣喘的爬上山，在山稜線漫波，風火輪似的大膽走黑索繩。它頓一下，種出一團亮光，再跳又燒種出一團光，一路順足跡迸開。過不久，那些燦爛往下沉澱，嗶啦的火花響滿了枝頭。我揉揉目珠，發現那足跡成了一株株盛開的油桐樹，藏在墨黑的林叢抖光。月亮不知哪時露臉了，更把花樹照得渾身潔亮。光傘最後跳回廟邊，也在發光微顫，翻出海浪花朵，上頭鬧著一層月光，把整個田疇襯得野韻十足，令失眠的春風浪起來。

我安靜回家，冷得發抖，頭髮和衣服粘稠稠的亮，拖鞋縫咕啾的冒光，一路踩下濕亮的印子。母親依在門邊，手岔胸前，搖著頭笑。我抹去淚，

從口袋掏出滿滿的桐花，說：「我看到伯公跳舞了。」

「那是伯公去種樹，你一定偷了春天的油桐子，祂才會心急的去種樹。」母親說罷，脫下我發亮的濕衣擰乾，嘩啦響的一大泡光才觸地就濺開了桐花。

都開了滿地，沒剩一滴水。

寫作背景

　　本文作者甘耀明（1972－），生於苗栗縣獅潭鄉，畢業於東海大學中文系、東華大學創作與英語文學研究所。目前擔任靜宜大學兼任講師、作文班教師。曾任劇場工作者、記者、中學教師，參與文建會與德國柏林文學協會主辦的「臺德文學交流合作」，而於2011年10月代表臺灣作家在柏林駐村一個月。他寫作題材多樣，從青少年成長、鄉野傳奇到時事的諷諭皆有涉獵，而有「千面寫手」（李奭學語）之稱。作品中常融入客家的語言文化及習俗傳說，並以極富想像的文字書寫，風格在寫實中又摻雜魔幻的魅力，與伊格言、童偉格等人同被視為臺灣新鄉土的代表作家。著有短篇小說集《神秘列車》、《水鬼學校和失去媽媽的水獺》、《喪禮上的故事》，長篇小說《殺鬼》，散文《沒有圍牆的學校：體制外的學習天空》（與李崇建合著）。

　　本文即為甘耀明鄉野傳奇的代表作之一，「伯公」即客家語中的「土地公」，作者融入了諸多客家語言（如：「目珠」指眼睛，「頸根」指脖子，「背囊」指背後，「雞母皮」指雞皮疙瘩，「伙房」指幾戶聚居的小部落人家，「天頂」指天空，「現下」指現在），更增添鄉土氣息。文中敘述了一段童年的特殊生命軌跡，能勾起讀者對童年的深深記憶。

閱讀鑑賞

　　這篇小說說的是一則童年奇遇的故事，故事主人翁經歷了一場疑為神明顯靈的經驗，成為他童年記憶中最特殊的生命軌跡。全篇以簡潔的架構、奇譎的想像與文字來道出這個與油桐花、伯公廟、小孩有關的鄉野傳奇，透顯出濃濃的鄉土意識，傳達了人與鄉土間綿密的情感。

　　「桐花」是貫串整個故事的主要意象，若將小主人翁對「桐花」印象的轉變為劃分依據，全篇架構可大致分作兩部分：一至四段為「惱恨桐花」，第五段至最末為「敬畏桐花」。一開始，小主人翁對伯公廟旁的油桐樹在四、五月時總會落下一大片的油桐花而感到惱恨，因為這些桐花落下時，翻吵得像豪雨，滑膩得如流水，落在身上時還甩之不去；這時，桐花，在小主人翁眼裡，只是一種普通的花，一種會破壞孩子們遊興的惱人之物。然而，這樣的桐花印象，竟在一次夜裡，有了偌大的翻轉。由於把課本忘在伯公廟裡，喝了四大碗雞酒的小主人翁在五月的暮色中帶著一些醉意摸黑走到伯公廟找尋他的課本，卻在迷迷糊糊之間看見發光的油桐，又彷彿是伯公在跳舞，母親告訴他因為他偷了油桐子，所以是伯公心急地去種樹了。於是，在小主人翁小小的心靈中，相信了伯公顯靈的說法；而桐花在他心目中，也轉而成為伯公的化身，一種令人又敬又畏的神明象徵了。

　　本文大量使用感官性的詞彙，尤其是視覺性的用詞最多（如：汪厚厚的白光、白煙、發光油桐、面膛紅啾啾、大地暗索索、黑如大潭水、淡濛的光、光漣漪、光譜、長明燈、火光、迸亮的瞬光、暗冷枯垂的炭棒、燭火、光一朵一朵的亮起來、通明刺眼、等差級數的蹦光、濕暖的光、每朵花透白、淡透透的光滴、一粼粼漣漪、擴散的光圈、漆黑的天、一整株的光、風火輪、黑索繩、月光、光傘、一大泡光），將「光」作了豐富多樣的呈現；另有味覺（如：醃黃腐泥、濃烈的花蜜、甜滋滋）、聽覺（如：打亂鼓、礊礊、嘩啦的火花、嘩啦響的）與觸覺（如：流水滑膩、雙腳軟

糊糊、鬼似的麻癢、濕衣擰乾），甚至還將聽覺移作視覺（如：嘩啦響的一大泡光才觸地就濺開了桐花），使得整個童年故事充滿了感官的享受，更添身臨其境的藝術效果。此外，尚有「光傘下山谷，凌過河，沒氣喘的爬上山，在山稜線漫波，風火輪似的大膽走黑索繩」等多處譬喻、擬人的手法運用，更見出作者豐富的想像力與無可侷限的童心。

隨堂推敲

1. 文中對「光」的描寫極多，請一一指出來，並說明其分別指涉的是何物？
2. 文中主角為何要摸黑去伯公廟？又為何要還伯公油桐子？
3. 作者寫這篇故事的用意為何？
4. 如果你是故事中的主角，你會相信母親「伯公去種樹」的說法嗎？在你的幼年記憶中，是否有類似神明顯靈的經驗？
5. 在你的童年記憶中，印象最深刻的一件事是什麼？請與全班同學分享。
6. 請描述你幼年生長的家鄉？以及你童年時的秘密基地？那個基地現今還在嗎？請略作今與昔情況的比較。

閱讀安可

下列作品是對於童年生命軌跡的紀錄，有歡笑，也有悲傷，更有整個家族的歷史回憶。
1. 朱天文〈童年往事〉（《朱天文作品集》，印刻出版社，2008.02）

> (說)(明)
> 　　本文不僅是敘述主角阿哈咕童年的成長軌跡，也記錄了他的家族歷史，甚至反映了當時老兵來臺無法回鄉的時代印記。

2. 莫言〈賣白菜〉（《藍色城堡》，人民文學出版社，2013.01）

> 說明
>
> 　　一段悲傷的童年記憶，一次因為家貧而在賣白菜時多算了客人一毛錢，母親因兒子欺騙的行為而失望心痛……這一切，都在作者童稚的心靈中鐫刻下永難磨滅的生命軌跡。

分組活動

　　「結局大猜謎」：在讀完〈伯公跳舞〉後，你覺得故事中的小主人翁在母親為他脫下發亮的濕衣後，接下來的故事發展如何？請發揮想像力為這個故事加個結局。小組討論後，寫在討論單上，並派一名同學上臺發表。

寫作鍛鍊

1. 摹寫格修辭鍛鍊：

   請利用下列與感官有關的詞彙造句：

   ⑴ 滑膩：

   ⑵ 紅啾啾：

   ⑶ 打亂鼓：

   ⑷ 顛顛倒倒：

   ⑸ 墨黑：

2. 請以「童年往事」為題，寫下你童年的生命軌跡中，記憶最深刻的事件。（至少分三段，字數400字以上；至少使用三個摹寫修辭）

【分組討論單】系級：＿＿＿＿＿　組別：＿＿＿＿＿　報告者：＿＿＿＿＿

　　　　　　組員簽名：＿＿＿＿＿＿＿＿＿＿＿＿＿＿＿＿

問：**「結局大猜謎」**：在讀完〈伯公跳舞〉後，你覺得故事中的小主人翁在母親為他脫下發亮的濕衣後，接下來的故事發展如何？請發揮想像力為這個故事加個結局。小組討論後，寫在討論單上，並派一名同學上臺發表。

答：

寫作鍛鍊　　　　　　　　　　　　日期：＿＿＿＿＿＿

系級：＿＿＿＿＿　　學號：＿＿＿＿＿　　姓名：＿＿＿＿＿

主題四　與世界相遇

楔子四　尊重那截然不同的生命體

女兒：

　　看妳最近為了畢業旅行的事情忙東忙西的，一會兒又是聯絡旅行社，一會兒又是上臉書貼布告的，偶爾再來個搶到行程、機位、最後優惠名額……的尖叫聲。老爸心想，身為總召的妳，雖然忙得不可開交，但卻也忙得不亦樂乎！

　　出去走走是好的……

　　古人說，讀萬卷書，行萬里路；孔子也曾說過，登泰山而小天下。書本上的神遊，是心靈世界的延伸；背起行囊，向外走去，則是視野見識的開拓。有時現場的體驗，甚至要震驚於扉頁上的精美圖片，那是一種我在、我親自見證的奇妙感受。

　　不管去哪裡，只管走出去就是了。

　　往山野走去，妳會看到「重巖疊嶂，隱天蔽日」的厚重，也會見到「懸泉瀑布，飛漱其間」的輕快，領略「台灣四季」的可人變化，或是身臨「三峽」的懾人氣勢。往海洋航去，妳會發現「海上的珍奇太多了」，有「迎人的編貝」，也有「嗔人的晚雲」；等妳歸航時，當老爸問妳「航海的事兒」，妳一定會「仰天笑了……」。

　　有時，妳可以呼朋引伴，和三五好友一同出遊，享受青春的熱血，無懼歲月的肆虐。有時，你不妨也當當背包客「獨遊」，坐在某個陌生城市的咖啡館裡，望出「窗外」的那幅不起眼的風景，也許正觸動著妳的心弦，讓妳盪氣迴腸，久久不已。

　　但，出去走走的真正意義，或許除了享樂的擁有與揮霍外，更重要的是同理心的付出與珍惜。

　　當妳看到有人「滿面塵灰煙火色」、「可憐身上衣正單」的伶仃

身影時，在不禁油然而起的一股憐憫之情外，更是提醒自己珍惜當下所擁有的幸福；當妳看到這個世界上，有人可以棄自己的父母不顧，有人卻可以無私無我的當個傻子時，除了感受到「一死一生，乃知交情」的人情冷暖，更可以看到人性中「不獨親其親」的可貴；甚至，在發生天災時，「一個規模七‧三的強震」，妳會看到「整個島嶼在抽痛、蜷曲」，那時妳更能體會人類的渺小如粟與生命的倏然而去，懂得要學會謙卑與尊重，尊重天地，尊重自然萬物，尊重那個與我截然不同的生命個體。

　　講著講著，好像有點沉重了，還是回到妳的畢旅吧！到時候別忘了，還是得記住那句老話：快快樂樂出門，平平安安回家。

　　　　　　　　　　　　　　　　　　　　　　老爸　留

《水經注・江水》（節選）

鄘道元

文本内容

　　自三峽[1]七百里中，兩岸連山，略無闕[2]處；重巖疊嶂，隱天蔽日：自非[3]亭午夜分[4]，不見曦[5]月。至於夏水襄[6]陵，沿沂阻絕[7]；或王命急宣[8]，有時朝發白帝，暮到江陵，其間千二百里，雖乘奔御風[9]，不以疾[10]也。春冬之時，則素湍綠潭，迴清倒影[11]。絕巘[12]多生檉[13]柏，懸泉瀑布，飛漱[14]其間；清榮峻

1　三峽：由西而東分別為瞿塘峽、巫峽、西陵峽。
2　闕：同「缺」。
3　自非：除非。
4　亭午夜分：正中午或夜半時分。
5　曦：日光。
6　襄：動詞，淹上。《書經・堯典》：「湯湯洪水方割，蕩蕩懷山襄陵。」
7　沿沂阻絕：江水向上、向下都不易通行。沿，順流下行。沂，通「溯」，逆流上行。
8　宣：宣布、宣達。
9　乘奔御風：乘騎快馬，駕御長（大）風。奔，借代指疾行之馬。
10　不以疾：不會更加快速。
11　素湍綠潭，迴清倒影：此為錯綜修辭中之「交錯語次」法，原型為：「素湍迴清，綠潭倒影」，意謂：白色的急流，迴旋著清波；碧綠的深潭，倒映著兩岸山色。
12　絕巘：非常高的山峰。巘，音一ㄢˇ，山峰。
13　檉：音ㄔㄥ，植物名，檉柳科檉柳屬，落葉喬木。高約四公尺，枝條纖弱下垂，葉狹長，披針形如鱗片狀，呈淺藍綠色。夏秋兩季開粉紅色花，有時一年可開三次，故又名「三春柳」。因狀如人形，又名「人柳」；亦稱「觀音柳」、「河柳」、「西河柳」、「赤楊」、「檉柏」。
14　飛漱：飛射沖激。漱：動詞，指飛奔的泉水沖激石壁。

茂[15]，良多趣味。每至晴初霜旦[16]，林寒澗肅，常有高猿長嘯，屬引[17]淒異，空谷傳響，哀轉久絕[18]。故漁者歌曰：「巴東三峽巫峽長，猿鳴三聲淚沾裳！」

寫作背景

　　本文作者酈道元（472-527），字善長，北魏范陽涿縣（今河北涿州）人。不僅是散文家，也是地理學家，曾任太尉掾、書侍御史、御史中尉、東荊州刺史等職。執法嚴刻，得罪者眾，於東荊州刺史任上，因治民太苛，為民上告免官，遂專心撰寫《水經注》，魏收編纂《魏書》時將酈道元收入〈酷吏傳〉的行列。後又因得罪北魏汝南王，被派往關右，為謀叛的雍州刺史蕭寶夤所殺。

　　酈道元十分好學，「歷覽奇書」（《魏書》卷89），又利用任職機會周遊了北方黃淮流域等廣大地區，足跡遍布今河北、河南、山西、陝西、內蒙、山東、江蘇、安徽等省區。每到一地皆留心勘察水道形勢，溯本窮源，並遊覽名勝古蹟，在實地考察中搜集各種資料以補文獻之不足，同時加上其生花之妙筆，所完成之《水經注》不僅為地理名著，也堪稱文學鉅著。該書不僅為桑欽的《水經》作注，詳述中國1252條水道，及沿岸的州郡城郭沿革、風土特產、山川名勝，具地理學價值。還在寫作體例上跳脫逐文注解的窠臼，改以寫景方式描述中國重要河川的景觀，以精當簡潔的措詞、細膩生動的描寫、井然有致的層次，來書寫河川沿岸的山水風光，對李白、杜甫、柳宗元等的寫景有極大的影響，具有很高的文學價值。因此，劉熙載也稱道說：「酈道元敘山水，峻潔層深，奄有楚辭《山鬼》、《招隱士》勝境。柳州遊記，此先導也。」（《藝概》卷一〈文概〉）

　　本文節選自《水經注‧江水》（《景印文淵閣四庫全書》，冊573，臺北：

15　清榮峻茂：江水清澈，樹木繁盛，群山峻峭，綠草豐茂。
16　霜旦：秋天的早晨。
17　屬引：指猿猴的啼聲連續不斷。屬，音ㄓㄨˇ，連綴。引，指引吭，即放開喉嚨啼叫。
18　哀轉久絕：指猿猴的啼聲哀傷淒涼，久久才斷絕。轉，通「囀」，鳥鳴。

臺灣商務印書館，1983）中書寫「三峽」的一段文字，所描繪的是長江流域上游「三峽」的四季之美。此段描寫雖非酈道元自創，而是轉引自南朝文人盛弘之的〈荊州記〉（盛文又脫胎自袁山松的〈宜都記〉），但生動而細膩的寫景風格，卻已成為後世遊記散文的典範。同時，「三峽」四季各具特色的景致，在他的彩繪之下，更令讀者為之神往，成為行旅穹蒼的首選之地。

閱讀鑑賞

　　本文乃是酈道元就「三峽」一段水域之地域（含自然與人文）景觀，所作的生動描繪，其主旨在表現三峽之美，取材上則以三峽的四季變化為主要的書寫對象。

　　全篇可分「總說」與「分說」兩大部。「總說」為開頭七句，揭示三峽景致的概貌：「略無闕處」寫山巒之連綿不絕，「重巖疊嶂」寫山勢之既高且深、繁複疊沓；「自非亭午夜分，不見曦月」，更以谷底仰視天日的特別視角，具體而生動地強調了三峽險峻幽深的特殊意象。第八句以下皆為「分說」，分別從四季的景致變化，或由視覺、或由聽覺、或從動態、或從靜態來刻劃三峽之美：夏季，是水漲漫山的動態之美，作者不從負面書寫這駭人的暴漲之勢，而是結合人文景觀，正面地寫出使者巧藉這股急流順利地完成宣達王命的任務。春、冬二季，則呈顯出寧靜的山水之美，以水之清、樹之榮、山之峻、草之茂等「素」、「綠」、「清」的幽美柔靜畫面，對比出與夏季截然不同的視覺美感。秋季，作者選擇了聽覺的摹寫手法來呈現三峽的闃寂，一是啼聲淒厲而連綿的猿嘯，一是因猿聲哀切而發的漁子之歌。

　　酈道元此寫景之文簡潔精煉，層次井然。除了摹寫修辭之外，尤其善用錯綜修辭，使文章更添錯落有致的變化美感。「錯綜」修辭主要有四種：抽換詞面、交蹉語次、伸縮文句、變化句式。本文中「隱天蔽日」一句，原應作「隱蔽天日」，乃字詞之重新組合，屬於「交蹉語次」；另有「自非亭午夜分，不見曦月」，原應作「自非亭午不見曦，夜分不見

月」：「素湍綠潭，迴清倒影」，原應作「素湍迴清，綠潭倒影」，亦屬同一類的修辭手法。在參差錯落的安排中，能避免行文的平板枯燥之感。余秋雨〈三峽〉一文，開頭即指出：中國最值得去的地方便是「三峽」。在讀過酈道元的這段彩繪三峽四季美景的文字後，相信大家都會同意這樣的說法吧！

隨堂推敲

1. 酈道元筆下三峽的「四季」，分別呈現何種景致？其表現手法又如何？

2. 文中引漁歌：「猿鳴三聲淚沾裳」，行旅巴蜀者在行路難之餘，復聽見猿啼，多會引起思鄉之情；又，劉禹錫有「巴山蜀水淒涼地，二十三年棄置身」之詩句，認為巴蜀的窮山惡水，令人抑鬱苦悶。然而，黃庭堅卻對巴蜀的靈山秀水細加描繪，寄予無限嚮往：「蒼崖萬仞，下有奔雷千百陣」、「摩圍小隱枕蠻江，蛛絲閒鎖晴窗」。那麼，在你的印象或想像中，巴蜀是一個怎樣的地方？能引起你怎樣的情思？

3. 你認為該不該建三峽大壩？請由經濟、民生、環保、文化等角度加以分析。

4. 試比較酈道元《水經注》與簡媜〈水經〉在取材與主旨上的不同之處。

閱讀安可

下列作品所描述的內容，是關於大陸三峽的風情與臺灣四季的景致。

1. 余秋雨〈三峽〉（《文化苦旅》，臺北：爾雅出版社，1992.11）

> **說明**
>
> 作者以優美的文筆，將歷代以來與三峽相關的傳說與文人軼事娓娓道

出，讓讀者在憑弔三峽古蹟、欣賞三峽美景之餘，彷彿還看見栩栩如生的神女、帝王、文人、雅士在此或喜、或悲、或笑、或泣；且往往在敘事之中適時穿插一己的深刻思維與感觸，頗能發人深省，更能引發讀者思古之幽情。

2. 侯吉諒〈台灣四季〉（向陽編《航向福爾摩沙》，臺北：五南圖書出版公司，2006.01）

(說)(明)

　　這是一首現代詩，分別以各種感官知覺描繪台灣四季的特色。從觸覺寫台灣的春天吹著微風、充滿生機；從聽覺寫台灣的夏天雷聲隆隆、讓人驚痛；從視覺寫台灣的秋天灑滿月光、心情稍稍緩和；從膚覺寫台灣的冬天寒流過境、提高警覺。台灣的四季，各有特色，生活在台灣的人們，四季也有不同的律動。身處在台灣的你，是否也觀察到台灣四季的不同風情？

3. 簡媜〈水經〉（《水問》，臺北：洪範出版社，2003.08）

(說)(明)

　　這篇文章的命名與桑欽的《水經》同名，但內容卻大不同。桑欽的《水經》是中國地理學著作，記載水道137條；而簡媜的〈水經〉卻是一個「初戀」的紀事與心情。命名「水經」，是以「水」為發展主軸，並認為愛情是一「經典大事」，與桑欽、酈道元無關，但其以「水」為取材的特色值得玩味。

分組活動

　　「臺灣印象」：如果有外國人問你，臺灣最值得去的地方，而且只能說一個，你會回答什麼內容？並說明理由。填入分組討論單後，請各組派

代表上臺發表。

寫作鍛鍊

1. 取材練習：請蒐集與三峽相關的傳說或典故，並選擇其中一個故事加以敘述，寫成一段文字（約300字）。

2. 請以「三峽的四季」爲題，改寫本文，使用白話且具文學性的語言，重新詮釋三峽風貌，寫成一篇完整的文章，字數不拘。

3. 請仿照酈道元描寫三峽四季的手法，以「臺灣的四季」爲題，寫一篇完整的文章，字數約500字左右。

【分組討論單】系級：＿＿＿＿＿　組別：＿＿＿＿＿　報告者：＿＿＿＿＿

　　　　　　　　組員簽名：＿＿＿＿＿＿＿＿＿＿＿＿＿＿＿＿＿

問：「**臺灣印象**」：如果有外國人問你，臺灣最值得去的地方，而且只
　　能說一個，你會回答什麼內容？並說明理由。填入分組討論單後，
　　請各組派代表上臺發表。

答：

請沿虛線剪下

寫作鍛鍊　　　　　　　　　　日期：＿＿＿＿＿＿

系級：＿＿＿＿＿　學號：＿＿＿＿＿　姓名：＿＿＿＿＿

請沿虛線剪下

〈如霧起時〉

鄭愁予

文本內容

我從海上來，帶回航海的二十二顆星。
你問我航海的事兒，我仰天笑了……
如霧起時，
敲叮叮的耳環在濃密的髮叢找航路；
用最細最細的噓息，吹開睫毛引燈塔的光。

赤道是一痕潤紅的線，你笑時不見。
子午線是一串暗藍的珍珠，
當你思念時即為時間的分隔而滴落。

我從海上來，你有海上的珍奇太多了……
迎人的編貝，嗔人的晚雲，
和使我不敢輕易近航的珊瑚的礁區。

寫作背景

　　鄭愁予（1933－），本名鄭文韜，為鄭成功第十一代裔孫，父親籍貫為河北寧河，但他出生於山東濟南。童年隨軍人父親征戰南北，曾於北平崇德中學及北京大學暑期文學班就讀，勤於寫作，屢屢發表詩作於北平平民日報、中學生月刊、武漢時報、衡陽力報等。1949年隨家人遷臺，大學雖畢業於中興大學統計學系，卻仍筆耕不輟，曾加入現代派、創世紀詩社、南北笛詩社。1968年應邀赴美國愛荷華大學參加「國際寫作計劃」，1972年在愛荷華大學取得創作藝術碩士

學位，而後陸續任教愛荷華大學、耶魯大學、香港大學等校，並曾出任聯合文學社長。2005年返台擔任國立東華大學第六任駐校作家，現任國立金門大學講座教授、國立東華大學榮譽教授。

筆名「愁予」，乃出自《楚辭》「帝子降兮北渚，目眇眇兮愁予」（〈九歌・湘夫人〉）與辛棄疾「江晚正愁予，山間聞鷓鴣」（〈菩薩蠻〉）。十六歲即出版第一本詩集《草鞋與筏子》，而後陸續出版《窗外的女奴》、《衣缽》、《夢土上》、《雪的可能》、《燕人行》、《刺繡的歌謠》、《寂寞的人坐著看花》、《鄭愁予詩選集》等詩集，其中〈錯誤〉一詩最為膾炙人口，廣為中學教科書所收錄。

他作品表現的主題多來自平日的生活體驗，有濃厚的家國之情、流浪情懷，也有成熟穩重的詩風。他也曾指出自己寫作的精神和中心，是圍繞著「傳統的任俠精神」和「無常觀」，但實際上能真正觸及他這兩個主題來對他詩文進行評論的人卻極少見。在技巧方面，他擅長於以口語化的語言作形象的描繪，「傳達了一種時間的空間的悲劇情調」（楊牧語），他也曾說自己赴美後詩作語言的節奏感有逐漸放鬆的傾向：「如果語言越來越急，那麼生活的節奏也越來越急，便會造成一種很緊張和不愉快的感覺，因此要放鬆下來。」至於創作新詩的訣竅何在？他認為「感性」是最重要的元素，還鼓勵大家多讀史書、地理，多聽音樂、多看展覽，增加生活體驗，詩作方能豐富而具感性。因此，他的詩總能結合中國古典文學的優美意境，與西方現代主義的表現技巧，而成一篇篇情韻豐富、動人至深的佳作。

本詩作者以大海神秘而優美的意象，喻寫深愛女子的美麗形象。表面上，他是藉航海與世界相遇；事實上，他是藉海上相思與女子的心靈之海相遇。

閱讀鑑賞

個性中充滿流浪因子的鄭愁予，選擇了航海作為本詩的取材，不僅寫出與海相遇的豪放與驚奇，而且還巧藉大海意象喻寫其心中最美麗神秘的女子，表現出另一面的細膩與深情。二十二歲的年輕男子，若對他提及航海之事，他會以爽朗豪邁的笑聲回應你；若對他提及海上的思念，他會對

你訴說一個浪漫的心境。

　　詩人以兩條路線進行書寫——航海、愛人。航行的背景是在一片大霧之中，也因此男子不得不努力尋找「航路」以及「燈塔的光」，才不致迷失方向；而此方向也是對其愛人的隱喻，「叮叮的耳環」、「濃密的髮叢」，是對女子耳與髮特徵的描繪，「最細最細的噓息」、「吹開睫毛」是男子親近女子的美好想像。「赤道」是緯度的起點，「子午線」是經度的起點，都是航行時的重要參考；而女子「潤紅的」唇（如赤道）與會流下一串串「暗藍珍珠」（如子午線）的眼眸，則是男子生命航道中的重要參考。當航行結束時，他帶回的是滿滿的海上珍奇，如：「迎人的編貝」、「噴人的晚雲」、最美的「珊瑚礁區」；但對男子而言，世上最珍奇的，莫過於愛人的笑容（笑時露出整齊潔白如「編貝」之齒）、嬌嗔的面暈（如「晚雲」般酡紅）以及令他想接近又「不敢輕易近航」的心（如「珊瑚礁區」般美麗又易讓船擱淺）。與愛情相遇，猶如與大海相遇；女人的心，一如大海，廣袤而難測，由此汨汨流露詩人對情人又愛又擔心受傷的一種矛盾而複雜的感情。

隨堂推敲

1. 本詩想要表達的情意為何？
2. 本詩在描寫手法上有何特色？
3. 你是否有乘船航行於海上的經驗？請與同學分享你的感受；若無，也請說說你對航海的想像？
4. 如果有機會讓你航行遠洋，你最想與世界的何處相遇？並請說明理由。

閱讀安可

下列是與旅行相關的文章，行旅香港、布拉格等處，與世界不同的城市相遇。

旅行的意義何在？是那種「上車睡覺，下車尿尿，沒事買藥」，忙著在觀光景點拍照留念以資證明「到此一遊」的觀光團旅遊？還是一種逸離常軌的自在與反思？又或是一種刻意的拓展生命經驗，一場豪壯的生命冒險，一個深沉的自我心靈療癒？

1. 舒國治〈香港獨遊〉（《國境在遠方》，臺北：元尊文化有限公司，1997.12）

說明

　　作者以其多年旅行香港的經驗，運用不同的觀察視角，擺脫泛覽，對香港進行獨特地、深入地「觀看」與「體驗」，展現出充滿作者個性的生命張力。此趟香港行，雖是作者無目的的突發安排，卻在其遊走城市各處之中，連結昔日的香港經驗與背景知識，呈現豐富的都市印象與人文內涵，以及作者超乎自我的獨到見解。舒國治異於他人之處有：不從事朝九晚五的上班族工作，大部分的時間都在晃蕩；個性簡樸，物質欲望低。因而形成熱情的心與冷靜的眼，總是以敏銳的觀察力感受生活的細部，挖掘常人易忽略的平凡事物；也正因為能不役於外物，逐能隨遇而安，在「晃蕩」的旅行中品嚐異地的風情。

2. 林文月〈窗外〉（《林文月精選集》，臺北：九歌出版社，2002.07）

說明

　　本文是作者到布拉格查理大學東亞所訪問期間，以其居處之窗外景象和生活體驗為取材，所寫下的旅外城市追憶與鄉愁。布拉格建築給人整體上的觀感是建築頂部變化特別豐富，並且色彩極為絢麗奪目（紅瓦黃牆），因而擁有「千塔之城」、「金色城市」等美稱，號稱歐洲最美麗的城市之一。本文大量使用視覺摹寫、譬喻修辭、排比修辭等，使得全文更加生動、活潑，有效地呈顯出布拉格在建築與人文生活方面的城市特色。

分組活動

「世界風情畫」賓果遊戲：

1. 各組從數字1-12選9個數字填在九宮格裡，不一定要按照順序。
2. 題目共有15題，猜城市名或國家名，並將答案寫在格子裡。（題目在前一次上課便先由各組討論好，再傳寄給TA匯整；全班共5組，每組出3題，各分配不同洲別來出題，如第一組出亞洲範圍、第二組歐洲……）
3. 先連成三條線的組別即獲勝，遊戲進行至第三名出現則結束。

寫作鍛鍊

1. 主旨練習：如果要為鄭愁予〈如霧起時〉換一個題目，在閱讀過該詩後，你會根據內容為它取一個怎樣的題目？

2. 請用白話散文，從鄭愁予〈如霧起時〉詩中「你」（女子）的角度與口吻，寫一篇對情人（男子）出海遠航的思念文章，題目自訂，字數不限。

【分組討論單】系級：＿＿＿＿　組別：＿＿＿＿　報告者：＿＿＿＿＿

組員簽名：＿＿＿＿＿＿＿＿＿＿

問：「世界風情畫」賓果遊戲

答：

寫作鍛鍊　　　　　　　　　　日期：＿＿＿＿＿＿

系級：＿＿＿＿＿＿　學號：＿＿＿＿＿＿　姓名：＿＿＿＿＿＿

請沿虛線剪下

〈賣炭翁〉

白居易

文本內容

賣炭翁，伐薪燒炭南山[1]中。滿面塵灰煙火色，兩鬢蒼蒼十指黑。賣炭得錢何所營[2]？身上衣裳口中食。可憐身上衣正單，心憂炭賤願天寒。夜來城外一尺雪，曉駕炭車輾冰轍[3]。牛困人飢日已高，市南門外泥中歇。翩翩[4]兩騎來是誰？黃衣使者白衫兒[5]。手把[6]文章口稱敕[7]，迴車叱牛牽向北[8]。一車炭，千餘斤，宮使[9]驅將[10]惜不得。半匹紅紗一丈綾[11]，繫向牛頭充炭直[12]！

1　南山：指長安附近的終南山，又稱太乙山，指秦嶺山脈中段陝西境內，西起武功縣，東到藍田縣的部分。

2　營：求。

3　轍：車輪碾過所留下的痕跡。

4　翩翩：腳步輕快的樣子。《楚辭·九歌·湘君》：「石瀨兮淺淺，飛龍兮翩翩。」

5　黃衣使者白衫兒：指宮中太監及隨從。黃衣，唐代宦官的服裝，借指宦官。白衫，指唐代便服。

6　把：動詞，拿。

7　敕：皇帝的命令。

8　向北：北方為宮廷所在。

9　宮使：宮廷來的使者，指太監及其隨從。

10　將：語中助詞，無意義。

11　綾：細薄且有花紋的絲織品。

12　直：同「值」，價格。

寫作背景

　　白居易，字樂天，晚號香山居士，著有《白氏長慶集》。其先祖為山西太原人，生於河南新鄭，後徙下邽（今陝西省渭南市北）。生於唐代宗大曆七年（772），卒於唐武宗會昌六年（846），年七十五。出身於仕宦之家，高祖、曾祖、祖父皆曾為官，父親為朝奉大夫、襄州別駕、大理少卿，累贈刑部尚書右僕射。白居易為唐德宗貞元十六年（800）進士，官至校書郎、贊善大夫，唐憲宗元和十年（815）因宰相武元衡事被貶為江州司馬；長慶時，累遷杭、蘇二州刺史，後任太子少傅；會昌二年（842），以刑部尚書致仕，最後卒於洛陽香山。

　　白居易早年積極從事政治改革，關懷民生，倡導新樂府運動，主張詩歌創作不能離開現實，須取材於現實事件，反映時代的狀況，是繼杜甫之後現實派文學的重要領袖人物之一。文章精切，尤工於詩，晚年放意詩酒，自號醉吟先生，為中唐著名的詩人。其詩以憲宗元和十年為界，前期以「新樂府」為主，多諷諭時事、反映人生的內容，文字清新平易，老嫗能解，與元稹互相唱和，世稱「元白」；後期因仕途多蹇，詩風漸趨傷感，又因晚年好佛，心境轉趨寧靜，詩亦歸於平和閒適，此時與劉禹錫交往唱和，並稱「劉白」。他的詩歌現存近三千首，在世時就已廣為流傳於社會各地各階層，甚至外國如新羅、日本等地，具極大的影響力，較重要的詩歌有〈長恨歌〉、〈琵琶行並序〉、〈秦中吟〉、〈新樂府〉等，重要的文章有〈與元九書〉等。曾將自己的詩分為諷諭、閒適、感傷和雜律四類，其中最為重視的是諷諭詩，代表作〈新樂府〉50首，集中體現了詩人「為君，為臣，為民，為物，為事」而作的詩歌理論，對當時社會的諸多問題提出了系統性的勸諫之辭。

　　本詩〈賣炭翁〉選自《白氏長慶集》（《景印文淵閣四庫全書》，冊1080，臺北：臺灣商務印書館，1983）卷四，為白居易「新樂府」組詩的第32首。他在詩題下自注：「苦宮市也。」「宮」指朝廷，「市」指交易、買賣，「宮市」是德宗貞元末年由太監直接向民間採辦宮廷日常用品的制度。由於這些太監經常白拿百姓的貨物，甚至還要他們倒貼運費，簡直就是苦毒小老百姓的制度。因此，白居易藉由詩中賣炭翁被掠奪的可憐遭遇，真實呈現了「宮市」虐民的惡行，表現出對社經弱勢階層的同情與關懷。

閱讀鑑賞

　　與杜甫同爲現實派詩人的白居易，爲反映中唐百姓遭宮廷掠奪、剝削的社會實況，選取了「賣炭翁」的遭遇爲表現題材，眞實描寫其在「宮市」制度下慘遭太監巧取掠奪的可憐生活。

　　全篇依時間順敘，先寫「燒炭的辛苦」，再寫「賣炭卻被掠奪的無奈」。開頭四句先道出老翁在山中「燒炭」的辛苦，「滿面塵灰煙火色，兩鬢蒼蒼十指黑」，形象地描繪了他因燒炭工作而致面灰指黑的狼狽外在，再以「兩鬢蒼蒼」加以對比，點出這位年老體衰、本應在家安享晚年的老者，爲了生活不得不辛苦工作的無奈，不禁讓人心頭爲之一酸。第五句以下則言「賣炭」，也是形成「先因後果」的結構：作者先以自問自答的設問法指出老翁辛苦燒炭是因其又饑又寒，「可憐身上衣正單，心憂炭賤願天寒」的對比映襯，更鮮明地強調了老翁困頓的生活實況，深深抓住了讀者的視線；「夜來」以下交待老翁賣炭的結果，本來老翁見老天爺如他所願降下大雪，心中應是雀躍萬分的，孰料在雪地裡辛勤趕路的結果，竟是整車黑炭都被宮中的太監以「半匹紅紗一丈綾」的細微代價換走了，使老翁的心血全都付諸流水。詩中全爲敘事，不見任何一句議論，卻在娓娓的敘說中，達到更深致更委婉的諷諭效果。

隨堂推敲

1. 〈賣炭翁〉一詩主要在表現怎樣的思想內容？請結合作者的寫作背景分析。

2. 如果你是詩中的賣炭老翁，在全車黑炭都被搶走後，會有怎樣的反應？（教師也可請幾位同學上臺即興表演老翁與使者互動的情節）

3. 閱讀本文後，你覺得執政者在執政時應特別注意哪些重點，百姓才能安居樂業？

閱讀安可

下列均是為社經地位的弱勢族群發聲的作品。

1. 張養浩〈山坡羊‧潼關懷古〉

> 峰巒如聚，波濤如怒，山河表裡潼關路。望西都，意踟
> 躕，傷心秦漢經行處，宮闕萬間都做了土。興，百姓苦；亡，
> 百姓苦。

說明

　　本篇藉懷古表達對當今百姓所受苦難的同情。當戰爭發生時，無論最後誰是贏家，手無寸鐵且居社經地位弱勢的老百姓，都必須承受戰爭所造成的毀壞與傷害。作者本著痌瘝在抱的仁者胸懷，發抒對受難黎民的關懷與悲痛之情。

2. 莫那能〈當鐘聲響起時——給受難的山地雛妓姐妹們〉（《美麗的稻
　　穗》，臺北：人間出版社，2010.05）

說明

　　在漢人社會中，原住民屬相對弱勢的族群。作者身為原住民的一員，雖然本身遭遇過許多病痛與苦難，卻仍竭盡一己之力積極投入為原住民及殘障者爭權益的運動，為原住民發聲，其愛護同胞及關心弱勢的精神與鬥志，令人感佩。

分組活動

　　「弱勢族群」：請分組討論當今社會上有哪些弱勢族群？我們應如何關懷及協助他們？

寫作鍛鍊

1. 映襯格修辭鍛練：

    ⑴請指出〈賣炭翁〉中「兩鬢蒼蒼十指黑」、「可憐身上衣正單，心
    憂炭賤願天寒」是何種修辭格？分別達到怎樣的表意效果？

    ⑵請運用上題的修辭格造句，以「風」為書寫對象，寫出風給你的感
    受。

2. 請將本詩改寫成劇本，主旨維持不變，情節、對話、結局皆可以一己
   的創意改編，字數不限。

【 分組討論單 】系級：＿＿＿＿　組別：＿＿＿＿　報告者：＿＿＿＿＿

組員簽名：＿＿＿＿＿＿＿＿＿＿＿＿＿＿＿＿

問：**「弱勢族群」**：請分組討論當今社會上有哪些弱勢族群？我們應如何關懷及協助他們？

答：

(1) 弱勢族群的種類：

(2) 協助弱勢族群之道：

寫作鍛鍊　　　　　　　　　　　日期：＿＿＿＿＿

系級：＿＿＿＿　　學號：＿＿＿＿　姓名：＿＿＿＿

請沿虛線剪下

〈杜環小傳〉

宋濂

文本內容

　　杜環，字叔循。其先盧陵[1]人，侍父一元游宦江東，遂家金陵。一元固善士，所與交皆四方名士。環尤好學，工書，謹飭[2]，重然諾，好周[3]人急。

　　父友兵部主事[4]常允恭死於九江，家破。其母張氏，年六十餘，哭九江城下，無所歸。有識允恭者，憐其老，告之曰：「今安慶守譚敬先，非允恭友乎？盍[5]往依之？彼見母，念允恭故，必不遺棄母。」母如其言，附舟[6]詣譚，譚謝[7]不納，母大困。念允恭嘗仕金陵，親戚交友，或有存者，庶[8]萬一可冀，復哀泣從人至金陵，問一、二人，無存者，因訪一元家所在，問：「一元今無恙否？」道上人對以：「一元死已久，惟子環存。其家直[9]鷺洲坊中，門內有雙橘可辨識。」

1　盧陵：即今之江西省吉安縣。
2　飭：音ㄔˋ，謹慎。
3　周：通「賙」，以財物濟助他人。
4　兵部主事：兵部各司置有主事一官。
5　盍：何不。
6　附舟：坐船。
7　謝：拒絕、辭卻。
8　庶：大概。
9　直：在。

　　母服破衣，雨行至環家。環方對客坐，見母大驚，頗若嘗見其面者。因問曰：「母非常夫人乎？何爲而至於此？」母泣告以故，環亦泣。扶就座，拜之，復呼妻子出拜。妻馬氏解衣更母濕衣，奉糜[10]食母，抱衾寢母。母問其平生所親厚故人，及幼子伯章。環知故無在者，不足付，又不知伯章存亡，姑慰之曰：「天方雨，雨止，爲母訪之。苟無人事母，環雖貧，獨不能奉母乎？且環父與允恭交好如兄弟，今母貧困，不歸他人而歸環家，此二父導之也。願母無他思。」時兵後歲饑，民骨肉不相保。母見環家貧，雨止，堅欲出問他故人。環令媵[11]女從其行。至暮，果無所遇而返，坐乃定。環購布帛，令妻爲製衣衾。自環以下，皆以母事之。

　　母性褊[12]急，少不愜意，輒詬[13]怒。環私戒家人，順其所爲，勿以困故，輕慢與較[14]。母有痰疾，環親爲烹藥，進匕箸[15]；以母故，不敢大聲語。

　　越十年，環爲太常贊禮郎[16]，奉詔祠會稽。還，道嘉興，逢其子伯章，泣謂之曰：「太夫人在環家，日夜念少子成疾，不可不早往見。」伯章若無

10　糜：音ㄇㄧˊ，濃稠的稀飯。
11　媵女：即婢女。媵，音ㄧㄥˋ，古代陪送出嫁之人。
12　褊：音ㄅㄧㄢˇ，急躁。
13　詬：責罵。
14　較：計較。
15　進匕箸：此處指餵以湯藥。
16　太常贊禮郎：太常寺官，職司襄助宗廟禮儀的進行。

所聞，第[17]曰：「吾亦知之，但道遠不能至耳。」環歸半歲，伯章來。是日環初度[18]，母見少子，相持大哭。環家人以爲不祥，止之。環曰：「此人情也，何不祥之有？」既而伯章見母老，恐不能行，竟紿[19]以他事辭去，不復顧。環奉母彌謹，然母愈念伯章，疾頓[20]加，後三年遂卒。

　　將死，舉手向環曰：「吾累杜君，吾累杜君！願杜君生子孫，咸如杜君。」言終而氣絕。環具棺槨斂殯[21]之禮，買地城南鍾家山葬之，歲時[22]常祭其墓云。

　　環後爲晉王府[23]錄事[24]，有名，與余交。

　　史官[25]曰：「交友之道難矣！翟公之言[26]曰：『一死一生，乃知交情。』彼非過論也，實有見於人情而云也。人當意氣相得時，以身相許，若無難事；至事變勢[27]窮，不能蹈[28]其所言而背去者多矣！況既

17　第：只是。
18　初度：指生日。源自屈原〈離騷〉：「皇覽揆余于初度兮，肇錫余以嘉名。」
19　紿：音ㄉㄞ丶，騙也。
20　頓：突然。
21　斂殯：入斂安葬。
22　歲時：逢年過節。
23　晉王府：指晉恭王朱棡（朱元璋第三子）府第。
24　錄事：掌文書之官。
25　史官：作者宋濂自稱。
26　翟公之言：語本《史記》卷120〈汲鄭列傳〉，太史公曰：「始翟公為廷尉，賓客填門；及廢，門外可設雀羅。及再用，客復至，公大署其門曰：一死一生，乃見交情。一貧一富，乃知交態。一貴一賤，交情乃見。」
27　勢：權勢。
28　蹈：實行。

死而能養其親乎？吾觀杜環事，雖古所稱義烈之士何以過，而世俗恒謂今人不逮[29]古人，不亦誣[30]天下人哉！」

寫作背景

　　這是一個關於奉養他人母親如己母的故事，可說是一篇闡揚「老吾老以及人之老」、「不獨親其親」之「恕道」的好文章。作者為宋濂，生於元武宗至大三年（1310），卒於明太祖洪武十四年（1381），字景濂，號潛溪，又號玄真子，諡文憲，金華浦江（今浙江省浦江縣）人。宋濂出身於貧寒之家，幼即好學，手不釋卷，受業於吳萊、柳貫、黃溍等古文大家，為明初重要的文學家、史學家。元順帝時曾召他為翰林院編修，他以奉養父母為由，辭不應召，隱居龍門山修道著書。朱元璋稱帝後，任江南儒學提舉，為太子講經學；洪武二年（1369），奉命主初修《元史》，明初禮樂制度多出其手，朱元璋譽之為「開國文臣之首」，累官至翰林學士承旨、知制誥。洪武十年（1377），因年老辭官還鄉，後因長孫宋慎受胡惟庸案牽連，明太祖本欲殺之，經皇后與太子極力勸阻，遂改為全家流放茂州（今四川省茂縣），卻在途中即病死於夔州（今重慶奉節）。

　　宋濂以繼承儒家道統為己任，為文主張「宗經」「師古」，取法唐宋，推崇孟子、韓愈、歐陽脩、三蘇之文，作品以傳記小品與記敘性散文為主，傳記如〈王冕傳〉、〈秦士錄〉等，書寫細膩而流暢；散文則簡潔質樸、典雅雍容之作皆有，劉基許之為「當今文章第一」。與劉基、高啟並列為「明初詩文三大家」，著有《宋學士文集》。

　　本文選自《宋學士文集》（臺北：臺灣商務印書館，1965），屬記敘性的散文，宋濂以流利的文筆娓娓道出主角杜環對老而無依者的無私關懷，讀之者無不為之動容。其中第七段特別指出作者與杜環有交情，意在表明本文所述乃真人真事；末段引《史記》翟公之言，更可明白知曉作者寫作此文的用意，是想要藉推

29　逮：及也。
30　誣：冤枉。

崇杜環的義行以導正當時社會普遍存在的人情澆薄的不良風氣，希望大眾能「不獨親其親，不獨子其子」，多付出愛心，關懷老而無依的弱勢，而達「老有所終」的大同境界。

閱讀鑑賞

　　有一句俗話這樣說：「人不為己，天誅地滅。」但是，如果社會上人人都存此自私想法的話，豈不是各人自掃門前雪，各行其事，人與人間缺乏良善的互動，那將會是一個多麼冰冷而無趣的世界啊！本篇作者有鑑於人與人相處互助的重要，便藉由杜環的真人真事的敘述，來宣揚儒家「老吾老以及人之老」的恕道思想，盼能導正他所處時代中澆薄的人情世態。取材方面，除了以杜環對父親友人（常允恭）之母（常母）的仁義寬厚事蹟為正面材料之外，還特別選取了常允恭友（安慶太守譚敬先）、常允恭弟（常伯章）的不義、不孝行為作反面材料加以映襯，更鮮明地烘托出主角杜環的有情有義。

　　在謀篇方面，全文形成「先敘事後議論」的結構。敘事部分為第一至七段。其中一至六段採取的是依時間進展敘述的順敘法，敘述常母在長子死後投靠長子友人的始末與曲折，層次井然，敘事清朗利落。同時，此六段的敘事，若從取材的性質來看，其實形成了「反－正－反」的結構，作者先後以譚敬先、常伯章兩人不義、不孝之行作為反襯，有效地凸顯出杜環的義行可風：在常母投靠杜環之前，作者先寫譚敬先的拒絕接納常母（第二段），在反面材料的對比中，更凸顯了杜環的宅心仁厚；接著，在常母初見杜環時，作者借由常母的視角，道出了杜環家貧的事實，由此更顯現出杜環收留常母、供她衣食且細心關注其心理的可貴；最後，在常伯章棄養母親（第五段）與杜環將常母安葬並時時祭拜的強烈映襯下，作者對人情澆薄之慨嘆與對杜環人格之稱美，就不言而喻了。第七段是補敘，交待此事件的來源，加強了可信度。至於末段為議論，作者引《史記》翟

公之語，道出唯有在生死關頭，或是窮困潦倒之際，方能見出眞正的交情，而杜環可謂眞正守信重諾的高義之士！

全篇行文流暢、文筆簡潔，對於主人翁杜環的仁義形象描寫尤具特色，除了對他性格作直接的描述（第一段）外，更多的是藉由對話、動作等間接的烘托，能在不落言詮中達到含蓄而餘韻無窮的效果。

隨堂推敲

1. 杜環從初見常母，到常母過世，對常母態度是否一致？請依序具體描述其態度。
2. 杜環要求家人如何對待常母？常母的反應如何？
3. 文中以哪兩個人作為杜環的反襯？那兩個人如何對待常母？
4. 「一死一生，乃知交情」是什麼意思？請舉自身經驗為例說明之。
5. 你覺得本文所敘是真實的、還是虛構的？在現今社會中你是否看過或聽過類似的善行事例？
6. 如果你是杜環，當父親友人之母（即「常母」）來到你家求救時，你會怎麼做？

閱讀安可

下列作品一為對理想社會的描繪，一為對老人心理的勾勒，能與本文內容相互映發。

1. 《禮記‧禮運》（節選）

> 大道之行也，天下為公，選賢與能，講信修睦，故人不獨親其親，不獨子其子，使老有所終，壯有所用，幼有所長，鰥寡孤獨廢疾者皆有所養。男有分，女有歸。貨惡其棄於地也，不必藏於己；力惡其不出於身也，不必為己。是故謀閉而不

興，盜竊亂賊而不作，故外戶而不閉，是謂大同。

> ### 說明
>
> 　　這是孔子對弟子言偃所揭示的理想社會。社會上每個人都能將愛護自己雙親、子女的心，去愛護別人的雙親、子女；使得老人能得到完善的終養照護，幼者能得到最佳的成長指導，其他身體弱勢或孤寡人士也能得到適當的安置。這樣的社會，不再有弱勢族群，不再有爭執苦惱，是一派和諧、互助互信的大同世界，也是值得大家共同努力的理想境界。

2. 黃春明〈售票口〉（《放生：黃春明小說集》，聯合文學出版社，1999.10）

> ### 說明
>
> 　　作者一本其悲天憫人的筆調，為高齡者企盼天倫之樂而發聲，書寫在經濟快速起飛後，社會上所隱藏的問題。此篇小說描寫了一群老人們為了能見到放假回家的兒女，不管天氣如何寒冷，也要早起去排隊買火車票：火生仔想替兒子春木買票，但久年的咳嗽卻奪走了他的性命；老里長旺基早起買票，到了車站，卻已經有一、二十個老人排在他前頭，他回去之後，心臟病發而死；七仙女飯店的老闆以小板凳佔位買票不成，在插位時癱倒在地、口吐白沫身亡。文中所呈現出的老年人問題，原本是傳統鄉村生活在經濟結構轉變的衝擊下失衡變調的結果，然而現今的臺灣已進入高齡化社會，透過作者細膩的筆觸，可提醒讀者進一步體察老人問題持續擴張的可能性，也讓我們不禁要深深思索老人們在現今社會中的困頓處境與可以解決之道。

分組活動

　　「行政院部會首長會議」角色扮演：請同學模擬召開行政院之首長會議，談論民生議題，提昇同學對國是的關注程度。先在前一週就請各組分

配好角色：一人擔任行政院長，其餘組員分就國防、財政、教育、經濟、外交、內政、法務、交通等八部部長，各擇其一擔任；並分別尋找、思考好要報告的內容，寫在書面上。然後，由行政院長召開一場為時三十分鐘的首長會議，由各部首長報告施政內容，最後由行政院長作總結。（由TA擔任記錄）

職稱 （姓名）	報告內容	院長裁示
國防部長 （　　　）		
財政部長 （　　　）		
教育部長 （　　　）		
經濟部長 （　　　）		
交通部長 （　　　）		
內政部長 （　　　）		
外交部長 （　　　）		
法務部長 （　　　）		

寫作鍛鍊

1. 取材鍛鍊：「人物形象描寫」

　　例：杜環的仁義寬厚形象：

主要人物形象	杜環的「仁義寬厚」
正面材料 （杜環的義行善舉）	⑴杜環家貧仍收留常母。 ⑵常母急躁易怒，杜環仍事奉如親母。 ⑶常氏母子於杜生日時相擁哭泣，杜環不以為不祥，認為是人之常情。 ⑷常母過世時，杜環仍以禮葬之、祭之。
反面材料（譚、常二人的不義、不孝之行）	⑴譚為太守，卻不願接納友人之母。 ⑵常氏幼子伯章，故意棄母不養。

　　請仿上例，選擇一個人物（周遭認識的人，或是古今中外的人物皆可）為主要描寫對象，以及若干人物為正、反面烘托此主要人物的配角，並填妥下表：

主要人物形象	
正面材料	
反面材料	

2. 請根據前一題你所填入的材料，予以適當的組織、發揮，完成一篇完整的文章，題目自訂，字數約500字。

請沿虛線剪下

【分組討論單】系級：_____　組別：_____　報告者：_____

組員簽名：_____

問：「行政院部會首長會議」角色扮演

答：會議紀錄表

職稱 （姓名）	報告內容	院長裁示
國防部長 （　　　）		
財政部長 （　　　）		
教育部長 （　　　）		
經濟部長 （　　　）		
交通部長 （　　　）		
內政部長 （　　　）		
外交部長 （　　　）		
法務部長 （　　　）		

寫作鍛鍊　　　　　　　　　　　　日期：＿＿＿＿＿＿

系級：＿＿＿＿＿　　學號：＿＿＿＿＿　　姓名：＿＿＿＿＿

請沿虛線剪下

〈鎮魂〉

羅智成

文本內容

他們以重機械徹夜在外頭切割巨廈
你徹夜被騷擾，卻始終沒有醒來。
十層樓的破碎迷宮把你困在噩夢的夾層裡
或者，你被牆上的相框壓成最後一張照片
或者，你被缺乏鐵質的大樓吞嚥，成為它
糾纏的管線裡瘀塞的血水
所有的可能都已腐臭、發脹
不再可能……
被挖掘開的馬賽克浴室，四處是你過期的呼吸
被折疊起來的挑高客廳
縮得小小的那聲尖叫還在瓦礫中戰慄
在挖掘不出來的驚懼裡
翻倒的美景則緊摟著你孤單的屍骸，
也許還有一個永被深埋的想法……

□□□、□□□、□□□、□□□、
□□□、□□□、□□□、□□□……
死亡已經治癒你們的傷痛與恐懼了嗎？
我們不然，
整個島嶼還在收縮、抽痛、胡言亂語

生命總一次又一次叫我們面面相覷：
我們只是薄膚恆溫的凡人
怎會遇上只有地球足以承擔的變動與損傷？
我們只是偶爾自大的脆弱生靈
爲何要經歷萬噸建材與憂傷的折難？

你們看，
整個島嶼在抽痛、蜷曲
在傳遞、播報、哀悼、喧嘩與聚集
其力量宛如一個宗教的誕生……
但不盡然
那只是種種美好的想像
對一個規模七‧三強震的無謂抵抗

規模七‧三的強震重新躺回斷層
整個島嶼在香煙裊繞的晨曦中
繼續喧嘩、哀悼與聚集

□□□、□□□、□□□、□□□、
□□□、□□□、□□□、□□□……
死亡已經治癒你們的傷痛與恐懼了嗎？
我們不然，
我們正慌亂地用重機械把
崩塌的視線吊走

把沉重的記憶切開
切割成比較容易消化與忘記的小塊

我們在廢墟中喧嘩、哀悼與聚集
這一切只是為了治癒我們自己。

寫作背景

　　作者羅智成（1955-），祖籍湖南安鄉，出生於臺北，他是詩人、作家、媒體工作者。國立臺灣大學哲學系畢業，美國威斯康辛大學麥迪遜校區東亞所碩士，博士班肄業。曾任中國時報系編輯主管、美商康泰納士雜誌Conde'Nast China（VOGUE、GQ）編輯總監、臺北市政府新聞處處長、中央通訊社常務監察人、香港光華新聞文化中心主任等職。創辦過臺北女性生活廣播電台、《TO'GO旅遊雜誌》、出版社、電視製作公司等。並於各大學兼任教職二十年，現為中央通訊社社長。出版作品有詩集《畫冊》、《光之書》、《傾斜之書》、《擲地無聲書》、《寶寶之書》、《黑色鑲金》、《夢中書房》、《夢中情人》等，散文或評論集《泥炭紀》、《M湖書簡》、《亞熱帶習作》、《文明初啟》、《南方朝廷備忘錄》、《南方以南沙中之沙》等二十餘種。

　　羅智成的文筆深邃神祕，富於想像與創造，曾獲得多次時報文學獎敘事詩獎。在高中期間就開始密集發表作品，組「附中詩社」，「鬼雨書院」是他當時的作品及理念象徵。上大學後，與同窗好友詹宏志、楊澤、廖咸浩、苦苓等人創辦「台大現代詩社」，為校園現代詩寫作與朗誦寫下嶄新的一頁。最早的詩集《畫冊》領先同輩詩人，於1975年4月就已出版，大多是在校園的沈思下完成的。之後的「光之書」、「傾斜之書」則確立了他的風格與地位。作品神祕、深邃的風格與語法，對年輕一代的創作者有極大的影響力。詩人兼評論家林燿德稱他是「微宇宙的教皇」，而詩人楊牧則這樣形容他：「羅智成秉賦一份傑出的抒情脈動，理解純粹之美，詩和美術的絕對權威，而且緊緊把握住創造神祕色彩的筆意。」

　　本詩內容是九二一大地震的實況與作者對此災變的觀察與省思。九二一大地震發生於民國88年（西元1999）九月二十一日凌晨一時四十七分左右，震央在南投縣集集鎮境內，故又稱集集大地震。這個芮氏規模七點三的強震，為臺灣戰後傷亡損失最慘重的天災，共持續102秒，造成2415人死亡，29人失蹤，11305人受傷，51711間房屋全倒；其在臺北地區造成的災害與效應特別嚴重，原因是臺北盆地四面環山引起地震波聚集效應，以及土質鬆軟引起「場址效應」，使得震度更形劇烈。其中位於松山區與信義區交界的「東星大樓」（地上12層）倒塌，有87人罹難，為傷亡人數最多的獨棟大樓。本詩雖未指明所描述的為哪一棟大樓，但對於震災發生後大樓斷裂崩塌的怵目驚心，以及報紙、電視等媒體的持續報導，在悲天憫人的感性關懷中有極為鮮明而具體的描繪。同時，作者在詩末仍表現其一貫的知性評論態度，提出震災後值得大眾省思的生命態度與人性課題。

閱讀鑑賞

　　這首現代詩，藉由九二一震災現場殘亂破碎、開挖救援的描寫，以及社會大眾驚恐的反應，來呈現震災帶給人類的重創，以及凸顯人類的渺小、平凡與脆弱等主旨。

　　全篇形成「先果後因」的結構：前五節是「果」，末節為「因」。「果」的部分，可分兩方面來看，一是描述震災現場的救援與死難情形（第一節）：救援者（「他們」）以重機械開挖、切割，卻始終徒勞無功；受難者（「你們」）從開始的驚慌被困、而後一直無奈地受殘破大廈擠壓著、終致在戰慄中孤獨地死去，成為屍骸……，任何未完成的夢想或願望，都只能隨著呼吸的停止而永埋於破碎迷宮般的傾圮大樓底下。另一則是敘述災後生還的人類（「我們」）反應（第二至五節）：死者已矣，生者何堪？震災發生後，人們首先發出的吶喊是：「我們太渺小，承受不了這巨大的傷害折難」（第二節）；接著，驚魂未定的人類開始作無謂的抵抗，企圖用喧嘩、哀悼與聚集等反常的舉措（平時是冷漠的、不與人互動的），藉感受其他人亦有同樣恐懼來驅除內心的不安與焦慮（第三、四

節）；然而，人類是健忘的，只要將眼前足以造成慌亂沉重的崩塌景象吊走、移除，善忘的我們，就可以暫時治癒震災帶來的抽痛、蜷曲，而在眼不見爲淨的習慣中繼續生存下去（第五節）。「因」的部分，第六節解釋了人們在震災後之所以有種種異於平日舉措（喧嘩、哀悼與聚集）的眞正原因是：爲了治癒自己心靈上害怕死亡的脆弱與不安。這也是作者在哀悼罹難者的不幸之餘，對人性的一個透澈而深入的冷眼觀察與反省。

　　本詩在修辭上最重要的手法爲轉化修辭，使得全詩在震災的描繪上營造出一股神祕、驚悚而沉重的氛圍，譬如其中的擬人化修辭：「十層樓的破碎迷宮把你 困 在噩夢的夾層裡／或者，你被牆上的相框 壓 成最後一張照片／或者，你被缺乏鐵質的大樓 吞嚥 ，成爲它／糾纏的管線裡瘀塞的血水」、「縮得小小的那聲尖叫還在瓦礫中 戰慄 ／在挖掘不出來的驚懼裡／翻倒的美景則 緊摟著 你孤單的屍骸」，傾圮的大樓彷彿是巨大的惡魔，將罹難者生吞活剝、折磨至死；又如形象化修辭：「我們正慌亂地用重機械把／崩塌的視線 吊走 ／把沉重的記憶 切開 ／切割成比較容易消化與忘記的小塊」，具體地刻畫了震災發生後倖存人類逃避現實的鴕鳥心態。此外，還有「映襯格」：「 自大 的 脆弱 生靈」，鮮明地對比出人性的矛盾之處；「譬喻格」：「十層樓的 破碎迷宮 把你困在噩夢的夾層裡」，以「破碎迷宮」比方傾斜崩塌的樓房，也隱喻了倖存者面對地震導致的家破人亡、內在破碎而迷亂的心情。

隨堂推敲

1. 本詩中作者描繪了震災現場受難者的哪些情況？（提醒：即第一節中「你」以下的敘述）

2. 本詩中第一節提及死難者「也許還有一個永被深埋的想法」，你覺得那可能是怎樣的內容？請試著去想像人類在臨死前內心的想法。

3. 詩中出現許多三個一組的空格，其所代表的意涵爲何？給你怎樣的

感受？

4. 詩中哪些地方是描寫生還者（社會大眾）的反應？佔全詩的多少比例？由此可見作者所欲表現的主旨為何？

5. 本詩在修辭手法上的最大特色為何？請舉例說明。

6. 民國88年發生九二一大地震時，你幾歲呢？請分享一下你對那場震災情況的記憶與感受。

閱讀安可

下列作品，一為對受災者的關懷與同情，一為對地震威力的生動書寫，皆可與本課相互參照。

1. 白居易的〈輕肥〉

　　　　意氣驕滿路，鞍馬光照塵。借問何為者，人稱是內臣。朱紱皆大夫，紫綬悉將軍。誇赴軍中宴，走馬去如雲。樽罍溢九醞，水陸羅八珍。果擘洞庭橘，膾切天池鱗。食飽心自若，酒酣氣益振。是歲江南旱，衢州人食人。

> 說明
> 　　詩人以一顆悲天憫人的心，在詩中以極大的篇幅描寫宦官們大魚大肉、大吃大喝的驕奢生活與驕縱氣勢。只在詩末二句輕輕點出江南因乾旱而發生著人吃人的悲劇，鮮明地對比出百姓遭致天災的苦痛與悲慘，也委婉而諷刺性地譴責那些衣輕裘、食甘肥者的嚴重失職、不恤民命。

2. 江文瑜〈震鯨〉（向陽編《航向福爾摩沙》，五南圖書出版公司，
   2006.01）

說明

　　詩的內容寫的是九二一大地震對臺灣所造成的猛烈衝擊。作者將臺灣島比喻為一個「巨鯨」，並調動諸多感官來書寫地震發生時帶給福爾摩沙的強烈感覺。先是以「野溪胸膛鼓起」、「山腹攪動」、「泉水動脈凝止」等觸覺描寫寫出天搖地動的震撼；再以樹枝低吟、山豬呼號、巨鯨悲鳴等聽覺描寫寫出地震時的天地悲鳴；還有以閃電雷光、土地竄動、山群翻滾等視覺描寫寫出地震時風雨帶來的駭人災害。當地震來臨時，山水花木、人魚鳥獸，都抵擋不住它強大的破壞力呀！

分組活動

　　「百萬大學堂」搶答擂臺賽：關懷我們所處社會的各種情況，如政治、經濟、社會福利、文化、交通、地方建設等。以打擂臺的方式，舉行組與組間的答題競賽。教師（或TA）事先出好數十道時事題目，並製成簡報，讓臺上的兩組人員搶答，五分鐘內答題較多的一方獲勝。輸的組下臺，換下一組上臺挑戰優勝組。最後獲勝組即為擂臺主。

寫作鍛鍊

1. 轉化格修辭鍛鍊：擬人法
　　例：「十層樓的破碎迷宮把你困在噩夢的夾層裡
　　　　或者，你被牆上的相框壓成最後一張照片
　　　　或者，你被缺乏鐵質的大樓吞噬，成為它
　　　　糾纏的管線裡瘀塞的血水」
　　「大樓」將罹難者困在夾層、壓成照片、吞噬成樓之內在血水，亦即將「大樓」比擬成一個有生命的個體。請以同樣修辭手法，以「颱

風」所造成的災害描寫為主題（例：八八水災），完成下列句子：

「＿＿＿＿＿＿＿＿＿＿＿＿＿＿＿把你＿＿＿＿＿＿＿＿＿＿＿＿＿＿

或者，你被＿＿＿＿＿＿＿＿＿＿＿＿＿＿＿＿＿＿＿＿＿＿＿＿＿＿＿

或者，你被＿＿＿＿＿＿＿＿＿＿＿＿＿＿＿＿＿＿＿＿＿＿＿＿＿＿」

2. 請組合上題的意象群，加以擴寫，仍以「颱風」所造成的災害描寫為
主題，仿〈鎮魂〉的結構與修辭手法寫成一首現代詩，題目自訂，行
數至少十行。

3. 在這社會上，有許多弱勢族群需要我們的關懷與幫助，然而，如何適
時伸出援手，施予愛心，也是值得我們深思的課題。請以「處處有溫
情」為題，寫一篇完整的文章，字數至少500字。內容需包括：社會
關懷的必要性、需要被關懷的族群有哪些、如何落實社會關懷。

[分組討論單] 系級：_____　組別：_____　報告者：_____

組員簽名：_____

　　「百萬大學堂」搶答擂臺賽：關懷我們所處社會的各種情況，如政治、經濟、社會福利、文化、交通、地方建設等。以打擂臺的方式，舉行組與組間的答題競賽。教師（或TA）事先出好數十道時事題目，並製成簡報，讓臺上的兩組人員搶答，五分鐘內答題較多的一方獲勝。輸的組下臺，換下一組上臺挑戰優勝組。最後獲勝組即為擂臺主。

寫作鍛鍊　　　　　　　　　　　日期：＿＿＿＿＿

系級：＿＿＿＿＿　學號：＿＿＿＿＿　姓名：＿＿＿＿＿

主題五　生命的省思

楔子五　走在有型有格的人生旅途上

女兒：

　　妳曾經問過老爸，人生短則數年，長則百餘年，當歸去的時間一到，就「結束了或長或短的一生」。那麼在結束之前，人生有沒有最重要的一件事情？如果有，這件事情是什麼？如果沒有，又是為什麼？

　　天啊！這大概是老爸碰過最難以回答的問題了，而且應該說，這個問題是沒有標準答案的，因為每個人的想法都不同，所以最重要的事情當然不會一樣。

　　怎麼辦？這個問題難道就這樣無解了嗎？

　　沒關係，人生本來就有很多問題是找不到答案的。找不到答案不代表就解決不了問題，而是沒有答案就是這些問題的答案。

　　老爸認為，人生當中最重要的應該不是哪一件「事情」，而是妳對待事情時的「態度」。對待工作的態度、對待家庭的態度、對待人生的態度、對待他人的態度……，態度對了，事情就對了；事情對了，妳的人生就對了。

　　對於人生，老爸最響往的是一種自在灑脫的態度。這種態度是不拖泥帶水，沒名利牽絆，心境一片清明。可以在「親眼看見一個社會的覆滅和另一個社會的開始」時，仍能無執著心，無分別心；也可以「笑看潮來潮去，了生涯」，「回首向來蕭瑟處」，在「歸去」時，「也無風雨也無晴」。這種態度可以讓妳盡情享受人生的種種樂趣，在中秋時節，「和露摘黃花，帶霜分紫蟹，煮酒燒紅葉」。這種態度可以讓妳了解，這個世界是「量無窮，時無止，分無常，終始無故」，所謂「賢的是他，愚的是我，爭甚麼」。即便是「就中更有癡

兒女」，「直教生死相許」，仍能「狂歌痛飲」，在「夜闌風靜縠紋平」時分，「風檐展書讀，古道照顏色」。等到最後人生大限到來時，更能體會「老少同一死，賢愚無復數」，「縱浪大化中，不喜亦不懼」的境界。

　　怎麼樣？這種人生態度還不賴吧！只是，那需要長時間的修養、涵泳，什麼時候才能真正地自在，無執的灑脫，老實說，誰也沒個準。不過沒關係，雖不能至，然心嚮往之。

　　在人生旅途中，總是要有個依循的方向、明確的目標，才能走得有型，走得有格。是不是呢？

　　　　　　　　　　　　　　　　　　　　　　　老爸　留

〈南歌子‧八月十八日觀潮，和蘇伯固二首〉

蘇軾

文本內容

　　海上乘槎侶[1]，仙人萼綠華[2]。飛昇元不用丹砂[3]。
住在潮頭來處、渺天涯[4]。雷輥[5]夫差國[6]，雲翻[7]海
若家[8]。　坐中安得弄琴牙。寫取餘聲歸向、水仙

1　海上乘槎侶：這是「八月槎」的神話傳說，最先見於張華的《博物志》：「舊說云：天河與海通。近世有人居海渚者，年年八月有浮槎來，甚大，往返不失期。人有奇志，立飛閣於槎上，多齎糧，乘槎而去。十餘日中，猶觀星月日辰，自後芒芒忽忽，亦不覺晝夜。去十餘日，奄至一處，有城郭狀，屋舍甚嚴，遙望宮中多織婦。見一丈夫牽牛，渚次飲之。」從表面上看，東坡是欲以此神話比擬錢塘潮潮勢浩大、似將直上天河的盛況；其實，就他迫於黨爭、不得不自請外放的心態而言，這個對「八月槎」的神話想像，應是欲回歸安頓之心與享受如天界般自在的暗示。

2　仙人萼綠華：是道教中謫降人間、為人指點虛無的美麗神仙，事蹟見於《真誥》：「萼綠華者，自云是南山人，不知是何山也。女子年可二十許上下，青衣，顏色絕整，以升平三年十一月十日，夜降（羊權）。自此往來一月之中輒六過來耳。……云是九疑山中得道女羅郁也，宿命時曾為師母毒殺乳婦，玄州以先罪未滅，故今謫降於臭濁，以償其過。與權尸解藥，今在湘東山，此女已九百歲矣。」她雖已九百歲，形貌卻如二十許的美麗姑娘，原是九疑山的得道仙女，因曾為師母毒殺乳婦，所以謫降人間，藉指引羊權修道以曠其前世的罪過。從表面上看，東坡是以萼綠華仙女的從天而降，擬寫錢塘潮水在上昇之後、由天際飛瀉而下的奔騰壯觀；其實，在仙人上下飛降與海潮恣意翻騰的意象交融之中，透顯了蘇軾極欲擺脫人事糾葛、世間得失的深層願望。

3　飛昇元不用丹砂：源自《南史‧陶弘景傳》：「弘景既得神符秘訣，以為神丹可成，而苦無藥物。帝給黃金、朱砂、曾青、雄黃等。後合飛丹，色如霜雪，服之體輕」，道教認為道人能藉服食丹砂煉成的丹藥而羽化登仙。蘇軾反用其意，想像自己看見一位道人飛昇上天、羽化登仙，卻不必藉由服食道教的丹砂，全憑著道家的道即可；表面上是再一次地強調錢塘海潮的潮高衝天，而其似乎也暗蘊著自己對道家自然之道的嚮往，以及意欲掙脫人事桎梏、將心靈提昇至物外的企盼。

4　住在潮頭來處、渺天涯：是指當海潮停止時，他想像那位乘槎直上天河的英雄將船停在潮頭發生之處。此處也有一個浪漫的神話傳說，《列子‧湯問》：「渤海之東，不知幾億萬里，有大壑焉。實惟無底之谷，……其中有五山焉，一曰岱輿，二曰員嶠，三曰方壺，四曰瀛

誇[9]。

　　苒苒中秋過，蕭蕭兩鬢華。寓身此世一塵砂。笑看潮來潮去、了生涯。方士三[10]山路[11]，漁人一葉家[12]。早知身世兩聱牙[13]。好伴騎鯨公子、賦雄誇[14]。

寫作背景

　　蘇軾（1036-1101），字子瞻，號東坡居士，北宋眉州眉山（今四川省眉山縣）人。二十二歲登進士第；二十六歲任鳳翔府簽判，累官至端明殿學士兼翰林院侍讀學士。宋神宗熙寧五年（1072），因「神宗欲伸中國之威，革前代之弊，王安石之流，進售其強兵富國之術，而青苗保甲之令行，民始罹其害」（元‧脫

州，五曰蓬萊，⋯⋯其上臺觀皆金玉，其上禽獸皆純縞，珠玕之樹皆叢生，華實皆有滋味，食之皆不老不死。所居之人，皆仙聖之種，一日一夕，飛相往來者，不可數焉」，潮頭的來處是一個向東「幾億萬里」的「無底之谷」，其間有五座大山，且有神仙自由地飛居往來，是一處有著食之能長生的花果的仙境。蘇軾望著海潮由一波比一波高聳的漲勢終至消退、平靜，最後消失在遼闊無極的茫茫海面中，不禁對遠在「天涯」的潮頭來處，興發對仙境自由而美好的想像，也隱含著對自由境界的嚮往與對醜陋現實的抗議。

5　雷輥：如雷滾動，此處喻海潮聲之大如雷。輥，音ㄍㄨㄣˇ，輪轉之速也。

6　夫差國：指杭州，曾為吳王夫差之故國。

7　雲翻：指潮勢如雲。

8　海若家：海若，指海神。

9　坐中⋯⋯水仙誇：傳說彈琴高手伯牙至蓬萊仙山學琴，因聽聞海水「汩汲湁渹之聲」，獲得了靈感，遂移情於音樂，而譜成精彩絕妙的〈水仙操〉（《樂府古題要解》）。蘇軾藉伯牙創作琴曲過程的傳說，一方面希冀一同觀潮的同座中有伯牙般的知音妙手將潮聲天籟譜成更勝〈水仙操〉的樂曲，另一方面可能也期盼著自己能如伯牙般移情於美妙的潮聲中，不再為俗事塵務而煩心。

10　方士：方術之士，指求仙煉丹、自言能長生不死之人。

11　三山路：指傳說中蓬萊、方壺、瀛州三座神山，是道教方士們熱烈尋求的聖域仙鄉。「三神山」有令凡人欣羨的仙人及不死之藥，還有世間所無的奇獸、金殿（《史記》），一生對求仙學道頗有興趣的蘇軾對「三山路」的追尋探覓，正反襯出自己當時仕宦不樂的抑鬱形象。

12　一葉家：以小舟為家。

13　聱牙：齟齬不合。

14　好伴騎鯨公子、賦雄誇：藉李白醉騎鯨魚、溺死潯陽的傳說，隱喻自己欲過著仙游賦詩的超脫生活，暗示著他急欲尋求解脫的心靈意緒。

脫等《宋史》），蘇軾遂上書反對王安石新法，而自請外放，擔任杭州通判；三年後移知密、徐、湖等州。元豐二年（1079），發生烏臺詩案，入獄百餘日，瀕死，幸得親友相救、神宗愛才，終得保命，翌年以團練副使安置於黃州。在黃州五年，「放浪山水之間，與漁樵雜處」（〈答李端叔書〉），「覃思於易、論語，端居深念，若有所得」（〈黃州上文潞公書〉），創作了許多膾炙人口之作。哲宗即位，蘇軾奉召回朝，先後任中書舍人、翰林學士兼侍讀、吏部尚書等，然在京都的三年中，他雖身處高位，卻因個性耿直，堅持己見，因此與諸多臺諫大臣不合，置身於複雜矛盾的人事紛爭中，他深感不安於朝，遂又自請外放，出知杭州、潁州等地，官至禮部尚書。後來新黨得勢，紹聖元年（1094）被章惇遠貶至惠州、儋州（海南島）；徽宗時遇赦召還，北還後第二年病死於常州，年六十六，諡文忠。

　　蘇軾的政治立場雖稍偏於舊黨，然於需要改革之處，皆「如食內有蠅，吐之乃已」（《曲洧舊聞》），十分正直敢言，因而受到新舊兩黨的排擠，仕途極為優蹇坎坷。儘管如此，他仍為官清正、愛民如子，在各地居官時總是多方為民興利除弊，如杭州西湖的蘇堤，就為百姓解決了長期困擾的水利問題。因此，他的政績極佳，備受百姓愛戴，甚至有為他建立生祠者。

　　蘇軾的詩、詞、賦、散文，成就皆高，又擅書法、繪畫，是難得一見的文學藝術全才。他的散文汪洋宏肆，如行雲流水，策論議辯皆所擅長，尤其長於說理，與父洵、弟轍，並稱「三蘇」，同列於唐宋古文八大家之中；與韓愈齊名，有「韓潮蘇海」之稱；又與歐陽修並稱歐蘇。詩的內容題材豐富，風格多樣，與黃庭堅並稱「蘇黃」，又與陸遊並稱「蘇陸」。詞則開「豪放」一派，轉變了晚唐、五代以來綺靡的詞風，與辛棄疾並稱「蘇辛」。書法與黃庭堅、米芾、蔡襄同列北宋四大書法家（「宋四家」），繪畫方面則開創了湖州畫派。有《東坡全集》傳世。

　　本詞選自《蘇軾詞編年校注》（鄒同慶、王宗堂校注，北京：中華書局，2002），約作於北宋哲宗元祐四或五年東坡守杭時，是和下屬蘇堅的詠潮之作，展現出他超越生命困境的智慧與豁達。蘇軾的一生，一直與朝政有著密切關連，元祐元年（1086），宣仁太后垂簾聽政，是蘇軾經歷了烏臺詩案、黃州貶謫的挫折後，人生進入順境之始，但同時也是他又一次捲身政治風暴之端。在京都的三年中，他雖身處高位，卻因個性耿直，堅持己見，因此與諸多臺諫大臣不合，身

處在複雜矛盾的人事紛爭之中，他深覺不安於朝，決定離開京師，離開這個是非之地！他終於在元祐四年（1089）三月獲准出知杭州。三年京華的勾心鬥角，使蘇軾深感厭倦嫌惡，如今得以抽身遠離是非，與下屬蘇堅共賞錢塘海潮的壯麗美景，詞中自然充滿了對俗世的厭惡及對自由的渴望。同時，自「烏臺詩案」後，其思想有了極大轉折，經世濟時的儒家思想固然尚未放棄，而佛老思想卻已成了他在政治逆境中主要的處世哲學。因此，〈南歌子〉中就處處展現著東坡不能有作為時所藉以慰解心靈、超脫現實困境的道家思想與道教仙鄉，充滿著虛幻浪漫的情調。

閱讀鑑賞

　　〈南歌子〉，作於蘇軾剛從政爭脫身、對人事失望之際，因而表現出欲掙脫世俗、尋求自由的主旨。取材上則專注於錢塘海潮驚人的潮勢及美妙的潮聲，並巧妙運用了許多神話意象來譬喻海潮，不僅描繪出豐富細膩、形象生動的海潮變化，更含蓄地表達作者內在急思超越人生困境的深沉情意。

　　〈南歌子〉二闋表現出作者獨特的個人色彩。二首為同時之作，可視為一體。第一闋全以浪漫的神話來譬喻錢塘海潮的潮勢與潮聲，形成「視覺（潮勢）－聽覺（潮聲）－視覺（潮勢）－聽覺（潮聲）」之感官交錯的結構。上片四句寫潮勢之變化多端，先以乘槎上天的神話喻寫海潮直上天河的盛況，再以仙女萼綠華下凡之姿比擬潮水在上昇後又由天飛瀉而下的壯觀之勢；接著，再以道人的羽化飛天比喻海潮再次地衝天而上；最後，潮水終於消退、平靜，消失在遼闊無極的「潮頭來處」，那是一處有神仙自飛居往來、有食之能長生的花果生長之仙境。表面上作者寫的是潮勢，其實是藉對神話、仙境的美好想像，暗示一己對醜陋現實的抗議與對自由境界的嚮往。下片首句以仙界意象雷神之滾輪譬喻潮聲之大如雷，次句以仙界意象海神若之舞動譬喻潮勢之盛似雲，在聽覺、視覺的誇飾中生動描繪出海潮撼人心弦的力量。詞末二句則以彈琴高手伯牙譜就的〈水仙

操〉作正面烘托,盼有知音妙手將潮聲天籟譜成比該曲更佳的樂曲,道出潮聲之妙絕天下,是更勝〈水仙操〉曲的。

第二闋則寫觀潮所引發的感受,以空間的「先實後虛」來結構全篇。上片是作者在「實空間」觀潮的當下感受:「茸茸」二句是他面對眼前潮起潮落的自然規律時,從時間角度興發的漸老之嘆;「寓身」句則是以佛家的塵砂為喻,從空間角度興發的自身渺小之慨。然而「笑看」一句,作者語氣一轉,卻從消極的情緒超拔而出,選擇以道家順時應世、坦然達觀的人生態度,來面對生命的侷限。下片則由「實空間」轉移到「虛空間」的期望與想像,寫出作者對未來人生所設想的出路與歸向:他以三山路、一葉家、騎鯨公子象徵自己的人生歸路,亦即:道教仙鄉、桃源漁家、像李白一樣自在地騎鯨仙游賦詩,才是他理想的生活所在與方式。全詞在佛、道的氛圍中,透顯出他對現實環境的失望心情。此時的蘇軾,剛離開黨爭的漩渦,內心渴望的是「在獻身政務中求閑適,在煩噪人事羈絆中求安寧」(唐玲玲、周偉民《蘇軾思想研究》)。因此,面對錢塘海潮的美景,不禁要發出「身世兩聱牙」的感喟,而在慨嘆與世俗不能相融之時,只好藉著一連串的神話想像,以求心靈的解脫。

東坡還靈活地運用了大量的譬喻、誇飾修辭寫出了他獨特觀照下的海潮奇觀;同時,由於蘇詞中處處以神話傳說象徵他的人生理境,使詞中具現了蘇軾超然塵俗、曠達高遠的獨特形象,更表現出奇異非凡、虛幻縹緲的浪漫主義情調。

隨堂推敲

1. 〈南歌子〉兩闋詞是否為同時之作?兩詞間在內容上的關係如何?蘇軾此時面臨的困境是什麼?
2. 〈南歌子〉二闋運用了哪些神話傳說?請一一指出,並說明其象徵或暗示的意涵。
3. 「寫實主義」在創作態度上要求做到客觀,隱藏作者自我,在創作

方法上要求如實的觀察與精確的記敘，在照相式的細節描繪中使讀者有身歷其境之感；而「浪漫主義」則偏愛表現主觀的理想、著重抒發個人的感受和體驗、追求創作的絕對自由、嚮往非凡和奇異的事物、喜用誇張和對比等予人強烈印象的寫作手法和生動的語言等。你認為〈南歌子〉二闋的風格是屬於寫實抑或浪漫？為什麼？

4. 你覺得人生的困境有哪些？在面臨生活上大大小小的困境時，你通常會用怎樣的心態來渡過、超越？

5. 你的座右銘是什麼？請與全班同學分享。

閱讀安可

下列二詞，皆作於黃州時期，可見出東坡超脫生命困境之道，以及生命的歸趨所在，正可與本課文本相互闡發、印證。

1. 蘇軾〈臨江仙‧夜歸臨皋〉

夜飲東坡醒復醉，歸來髣髴三更。家童鼻息已雷鳴。敲門都不應，倚杖聽江聲。長恨此身非我有，何時忘卻營營。夜闌風靜縠紋平。小舟從此逝，江海寄餘生。

說明

上片作者以「雪堂夜飲，醉歸臨皋」後，不得其門而入，逐轉而「倚杖聽江聲」的作為，寫出自己隨遇而安、隨緣自適之情；同時，他在「夜闌風靜」、佇聽「江聲」之時，內心所萌生的是對「個體生命的價值」的反思：「長恨此身非我有，何時忘卻營營」，反用了《莊子》的「吾身非吾有」、「至人無己」的語意，認為主體的失落乃因拘於外物、奔逐營營所致，且對主體失落悲哀的同時，也包含了重新尋找自我的熱忱。因此，唯有擺脫追名逐利、蠅營狗苟，才能找回失落的自我，主宰自己的命運。在肯定自身是唯一實在的存有後，逐藉眼前自由之景揭示了自己所追求的

人生理境:「小舟從此逝。江海寄餘生」,以逝水的流動代表其內在靈視中擬逍遙自在的衝動。因此,流水的歸宿──廣闊自由的「江海」,即成為其所欲達致的、主體完全自適自主的人生歸趨之象徵。

2. 蘇軾〈定風波‧公舊序云:「三月七日,沙湖道中遇雨。雨具先去,同行皆狼狽,余獨不覺。已而遂晴,故作此詞」〉

> 莫聽穿林打葉聲。何妨吟嘯且徐行。竹杖芒鞋輕勝馬。誰怕?一蓑煙雨任平生。料峭春風吹酒醒。微冷。山頭斜照卻相迎。回首向來蕭瑟處。歸去。也無風雨也無晴。

說明

　　日人吉川幸次郎說:「蘇軾遊的過程,也就是歸的過程,回歸自我的本真,得到自我。」(《中國詩史》)〈定風波〉所展現的即為其回歸自我過程中對待挫折的能捨、無懼、隨遇而安之超脫心態,以及其最終回歸的自我世界(即心靈安頓的所在)的面貌,是一處無風無雨無晴、一片寧靜自適的精神主體境界。「穿林打葉」的風和雨,不僅是現實中的風景,也意味著蘇軾在仕途上遭受的風風雨雨與無情打擊,究應如何面對風雨、進而超脫生命的現實面於塵外?詞中作者以「莫聽」、「誰怕」與「任平生」等不屈從流俗、隨緣自適的態度處之。天性曠達的蘇軾,能在「同行皆狼狽」的風雨困境中,展現不同於眾人的、「吟嘯徐行」的閒適形象。「輕」與「一蓑煙雨」除了隱含其目前無官一身輕、意欲退隱江湖的意味,更透顯其面對生命壓力時能毅然放下、超拔俗世名利的人生智慧。「歸去,也無風雨也無晴」,不僅是眼前之景,也是對其「遊」之後的理想歸宿的描繪,那是一處無雨無晴、逍遙自適的心靈世界。全詞以風雨過後寧靜之景,暗喻其人生理境,再穿插其不畏風雨、輕視名利之人生思維,以及一己徐行雨中之閒情描繪,景、理、情三者達致極其和諧之境。

鄭文焯稱此詞：「此足徵是翁坦蕩之懷，任天而動。」（《大鶴山人詞話》）明白指出了蘇軾在詞中所呈顯的主體自在的超曠意境。

分組活動

　　「超越困境」：建議先播放一段與「超越生命困境」有關的影片精華後，請每位同學填寫下列學習單，再由小組選出其中一個最棘手的問題，各組派一位同學上臺發表該問題與解決之道；發表完後，再由其他組的同學提供該問題的其他解決方法。在共同的腦力激盪中，期能找出解決困境的最佳方法。

寫作鍛鍊

1. 想像力鍛鍊：請將下列文句「擴寫」成約100字的短文，並運用修辭技巧。

　　　　航行在遼闊的生命海洋中，理想是羅盤，堅持是燃料。

2. 當你面臨生命困境的時候，你會以怎樣的態度及思維渡過難關？請以自身經驗為寫作主體，以「捨得」為題，寫一篇完整的文章。內容需詳述你親身經驗的困境、解決過程及想法、解決後的心境及感觸。字數至少500字。

【分組討論單】系級：_____　組別：_____　報告者：_____

組員簽名：_____

問：你目前所面臨的最大困擾是什麼？你認為可以或應該如何去解決這
　　個困擾？

答：

請沿虛線剪下

寫作鍛鍊　　　　　　　　　　日期：＿＿＿＿＿＿

系級：＿＿＿＿＿　　學號：＿＿＿＿＿＿　姓名：＿＿＿＿＿

〈秋思〉

馬致遠

文本內容

（雙調夜行船）百歲光陰一夢蝶[1]，重回首往事堪嗟。今日春來，明朝花謝。急罰盞[2]夜闌燈滅。

（喬木查）想秦宮漢闕[3]，都做了衰草牛羊野。不恁麼[4]漁樵沒話[5]說。縱荒墳橫斷碑[6]，不辨龍蛇[7]。

（慶宣和）投至[8]狐蹤與兔穴[9]，多少豪傑。鼎足雖堅半腰裡折[10]。魏耶？晉耶？[11]

（落梅風）天教你富，莫太奢。沒多時好天良夜。富家兒更做道你心似鐵[12]，爭[13]辜負了錦堂風月[14]。

1　夢蝶：此處以莊周夢蝶之典，比喻人生短暫、猶如一場夢。《莊子·齊物論》：「昔者莊周夢為蝴蝶，栩栩然蝴蝶也。自喻適志與，不知周也。俄然覺，則蘧蘧然周也。」

2　罰盞：喝酒。

3　秦宮漢闕：秦宮，指阿房宮，為始皇所建；漢闕，指鳳闕，為武帝所建。

4　不恁麼：不這樣。恁麼，指權高者的權勢終難持久，亦終不免於衰亡。

5　話：故事。

6　斷碑：殘存的石碑。

7　龍蛇：借喻墓碑上的文字（姓名）。

8　投至：等到。

9　狐蹤與兔穴：借代指墓地。因為古墓荒廢已久，成為了野兔、狐狸出沒的地方，在此為「以結果代原因」的借代修辭。意謂英雄豪傑們在世時儘管功業彪炳，最後還是難逃一死。

10　鼎足句：三國鼎立，從表面看去相互制衡、倚賴，似乎十分堅固，但實質上國祚卻都不長久。半腰裡，指不久；折，滅也。

11　魏耶晉耶：意謂無論是魏或晉，至今都已滅絕，爭這些又有何用？這是從結果來立論的道家思想，儒家則是秉持著「知其不可而為之」的過程論，二者宜加以明辨。

12　富家兒句：有錢人更是固守錢財，不知享用。

13　爭：怎麼。

14　錦堂風月：借代指良辰美景（部分代全體）。

（風入松）眼前紅日又西斜，疾似下坡車[15]。不爭[16]鏡裡添白雪[17]，上床與鞋履相別[18]。休笑巢鳩計拙[19]，葫蘆提[20]一向裝呆。

（撥不斷）利名竭，是非絕。紅塵[21]不向門前惹，綠樹偏宜屋角遮，青山正補牆頭缺。更那堪[22]竹籬茅舍。

（離亭宴帶歇指煞）蛩[23]吟罷一覺才寧貼，雞鳴時萬事無休歇[24]。何年是徹[25]？看密匝匝蟻排兵，亂紛紛蜂釀蜜，急攘攘蠅爭血[26]。裴公綠野堂[27]，陶令白蓮社[28]。愛秋來時那些：和露摘黃花，帶霜分紫

---

15 眼前二句：以「下坡車」譬喻日子逝去的快速、生命的短促。

16 不爭：不料。

17 白雪：借喻白髮。

18 上床句：以俗諺喻人隨時會死。俗諺：「今日脫靴上坑，明日難保得穿。」

19 休笑句：莫笑鳩不會築巢，牠一樣可以安居（取他鳥之巢而居之）。《禽經》：「鳩拙而安。」

20 葫蘆提：宋元俗語，馬馬虎虎、糊里糊塗之意，亦作「葫蘆蹄」、「鶻鸘啼」。

21 紅塵：喻世間的雜務。

22 更那堪：更別提。

23 蛩：蟋蟀。

24 無休歇：忙碌。二句指：世人多晚睡早起，為名利忙碌不已。

25 徹：完、盡，引伸作看開（紅塵俗事）。

26 看密匝匝三句：螞蟻紛紛貯食、蜜蜂亂飛備食、蒼蠅忙著爭食，此三意象貼切地比喻了世人為爭奪名利而紛亂忙碌的景象。攘，音ㄖㄤˇ，忙亂的樣子。

27 裴公句：裴公指唐憲宗、穆宗時之名相裴度，封晉國公，能適時抽身告退政壇。《唐書‧裴度傳》：「於午橋作別墅，號綠野堂，激波其下，度野服蕭散，與白居易、劉禹錫為文章，把酒窮晝夜相歡，不問人間事。」

28 陶令句：陶令指曾為彭澤令的東晉陶潛，不為五斗米折腰，隱居於潯陽，常與白蓮社（晉慧遠集僧徒與名士等十八人於廬山東林寺結社，寺中多植白蓮，故稱白蓮社）中人來往。

蟹，煮酒燒紅葉[29]。想人生有限杯[30]，渾[31]幾個重陽節？人問我頑童[32]記者[33]：便北海[34]探吾來，道東籬[35]醉了也。

寫作背景

作者馬致遠，號東籬，元大都人。生平事蹟見於記載者極少，據王忠林、應裕康的推論，約生於南宋理宗寶祐四年（1255）左右，較關漢卿晚三十五至四十年，卒於英宗至治元年以後，泰定元年以前（1321-1324）（《元曲六大家》）。早年文采風流，才高志大，有意於功名，但生不逢時，未能如願，潦倒二十餘年。只在三十歲左右時，任江浙省務提舉；四十歲左右時，參加由曲界人士合組成的元貞書會。此後，悟得窮通得失皆有天命，就未再任官職，而過著「酒中仙」、「風月主」的浪漫生活；晚年更歸於「林間友」、「塵外客」的仙道、逍遙、閒適生活，死時約七十歲左右。

馬致遠的作品，有雜劇與散曲，其中雜劇多出世思想，風格豪放高遠；至於散曲，文字清麗，多表現對元代社會醜惡現實的不滿，對功名利祿的否定與諷刺，風格豪放，題材寬廣，形象鮮明，語言凝練，音韻和諧，為元散曲第一大家，允稱「曲狀元」。著有雜劇十四種，今存七種：《破幽夢孤雁漢宮秋》、《江州司馬青衫淚》、《泰華山陳摶高臥》、《半夜雷轟薦福碑》、《呂洞賓三醉岳陽樓》、《馬丹陽三度任風子》、《邯鄲道省悟黃粱夢》；散曲集為《東籬樂府》，有小令115首，套曲16套。

曲為元代流行的歌曲，依性質分為劇曲與散曲，其中劇曲性質屬戲劇，適於

---

29 和露三句：帶露之菊花、肥美之紫蟹、紅葉之楓樹，為深秋最美之景。

30 想人生句：呼應首段之「百歲光陰一夢蝶」。

31 渾：還有。

32 頑童：指侍奉作者之僮僕。

33 記者：記住。

34 北海：指東漢之孔融，曾任北海相，生性好客。

35 東籬：馬致遠之號，此為作者自稱。

表演有情節的故事；至於散曲的性質則屬詩歌，適於寫景或抒情。若依體製細分，散曲還可再分為小令與散套：小令是當時的街市小曲，字數在六十字以內；散套則為聯合同一宮調的幾支曲牌組合而成。本文選自《東籬樂府》（隋樹森編《全元散曲》，北京：中華書局，1989），屬於北曲散套，是作者的自述，聯合了七支（夜行船、喬木查、慶宣和、落梅風、風入松、撥不斷、離亭宴帶歇指煞）同宮調（雙調）的曲牌組成，把作者蘊積的思想情感和生活態度，都表露無遺，呈顯了莊子以來道家超然出世的人生觀與閒適逍遙、悠然慢活的生活美學。

閱讀鑑賞

　　作者藉其九月九日重陽節登高行樂的所見所感，書寫出人生如夢，應及時行樂的主旨。

　　全篇結構完整，說理、例證、寫景、抒情兼具，充分闡明了作者的人生哲學。可分三大部分：㈠總說（第一段「夜行船」）：揭明主旨－「人生如夢，應及時行樂」；㈡分說（第二段「喬木查」至第六段「撥不斷」）：其中第二、三、四段分別舉帝王、英雄、富人等反例以證人生好景不常，第五段直言好景不常、是以應守拙安分之理，第六段舉己不求名利、能隱居樂道為正例；㈢總說（第七段「離亭宴帶歇指煞」）：具體呼應首段的主旨；以世人之為名利忙碌，對比自己能隱居行樂，具體描寫作者行樂之內容──仿古人（裴度、陶潛）急流湧退、隱居享樂，「和露摘黃花，帶霜分紫蟹，煮酒燒紅葉」，於重陽節登高賞菊、啖蟹、飲酒，表現出馬致遠不同流合污的高傲性格與閒適之情。作者徹悟了生命短暫的本質，主張拋卻紅塵俗世的紛紛擾擾，而利用有限的時間飲酒行樂，切莫辜負了天賜的良辰美景。在論述上，他列舉了歷史上有權有勢者（如：帝王）、有名者（如：豪傑）、有利者（如：富人）作為反例，從結果論來否定這些外在的功名富貴，以為所有被人們欣羨的權勢、名聲、財富最終都將隨生命的逝去而消失；於是，作者以本身為正例，認為唯有把握當下、盡情享受眼前可以掌握的美景、佳餚，勿汲汲於俗務、名利，才算真

正理解人生、珍惜人生。然而，值得注意的是，馬致遠生存在一個外族統治、漢人難以出頭的時代，在有志難伸的苦悶中，難免會偏向隱逸山林的生命抉擇，所書寫的生命情調也較傾向及時行樂的生活美學。究竟，我們應把握有限生命及時努力？抑或及時行樂？抑或在兩者間作適當的調配？讀者仍應深思。

　　此外，本套曲能結合眼前的自然景色加以描寫，故生動活潑，讀之如親聞親見。又多口語、襯字，表現出元曲特有的風貌。其譬喻所用之喻依多取自日常生活，親切而易懂，如「下坡車」（喻日落之速）、「蟻、蜂、蠅」（喻爭名利者）等，不僅概括性強，還表現極強的形象性與音樂性。又，三組「扇面對」（又稱鼎足對、錦屏對、三鎗對）的運用，使得散行的句子中呈顯出對稱之美，如：「紅塵不向門前惹，綠樹偏宜屋角遮，青山正補牆頭缺」、「密匝匝蟻排兵，亂紛紛蜂釀蜜，急攘攘蠅爭血」、「和露摘黃花，帶霜分紫蟹，煮酒燒紅葉」；用韻方面，「蝶、穴、傑、別、竭、絕」等韻入聲作平聲，「闕、說、鐵、雪、拙、缺、貼、歇、徹、血、節」等韻入聲作上聲，「滅、月、葉」等韻入聲作去聲，可謂「韻險語峻」、「萬中無一」（周德清《中原音韻》）。明、清兩朝有多套「和秋思」的套曲，由此可見本套曲影響之深遠。

隨堂推敲

1. 本套曲中作者如何描寫自己的閒適生活？
2. 本套曲在謀篇布局及修辭方面的特色如何？
3. 馬致遠另有同題不同體製之作，即小令〔越調・天淨沙〕〈秋思〉：「枯藤老樹昏鴉。小橋流水人家。古道西風瘦馬。夕陽西下。斷腸。人在天涯」，請比較其內容與形式之異同。
4. 請你檢視自己目前的生活型態，是屬於緊湊的節奏，抑或是悠閒的慢活？請具體說明。

閱讀安可

下列文章，有關於體悟人生的哲理，也有關於悠閒、慢活等生活美學的
體現。

1. 莊周《莊子·秋水》（節選）

　　秋水時至，百川灌河，涇流之大，兩涘渚崖之間，不辨
牛馬。於是焉河伯欣然自喜，以天下之美為盡在己。順流而東
行，至於北海。東面而視，不見水端。於是焉河伯始旋其面
目，望洋向若而歎曰：「野語有之曰：『聞道百以為莫己若』
者，我之謂也。且夫我嘗聞少仲尼之聞，而輕伯夷之義者，始
吾弗信。今我睹子之難窮也，吾非至於子之門，則殆矣！吾長
見笑於大方之家。」

　　北海若曰：「井蛙不可以語於海者，拘於虛也；夏蟲不
可以語於冰者，篤於時也；曲士不可以語於道者，束於教也。
今爾出於崖涘，觀於大海，乃知爾醜，爾將可與語大理矣。天
下之水莫大於海，萬川歸之，不知何時止而不盈；尾閭泄之，
不知何時已而不虛；春秋不變，水旱不知。此其過江河之流，
不可為量數。而吾未嘗以此自多者，自以比形於天地，而受氣
於陰陽，吾在於天地之間，猶小石小木之在大山也，方存乎見
少，又奚以自多？計四海之在天地之間也，不似礨空之在大澤
乎？計中國之在海內，不似稊米之在太倉乎？號物之數謂之
萬，人處一焉；人卒九州，穀食之所生，舟車之所通，人處一
焉。此其比萬物也，不似豪末之在於馬體乎？五帝之所連，三
王之所爭，仁人之所憂，任士之所勞，盡此矣。伯夷辭之以
為名，仲尼語之以為博，此其自多也，不似爾向之自多於水
乎？」

　　河伯曰：「然則吾大天地而小豪末，可乎？」北海若曰：「否！夫物，量無窮，時無止，分無常，終始無故。是故大知觀於遠近，故小而不寡，大而不多，知量無窮；證曏今故，故遙而不悶，掇而不跂，知時無止；察乎盈虛，故得而不喜，失而不憂，知分之無常也；明乎坦塗，故生而不說，死而不禍，知終始之不可故也。計人之所知，不若其所不知；其生之時，不若未生之時。以其至小求窮其至大之域，是故迷亂而不能自得也。由此觀之，又何以知豪末之足以定至細之倪？又何以知天地之足以窮至大之域？」

> **說明**
>
> 　　全篇主要透過河伯與北海若對話的寓言，推衍齊物逍遙之旨，是非常精采的一篇。第一段，由河伯初始之自多於水，至其見識到海之遼闊而自認不足，說明萬物皆有本身的限制。第二段的重心在於拈出「天地最大」一義，海若讚美河伯自知所限，始可語道；其次，海若自誇不可限量，但又言，己雖大卻仍比天地渺小。第三段，莊子藉由「無大小」、「無壽夭」、「無得失」、「無生死」等四個面向，提出「齊物」之旨意，乃是由自然悟得人生之道。道家從自然界的觀察來體悟人生哲理：從天地空間之無窮大領悟人類之渺小，從時間之恆久性領悟人類生命之有限，從天體自然周而復始的循環規律中領悟得失之無常，從每個自然界生命皆無法逃避死亡之必然性領悟生死之不二。於是，在透視了生命的侷限與本質後，莊子認為唯有知足自得，順時而動，方能於有生之年，悠然自在地生活。

2. 關漢卿〈四塊玉‧閒適〉

　　南畝耕，東山臥。世態人情經歷多。閒將往事思量過，賢

的是他，愚的是我，爭甚麼。

> **說明**
>
> 　　作者在金朝「沉抑下僚」（明・胡侍《真珠船》），入元後又不仕外姓，在有志難伸的苦悶中，看盡了世態炎涼、人情冷暖，才決定要過躬耕自足的閒適生活。當一個人能夠真正無視於外在名利的誘惑，才能以通透明澈的心境來笑看俗世：「賢的是他，愚的是我」，既以映襯法嘲諷了世態人情，亦藉自嘲表明了不願同流合污、而想遠離名利場的決心，過著恬然自適的田園生活。

3. 新井一二三〈午後四時的啤酒〉（《午後四時的啤酒》，大田出版社，2004.11）

> **說明**
>
> 　　作者於文中傳達的是「慢活」的生活美學觀念，迥異於東京分秒必爭的生活步調，她在旅居加拿大的生活中，對於日常生活的規劃擁有不同的認知：除了汲汲營營的公共時間和睡覺的私人時間以外，還應該有享受人生的個人時間，放鬆自己，緩慢生活。本文可以提醒讀者思索：繁忙的生活背後所為為何？生命的動能來自於怎麼樣的生活方式？我們對於目前的生活是安於現狀抑或無所適從？還是早已被框架住，無從思考？

分組活動

　　「我的休閒規劃」：發下小組討論單，請各組討論出假日最佳的休閒活動三種，並敘明它可以達到的效果。完成後，各組派一名代表上臺報告。

最佳休閒活動名稱	活動時間與方式	休閒效果
1.		
2.		
3.		

寫作鍛鍊

1. 廣告文案：

   例如：

   （手機）美妙的鈴聲消除了你我的距離，網內互『打』撼動了你我的心靈。

   請你將「慢活」當作一個商品，從它的功能、特性來撰寫一個宣傳「慢活」的廣告文案，字數在50字以內。
2. 請以「我理想中的生活方式」為題，寫一篇600字左右的完整文章。

【 分組討論單 】系級：＿＿＿＿　　組別：＿＿＿＿　　報告者：＿＿＿＿＿

組員簽名：＿＿＿＿＿＿＿＿＿＿＿

問：**「我的休閒規劃」**：發下小組討論單，請各組討論出假日最佳的休閒活動三種，並敘明它可以達到的效果。完成後，各組派一名代表上臺報告。

答：

最佳休閒活動名稱	活動時間與方式	休閒效果
1.		
2.		
3.		

請沿虛線剪下

寫作鍛鍊　　　　　　　　　　日期：＿＿＿＿＿＿

系級：＿＿＿＿＿＿　學號：＿＿＿＿＿＿　姓名：＿＿＿＿＿＿

〈摸魚兒〉

元好問

文本内容

　　問世間、情是何物？直¹教生死相許。天南地北雙飛客²，老翅幾回寒暑³。歡樂趣，離別苦，就中⁴更有癡兒女⁵。君⁶應有語：渺⁷萬里層雲，千山暮雪，隻影向誰去？

　　橫汾路，寂寞當年簫鼓⁸，荒煙依舊平楚⁹。招魂楚些何嗟及¹⁰，山鬼暗啼風雨¹¹。天也妒，未信與，鶯兒燕子俱黃土¹²。千秋萬古，為留待騷人，狂歌痛飲，來訪雁丘處¹³。

1　直：竟然。
2　雙飛客：指比翼雙飛的雁兒。
3　幾回寒暑：言很多年。寒暑，借代一年之意。
4　就中：在這當中。
5　癡兒女：指殉情的雁，此處將雁擬人化。
6　君：你，指殉情的雁。
7　渺：空曠遼遠貌。
8　橫汾路，寂寞當年簫鼓：當年漢武帝橫渡汾河來此巡遊、簫鼓鳴放、盛況空前，而今卻寂寞淒涼、異常冷清。橫，橫渡，動詞。汾，汾河，黃河支流。漢武帝曾來汾水巡遊，有〈秋風辭〉：「泛樓船兮濟汾河，橫中流兮揚素波。簫鼓鳴兮發棹歌。」
9　平楚：指平野、平林。楚，叢木。
10　招魂楚些何嗟及：用楚語「些」來為殉情之雁招魂、嗟嘆，亦來不及。楚些，《楚辭・招魂》中多以「些」為句末助詞。何嗟及，即「嗟何及」之倒裝，言嗟嘆之亦來不及。
11　山鬼暗啼風雨：此句言山鬼亦暗自為殉情之雁哀啼。〈山鬼〉，為《楚辭》篇名，《楚辭・九歌・山鬼》：「杳冥冥兮羌晝晦，東風飄兮神靈雨。」
12　未信與，鶯兒燕子俱黃土：不相信殉情之雁會與一般的鶯鶯燕燕一樣，只是成為一坏黃土，應會受到後人謳歌、名留千古才對。與，和也。
13　處：音ㄔㄨˇ（為協韻），處所、地方。

寫作背景

　　作者元好問，字裕之，號遺山，太原秀容（今山西省忻縣）人。生於金章宗明昌元年（1190），卒於元憲宗七年（1257）。先祖為北魏鮮卑族的拓跋氏，南遷後改姓元，出生七個月後就過繼給叔父元格。七歲能詩、被稱為神童。十四歲時即師事著名學者郝天挺，潛心經傳，留意百家，苦心為詩。金宣宗興定五年（1221）進士，官至行尚書省左司員外郎。金亡後不仕，致力於創作，為金文壇代表。其詩歌內容豐富、風格多樣，「兼杜、韓、蘇、黃之勝，儼有集大成之意」（劉熙載《藝概‧詞曲概》）。可概分三期：早期仍有宋詩色彩；隨著生活閱歷的增加、金朝危難的加深，詩風逐漸轉為剛健沉鬱，特別在金亡（1234）前後的十餘年間，他經歷了戰亂的現實，詩作遂多反映金元之際的政治、社會動盪與民生痛苦等現狀；晚年詩風趨於老成質樸，然情感卻更為深沉內斂，寫景詩清新自然，尤其膾炙人口。詞作清雋，兼豪放、婉約之長，足以與兩宋詞人媲美。清人劉熙載評其詞曰：「疏快之中，自饒深婉，亦可謂集兩宋之大成者矣。」（《藝概‧詞曲概》）古文承韓、柳等古文八大家傳統，故風格清新健雅、語言平易自然。元好問且為文學批評名家，仿杜甫〈戲為六絕句〉體例所作的〈論詩絕句三十首〉，對魏晉以來的詩歌有系統性的批評及卓越的見解，備受詩家重視。著有《元遺山先生全集》，編有金詩總集《中州集》，許多金代作家的生平和作品賴此書方得以保存。

　　本詞選自《遺山樂府》，作者於詞前小序中明確地交代了寫作動機：「泰和五年乙丑歲，赴試并州，道逢捕雁者，云：『今日獲一雁，殺之矣。其脫網者悲鳴不能去，竟自投於地而死』。予因買得之，葬之汾水之上，累石為識，號曰雁丘。時同行者多為賦詩，予亦有〈雁丘詞〉。舊所作無宮商，今改定之。」也就是說，金章宗泰和五年（1205），作者時年十六，到并州（今山西太原）應考，在途中偶遇一位捕雁的人，聽到捕雁人自述射殺一隻雁而其伴侶竟悲鳴不去、投地而死的事件，深受感動：禽鳥尚且如此重情重義，更何況是人呢？因而買下雙雁，將之合葬在汾水邊，並作〈雁丘詞〉。後來，覺得這篇年少時的作品，不協音律，於是加以改定成今日所見的詞作。本詞除了讓人深為禽鳥有情而動容外，還足以引人深思：當面對死亡時，心中是否會感到恐懼？詞中雁兒因愛情的力量而勇於赴死，那麼，還有哪些精神力量或生命思維可以讓我們坦然面對死亡呢？

閱讀鑑賞

　　「問世間、情是何物，直教生死相許」，這膾炙人口的經典詞句即出自本詞！雖然這闋〈摸魚兒〉主要在謳歌愛情的偉大力量，竟能使人超越生死，而無懼於死亡。但是，我們在為雁兒殉情而感動的同時，還可以深思的是，無懼於死亡的原因，除了殉情的衝動之外，是否還可以有理性的生命哲理的思維？使我們能無懼於死亡，坦然地面對死亡的到來。

　　本詞取材於雁兒殉情的事件，結構十分完整，謀篇似論說文，先總說再分說，展現出「演繹」的行文特色。首二句為「總說」：以反詰句法揭示全詞主旨，更添警醒與感染的力量，此主旨即：情之為物，能超越生死，以無價的生命作為許諾。第三句以下為「分說」，以「敘事」與「說理」具體說明作者的論點。上片，元好問先依事件發展的順序來敘述整個殉情事件：形影不離的雙雁，多年來原本過著比翼雙飛的美滿生活，誰知，好景不常，在極度歡樂之後，離別之苦竟隨之而至；其中一隻雁兒慘遭獵人射殺……，雙雁被迫分離；倖存的雁兒不願獨活，立即作出殉情的決定：「渺萬里層雲，千山暮雪，隻影向誰去。」因為今後在渺遠的天地之間，已無人能與之雙宿雙飛了！投地而亡的雁子，在詞人眼中遂成為一個癡情種（「就中更有癡兒女」）。下片，作者寫其憑弔雁丘的感懷與思考，他運用「景」、「理」交融的手法來抒懷說理：「橫汾路」五句是景語，以「昔（橫汾路）－今（寂寞）－昔（當年簫鼓）－今（荒煙…風雨）」的時空交錯安排，營造出作者眼前雁丘的寂寞淒涼，並暗示了對雁死的無奈之情；「天也妒」七句是理語，援引「鶯兒燕子」等普通之鳥作為反襯，凸顯出雁兒為愛殉情的偉大不朽、足以千古留名。

　　本詞在修辭方面的最大特色為映襯手法，能以雙雁的生前歡愛對比配偶死後的淒涼，從而使得孤雁不忍獨生、為愛而死的抉擇更增說服性；又以平凡的鶯燕對比能超越生死的雁兒，從而使得殉情之雁兒形象益發鮮明獨特，感人肺腑。另有轉化手法，將雁比擬為人，以人之口吻道出牠殉情

前的心聲，將其悲傷無依的心理勾勒得更為生動具體。

隨堂推敲

1. 本詞主要在藉雁的故事闡述什麼道理？

2. 你同意「殉情」的行為嗎？請說明理由。

3. 當人們痛失至親、好友、寵物時，極少有人為之「殉情」，但為什麼失去愛人時，卻會為之「殉情」，你覺得原因何在？

4. 龍應台在父親死後，一個人瘋狂逛街，對於父親的消失她開始思索到底「在」與「不在」的差別是什麼。你覺得人死後有知覺嗎？你曾有面對親友死亡的經驗嗎？那是一種怎樣的感覺？你當時是以怎樣的心態看待他（她）的離開？

5. 雖然大多數的人都了解死亡具有必然性（絕對不會有任何例外或妥協）、無機性（死亡之後所有界定生命的機能都會停止）、不可逆性（死亡之後肉體無法再復活）、普遍性（所有的生物體都會死亡，絕無例外）；但是，一旦死亡來臨時，卻仍令人感到想逃避、焦慮、害怕與恐懼。請試著想像一下，當死亡即將降臨你身上時，你會是怎樣的心情？又會以怎樣的心態去面對？

閱讀安可

下列文章書寫的是：面對親人死亡前後的心情紀錄與深層思考。

1. 韓愈〈祭十二郎文〉

　　年月日，季父愈，聞汝喪之七日，乃能銜哀致誠，使建中遠具時羞之奠，告汝十二郎之靈：

　　嗚呼！吾少孤，及長，不省所怙，惟兄嫂是依。中年，兄歿南方，吾與汝俱幼，從嫂歸葬河陽，既又與汝就食江南，零

丁孤苦，未嘗一日相離也。吾上有三兄，皆不幸早世。承先人
後者，在孫惟汝，在子惟吾。兩世一身，形單影隻。嫂嘗撫汝
指吾而言曰：「韓氏兩世，惟此而已！」汝時尤小，當不復記
憶；吾時雖能記憶，亦未知其言之悲也。

　　吾年十九，始來京城。其後四年，而歸視汝。又四年，
吾往河陽省墳墓，遇汝從嫂喪來葬。又二年，吾佐董丞相於汴
州，汝來省吾；止一歲，請歸取其孥。明年，丞相薨，吾去汴
州，汝不果來。是年，吾佐戎徐州，使取汝者始行，吾又罷
去，汝又不果來。吾念汝從於東，東亦客也，不可以久；圖久
遠者，莫如西歸，將成家而致汝。嗚呼！孰謂汝遽去吾而歿
乎？吾與汝俱少年，以為雖暫相別，終當久相與處，故捨汝而
旅食京師，以求斗斛之祿。誠知其如此，雖萬乘之公相，吾不
以一日輟汝而就也。

　　去年，孟東野往。吾書與汝曰：「吾年未四十，而視茫
茫，而髮蒼蒼，而齒牙動搖。念諸父與諸兄，皆康彊而早世，
如吾之衰者，其能久存乎？吾不可去，汝不肯來，恐旦暮死，
而汝抱無涯之戚也！」孰謂少者歿而長者存，彊者夭而病者全
乎？嗚呼！其信然邪？其夢邪？其傳之非其真邪？信也，吾兄
之盛德而夭其嗣乎？汝之純明而不克蒙其澤乎？少者、彊者而
夭歿，長者、衰者而存全乎？未可以為信也。夢也，傳之非其
真也，東野之書，耿蘭之報，何為而在吾側也？嗚呼！其信然
矣！吾兄之盛德而夭其嗣矣！汝之純明宜業其家者，不克蒙其
澤矣！所謂天者誠難測，而神者誠難明矣！所謂理者不可推，
而壽者不可知矣！雖然，吾自今年來，蒼蒼者或化而為白矣，
動搖者或脫而落矣；毛血日益衰，志氣日益微，幾何不從汝而
死也！死而有知，其幾何離；其無知，悲不幾時，而不悲者無

窮期矣！汝之子始十歲，吾之子始五歲，少而彊者不可保，如此孩提者，又可冀其成立邪！嗚呼哀哉！嗚呼哀哉！

汝去年書云：「比得軟腳病，往往而劇。」吾曰：「是疾也，江南之人，常常有之。」未始以為憂也。嗚呼！其竟以此而殞其生乎？抑別有疾而致斯乎？汝之書，六月十七日也。東野云：汝歿以六月二日。耿蘭之報無月日。蓋東野之使者，不知問家人以月日；如耿蘭之報，不知當言月日。東野與吾書，乃問使者，使者妄稱以應之耳。其然乎？其不然乎？

今吾使建中祭汝，弔汝之孤，與汝之乳母。彼有食，可守以待終喪，則待終喪而取以來；如不能守以終喪，則遂取以來。其餘奴婢，並令守汝喪。吾力能改葬，終葬汝於先人之兆，然後惟其所願。

嗚呼！汝病吾不知時，汝歿吾不知日；生不能相養以共居，歿不得撫汝以盡哀；斂不憑其棺，窆不臨其穴。吾行負神明，而使汝夭；不孝不慈，而不得與汝相養以生，相守以死。一在天之涯，一在地之角；生而影不與吾形相依，死而魂不與吾夢相接。吾實為之，其又何尤！彼蒼者天，曷其有極！自今以往，吾其無意於人世矣！當求數頃之田，於伊潁之上，以待餘年，教吾子與汝子，幸其成；長吾女與汝女，待其嫁，如此而已！嗚呼！言有窮而情不可終，汝其知也邪！其不知也邪！嗚呼哀哉！尚饗！

說明

　　十二郎是指韓愈的姪子韓老成，韓愈與他兩人自幼相守，由長嫂鄭氏撫養成人，共同經歷了許多生命中的喜怒哀樂，因此感情特別深厚；但是長大之後，韓愈飄泊在外，與十二郎見面的機會少之又少。韓愈始終

認為，兩人還年輕，目前雖然暫時分離，日後終究可以永遠住在一起，因此，長年旅食京師以求祿求食。誰知，老成突來的惡耗，令韓愈一時無法接受，甚至懷疑消息的真實性：「其信然邪？其夢邪？其傳之非其真邪！」面對親人的驟逝，韓愈內心充滿了懊悔之情，「誠知其如此，雖萬乘之公相，吾不以一日輟汝而就也」、「生不能相養以共居，歿不得撫汝以盡哀；斂不憑其棺，窆不臨其穴」，也充滿了自責之意，「吾行負神明，而使汝夭；不孝不慈，而不得與汝相養以生，相守以死」、「一在天之涯，一在地之角；生而影不與吾形相依，死而魂不與吾夢相接。吾實為之，其又何尤」；甚至，還因此而喪失生之興味，「自今以往，吾其無意於人世矣！當求數頃之田，於伊潁之上，以待餘年，教吾子與汝子，幸其成；長吾女與汝女，待其嫁，如此而已」。對於乍失生命中最重要的人，他還安慰自己悲傷的日子並不會太久：「死而有知，其幾何離；其無知，悲不幾時，而不悲者無窮期矣」，當然，這只是作者在剛剛面對親人死亡時的情緒之語，時間，是最佳的心靈治療師，在不知不覺中，它將會悄悄地、漸漸地平撫那失落的傷口的。

2. 龍應台〈幽冥〉、〈注視〉、〈關機〉（《目送》，時報文化出版公司，2008.07）

說明

　　〈幽冥〉書寫的是父親將死之前，龍應台對死後世界的想像；她以夢境道出她想像中的死後世界是一片死寂，人在其中會不斷地下陷，陰冷、無邊、黑暗、幽深、虛無。〈注視〉則寫出她面對父親死亡時的留戀與不捨，她揣想著父親的心境：「他心中不捨，他心中留戀，他想觸摸、想擁抱、想流淚、想愛……。」然而，這又何嘗不是所有即將離開人世與守在他們身邊的人的心情呢？至於〈關機〉一文，寫的則是她面對父親死亡的逃避心理，她瘋狂的逛街，不停地想著：父親究竟去了哪裡？表現出面臨親人死亡時的逃避心理。面對生死這個課題，作者與大眾並無二致，一樣會焦慮、逃避，一樣都需要虛心學習如何去面對。

分組活動

　　「殉情辯論會」：請小組討論該不該「殉情」，並條列理由。

寫作鍛鍊

1. 想像力鍛鍊：續寫本詞
　　請你假設自己是那位被獵人射殺的雁，對於即將為你殉情的配偶，你會對他說什麼？（字數約150字）

2. 下列二種文體請擇一寫作，字數至少四百字。
　　⑴請以抒情文改寫本詞（題目自訂），或用第一人稱孤雁的口吻，寫出殉情前的心聲；
　　⑵請以論說文寫出你對殉情的看法（題目：〈論殉情〉），宜具體闡述同意或不同意的理由，並適時舉些正面或反面的例證。

[分組討論單] 系級：＿＿＿＿＿　　組別：＿＿＿＿＿　　報告者：＿＿＿＿＿

組員簽名：＿＿＿＿＿＿＿＿＿＿＿＿＿＿＿＿

問：請小組討論該不該「殉情」，並條列理由。

答：

「殉情辯論會」：請小組討論該不該「殉情」，並條列理由。

□該　　　　□不該

理由：

1.＿＿＿＿＿＿＿＿＿＿＿＿＿＿＿＿＿＿＿＿＿＿＿＿＿＿＿

2.＿＿＿＿＿＿＿＿＿＿＿＿＿＿＿＿＿＿＿＿＿＿＿＿＿＿＿

3.＿＿＿＿＿＿＿＿＿＿＿＿＿＿＿＿＿＿＿＿＿＿＿＿＿＿＿

4.＿＿＿＿＿＿＿＿＿＿＿＿＿＿＿＿＿＿＿＿＿＿＿＿＿＿＿

5.＿＿＿＿＿＿＿＿＿＿＿＿＿＿＿＿＿＿＿＿＿＿＿＿＿＿＿

請沿虛線剪下

寫作鍛鍊　　　　　　　　　　　　日期：＿＿＿＿＿＿

系級：＿＿＿＿＿＿　　學號：＿＿＿＿＿＿　　姓名：＿＿＿＿＿＿

〈紫葡萄的死〉

蓉子

文本內容

將一串紫葡萄　拆散
洗淨　盛放在白色深瓷盅中

飯後　從瓷盅中
一顆顆拈來送入口中
——那飽滿多汁的顆粒
經常在消逝前流出紫色的汁液
它們如此消失　正像
紅臉膛有血性
人類之逐一消逝……
於未知之時　突然間
被一隻無形的手指攫住
結束了或長或短的一生。

當手指沿著瓷盅邊緣
一顆顆拈取命運中的葡萄時
那遠處的正不必矜喜　水流琤琮
不久你也要同樣感受到
先入我口的那些
葡萄的況味　雖說

輓悼中最正常是
「老成凋謝」　常規中
卻也有逸出的例外　於
偶然我心血來潮時　從
底面任取一顆放入口中
宛如那夭折的年少！

唉！它們全然不悉　這一串葡萄
當離別樹身時　便已預約了死亡。

寫作背景

　　作者蓉子（1928－），原名王蓉芷，江蘇省吳縣人。民國四十四年四月十四日，與詩人羅門結婚，曾任中國婦女寫作協會值年常務理事、中國青年寫作協會常務理事兼詩研究委員會主任委員等職務。民國四十五年，夫婦兩人加入以紀弦為首的現代派，一年後又一同退出，轉而成為「藍星詩社」的主要成員。

　　蓉子自民國三十九年開始發表，創作以詩、散文為主，詩作尤豐，詩風沉靜中有敦厚，溫柔中見韌性。四十二年出版《青鳥集》，為臺灣光復後第一本女詩人專集，從此被譽為詩壇「永遠的青鳥」。曾獲國際婦女年會國際婦女獎、國家文藝獎等多種獎項，余光中讚她是「詩壇上開得最久的菊花」。著作頗豐：詩集有《青鳥集》、《七月的南方》、《維納麗沙組曲》、《這一站不到神話》、《蓉子自選集》等十多種；散文集有《歐遊手記》、《蓉子散文選》、《千泉之聲》等；兒童文學有《四個旅行音樂家》（譯作）、《童話城》、《青少年詩國之旅》等。

　　本文以詩的形式寫出作者對生與死關係的思索，在以葡萄的命運作為人類命運的隱喻中，理性、含蓄而深刻地道出生、死間存在的因果關連，以及死亡之無可迴避的事實。

閱讀鑑賞

　　紫葡萄消逝在人類口中前所流出的紫色汁液，就像人類紅臉所映現出的血性。作者以葡萄喻人，當葡萄在人類的指頭間消失之時，不就像人類在造物者的玩弄之下無一能避免死亡一樣？本詩旨在告訴讀者：當生命一開始出現時，其實就已預約了死亡；一如葡萄離別樹身，終將會落入人口而消失無蹤。生與死，是必然的因果關係；死亡，是無從迴避的的！

　　全詩分為五節，表述了三個與生命有關的論點：第一，人類生命由造物者操控（第一、二節），紫葡萄「盛放在」瓷盅中，正如人類之存在於這世上；而當人們用手將紫葡萄一顆顆拈來入口後，紫葡萄的消逝也如人類在造物者的操控下逐一消失，結束或長或短的一生。第二，死亡具普遍性（第三節），任何人皆無法避免死亡，亦即，每人最終都將體會到「先入我口的那些葡萄的況味」中的「況味」，即便你目前身強體壯，好似那「仍在遠處的」的葡萄，依然逃不過造物者的那雙手。第三，死亡具必然性（第四、五節），凡有生必有死，這是自然的規律，雖然有壽、有夭，結果仍是，每個生的同時就注定了有死，生死一體，完全無從迴避。

　　全詩在象徵的手法中，委婉地傳達了人類對生死無從自主的無奈，但作者或許有著秘而不宣的絃外之音：活著，雖是朝向必死的道路上活著；但是，如果能認清死亡不是一種威脅，而是一種挑戰，學著體認自己真正的存在，那麼，當你領會到每一天都有死亡向你逼進時，反而更能讓人激發內在生命的成長、深化成為積極正面的人生態度。不要忽略死亡的存在，如果以坦然態度面對它，你將能欣然接受過去所遭遇的一切，甚而向未來看到你的終點、看到你活著的整體，而能知生知死，以一種樂天知命的通透心境自在而愉悅地活著。

隨堂推敲

1. 本文主要在闡明什麼道理？
2. 本文在取材與寫作手法上有何特色？
3. 請分享一次在你的生命歷程中，所經歷過的或所目睹過的「生」、「死」經驗或事件？它給了你怎樣的啟示？
4. 「死亡」是無從迴避、令人恐懼、帶來失落感的，通常給人極負面的觀感，你覺得我們應如何調整心態，方能避免「死亡」所帶給我們的負面情緒？

閱讀安可

下列作品可以引發我們對死的思維，死是無從迴避的，任何生命都是有生必有死的。

1. 文天祥〈正氣歌〉

> 天地有正氣，雜然賦流形。下則為河嶽，上則為日星。於人曰浩然，沛乎塞蒼冥。皇路當清夷，含和吐明庭。時窮節乃見，一一垂丹青。在齊太史簡，在晉董狐筆。在秦張良椎，在漢蘇武節。為嚴將軍頭，為嵇侍中血。為張睢陽齒，為顏常山舌。或為遼東帽，清操厲冰雪。或為出師表，鬼神泣壯烈。或為渡江楫，慷慨吞胡羯。或為擊賊笏，逆豎頭破裂。是氣所磅礴，凜烈萬古存。當其貫日月，生死安足論。地維賴以立，天柱賴以尊。三綱實繫命，道義為之根。嗟予遘陽九，隸也實不力。楚囚纓其冠，傳車送窮北。鼎鑊甘如飴，求之不可得。陰房闐鬼火，春院閟天黑。牛驥同一皂，雞棲鳳凰食。一朝蒙霧露，分作溝中瘠。如此再寒暑，百沴自辟易。嗟哉沮洳場，為我安樂國。豈有他繆巧，陰陽不能賊。顧此耿耿在，仰視浮雲

白。悠悠我心悲，蒼天曷有極。哲人日已遠，典刑在夙昔。風
檐展書讀，古道照顏色。

（說）（明）

　　本詩作於元大都的囚獄之中，作者文天祥於景炎三年（1279年）被押
送大都，於獄中度過三年的歲月，其間強忍痛苦寫下許多詩歌，本詩即為
其一。忽必烈以生死威脅他、以名利誘惑他、以妻女勸降他，他都不為所
動。長期幽囚在陰暗的土室中，他憑藉著一身浩然正氣而毫無所懼。至元
十九年（1282），揚揚自若地被押赴刑場，臨刑前從容不迫地向南方故
國與百姓行禮、就義，只留下「孔曰成仁，孟云取義，唯其義盡，所以仁
至。讀聖賢書，所學何事？而今而後，庶幾無愧」等語，不僅感動當時之
人，更影響了千千萬萬的後人。他曾在〈過零丁洋〉詩中說：「人生自古
誰無死，留取丹青照汗青。」同樣是一條生命，有些人輕率地以自殺就加
以揮霍掉，有些人則是善加珍惜、使它發揮無與倫比的影響力，文天祥此
等忠而無悔、無懼死亡的壯烈舉措，連敵人忽必烈都不禁要稱他為「真男
子」，就是最佳例證。

2. 余華《活著》（麥田出版社，2005.04）

（說）（明）

　　這是一本長篇小說。書名雖是「活著」，其實內容主要在寫「死
亡」，寫一名老人福貴周遭親人一個個地消逝。死亡，根本是無從迴避
的。然而，面對人生必然的結局，選擇勇敢面對與深入思考，反而能更坦
然面對它。生死是一體的，唯有正確認識死亡，才能正確思考、理解生的
態度，更懂得尊重一己存在的價值。福貴認清了死亡的本質，日復一日
地，藉著想像，想像親人還在身邊，以樂天知命的方式代替消極如行屍走
肉的方式活著，一直堅強地活著，直到死神奪去生命的那一天。

分組活動

　　「我也是影評」：建議先播放一段與「生死抉擇」有關的影片精華後，再由同學分組討論，評論該片的劇情內容與拍攝技巧。

寫作鍛鍊

1. 主旨鍛鍊：請你詳讀〈紫葡萄的死〉一詩，根據作者想要表達的中心思想，為此詩換上一個新的題目：＿＿＿＿＿＿＿＿＿＿＿＿＿＿＿。

2. 墓誌銘撰寫：請以300字左右，為自己撰寫一篇墓誌銘，不僅包括你個人的基本資料，也記錄下你過去、現在及未來想要經歷的生命歷程。

【 分組討論單 】系級：＿＿＿＿　組別：＿＿＿＿　報告者：＿＿＿＿＿

　　　　　　　組員簽名：＿＿＿＿＿＿＿＿＿＿＿＿

問：請評論所觀賞之影片的劇情內容與拍攝技巧。

答：⑴ 劇情內容：

　　　⑵ 拍攝技巧：

寫作鍛鍊　　　　　　　　　　　　日期：＿＿＿＿＿＿

系級：＿＿＿＿＿　學號：＿＿＿＿＿　姓名：＿＿＿＿＿

〈興亡〉

王鼎鈞

文本內容

　　農家附近，這裡那裡到處可以看見家禽。雞群四出探險，火雞掛著綬帶像儀隊一般站在路邊，鵝閉著眼睛臥在淺草裡，像大理石雕成的。

　　且說其中一隻雞，一隻公雞。

　　這一帶人家都喜歡養雞，鄰居們見面，一定談養雞的經驗。陰曆年前，有人從台中帶來一隻蘆花母雞，送給我家，作為年禮。養雞的人只忍下手殺別人送來的雞。殺雞的人剛剛磨快了切菜刀，那拴住廚房裡的死囚忽然生了一個又大又亮的蛋，以致提著菜刀的手又軟下來。這個蛋，暫時救了蘆花雞的性命，卻斷送了這一帶二百多隻雞的性命。一種由台中帶來的傳染病蔓延擴大了，它強迫雞的主人，一律把心愛的家禽殺死或出售。這些小動物，有的被拔光了毛掛在簷下，不再成群結隊從走廊上經過；有的用竹籠子盛著，擺在菜場裡，不能再到田畦間覓食。鄰居見面的話題，養雞的經驗，改成報告死亡損失的數字了。

　　尤其使人傷感的，是病雞的種種神態。牠們不願意再吃什麼，也不再躲避什麼，死亡就要來到，世界上再沒有其他可怕的東西了。主人的手伸過來，

蜻蜓的尾巴掃過去，都不能使牠興奮。等到牠覺得牠的脖子太長，頭部太重，兩腿太細，不得不癱在地上，那時，牠的軀殼對牠的生命，就不再是一個舒適的居所了。這種死亡不能流淚，沒有遺囑，給人愁雲黯淡的印象，主人必須在雞兒們好像還健康的時候，早早處理牠們，以減少精神上的、物質上的損失。

當瘟疫襲來的時候，我家一隻黃羽毛的母雞，正在照料她的十七個兒女。每天，她親切的呼喚小雞，她的孩子們也親切的答應著。陽光依然溫暖，草地依然鬆軟。可是，黃昏時分總有一兩個孩子，倒在草地上伸腿，不能跟著大家一同回來。她和她的孩子們，圍在病童的周圍，鼓勵牠，督促牠，哀求牠站起來，「站起來，再不聽話，丟下你不管，看狼來把你啣了去！」我想，她曾經這麼說。咕，咕，咕，這時的叫聲，分外的沉重！而結果，每次都只好撇下病雛。母雞雖有多方面的天賦，無奈缺少處理這一類問題的能力。她愛孩子們，無微不至，但是不能阻止數目減少。

小雞的數目減少到兩隻的時候，我們發現母雞倒在走廊上不能再發出咕咕的叫聲。這回輪到小雞站在旁邊督促她、哀求她，她無法應允，只能替孩子們梳理羽毛。不久，兩個小東西肚子餓了，自己在附近覓食，吃飽了，自己在附近遊戲。牠們利用

走廊上的幾隻花盆練習跳高，鼓動翅膀，跳著，叫著，母雞在相距不遠的地方默默地望著。

到了下午，有一隻小雞睡在花盆底下，不能動彈，另一隻站在花盆上，朝著倒在地上的同胞啼喚。母雞忽然站起，用一個跛子的步伐走過來，翅膀一直跟地面摩擦，支持傾斜的身體。她躺在小雞的旁邊，啄牠的羽毛。

在這場瘟疫裡面，那隻母雞死了，躺在花盆下的小雞也死了。站在花盆上面的那個小可憐，誰也不再指望牠能活。可是，牠居然活過來，成了大劫之後僅存的生命。

這隻小雞，在家族和朋友全部死光之後，似乎受不住恐懼和寂寞，渴望能跟主人作伴。主人做飯，牠跟進廚房，主人午睡，牠跟進臥室，啾啾唧唧，不離開主人的褲腳。倘若把牠趕出去，牠就在走廊上，用牠當初站在花盆上哀悼死者的聲音，啼喚不休，使人對牠發生異乎尋常的憐惜。我們把牠捧在手裡，把牠放在書桌上，把牠安置在餅乾盒子裡，以打斷牠那令人心碎的叫聲。小孩子把碎米捧在手裡，送到牠的嘴邊，以激起牠的食慾。後來，牠稍稍長大，漸漸顯露了雄雞的特徵。牠竟然趁主人上菜場時，在後面追趕，牠竟然在主人做針線時，伏在腳旁，牠竟然從鳥的天性中，增添了類似狗的天性。看哪，由於羽毛生長的關係吧，牠全身發癢

呢；牠閉上眼睛，扭彎頸項，努力去啄毛孔呢。看哪，牠的小主人，竟用火柴棒替牠搔抓呢。牠站起來，並不逃走，竟愉快地接受小主人的好心呢。

「這隻雞永遠長不大了。」

「這隻雞，養到現在還像一隻雛雞。」鄰人說。

經過一場殘酷的瘟疫，所有蒙受損失的人，都發誓永遠不再養雞。可是，一場傾盆大雨又把希望澆活了，他們相信疫症已被雨水洗去，他們要恢復到雞棚裡拾蛋的那份快樂。各種顏色的小雞，從市場裡搬到家中，養雞的經驗談又掛在嘴邊。走廊上又印著牠們的腳印了，下午又常有主婦們喚雞的聲音了。這時，誰也不能再否認那隻雞業已長大，牠親眼看見一個社會的覆滅和另一個社會的開始。這已夠使牠成熟。牠的行動活躍起來，彷彿是，這些同類使牠記起，牠也是一隻雞。

一天中午，這隻雄雞忽然發出一聲長鳴。不再是啾啾唧唧的聲音，是一種獨立生存的口號，是一篇成年的宣言。聽起來，聲音裡充滿了生氣、活力，跟牠父親的一代在完全幸福的日子裡所發出的聲音，同樣興奮昂揚。我們都懷著驚喜的心情跑到戶外看牠，原來牠有客人，一隻少女型的母雞，正和牠並肩散步。是這少女、喚醒了牠的自覺、使牠想起了責任和尊嚴嗎？從此，牠是一隻真正的雞，一隻雄雞。

看起來，那一聲長鳴，也是愛情的吶喊。根據已知的事實來推斷，牠將要撐死一條小蟲，放在她的面前；牠將要為驅逐遠來的流浪漢而戰；牠將帶著她，到處尋找適宜生蛋的地方，牠特別重視她的「第一胎」，那時，她伏著，牠靜靜地站在旁邊，注目看她，等待完成。不久，這裡那裡，將恢復母雞報喜的咯咯之聲，將恢復雛雞覓食的啾啾之聲，一如瘟疫沒有來的時候。

寫作背景

　　作者王鼎鈞（1925－），山東省臨沂縣人。生於耕讀之家，幼年受沈從文作品影響，立志寫作。初中畢業後，棄學從軍。1949年，隨國民政府來到臺灣，考入張道藩所創辦的文藝函授學校，受教於王夢鷗、趙友培、李辰冬等大師，奠定寫作的基礎。曾於中國文化學院、國立藝術專科學校、世界新聞專科學校等大專院校講授新聞報導寫作及廣播電視節目寫作。先後任職中國廣播公司編審組長、中國廣播公司節目製作組長、中國電視公司編審組長、正中書局編審、幼獅文化事業公司、中國時報；並曾擔任《掃蕩報》、《公論報》、《徵信新聞報》（今《中國時報》）的副刊主編與《中國語文月刊》主編。1978年離開臺灣，前往美國新澤西州，任職於西東大學雙語教程中心，編寫雙語教學所用的中文教材。退休後，旅居美國紐約，專事寫作。

　　王鼎鈞全心投入寫作，不僅寫散文、小說，也寫劇本、評論，早期曾以筆名「方以直」寫專欄；中期以人生三書：《開放的人生》、《人生試金石》、《我們現代人》享譽文壇。文字清新，篇幅短小，以寓言的方式鏡照人生；近年因旅居美國，作品內容轉而寫海外華人的心理與中西文明的差異。除小說、詩、文論集外，還出版散文集二十餘種，至今仍筆耕不輟。一生獲獎無數：1999年，以《開放的人生》入選「台灣文學經典三十」；2001年，獲得北美華文作家協會「傑出華人會員」獎牌；此外，還獲中華文藝獎金委員會「國父誕辰紀念獎

金」、行政院新聞局「金鼎獎」、中國文藝協會「文藝評論獎章」、中山學術文化基金會「中山文藝創作獎」、《中國時報》「時報文學獎」散文推薦獎，與《聯合報》、《中國時報》輪流主辦的「吳魯芹散文獎」。2010年5月15日臺灣彰化的明道大學特地舉行「王鼎鈞學術研討會」，研討會的主題為「王鼎鈞的人與文」，與會者有席慕蓉、隱地、張瑞芬、應鳳凰、張曼娟、陳義芝、廖玉蕙、李瑞騰等人。

　　本文以小說的形式探討生死的課題。死亡，是否真的就代表一切的結束？抑或有其他的義蘊？出生，是否真的是一種純然的喜悅？抑或意味著一連串苦難的開端？亡與興，有著值得人們玩味的深意。

閱讀鑑賞

　　本文藉由一隻在瘟疫中倖存的雛雞，從長不大的絕望而致成為雄雞的浴火重生的歷程為材，書寫作者所要表達的中心思想：死亡，雖代表著結束，卻也意味著新生的契機、浴火重生的可能（興）。

　　結構方面：全文依時間順敘故事，作者的中心思想隱藏於字裡行間，須由讀者細細體會、玩味，這即是海明威所謂的「冰山理論」（iceberg theory）；也就是說，講故事的方式就像只講冰山露在海面上的八分之一，其他的八分之七就靠這八分之一的部分來讓人想像，是一種「留白式」的寫作手法。海明威一生的創作多在表現對死亡的態度（多為恐懼的），他一生總在追求一種勇猛頑強的生存方式，但骨子裡卻十分敏感軟弱。王鼎鈞此文，雖使用了海明威的「冰山理論」，但在內容上卻表現了對死亡的積極態度。主角雖只是一隻毫不起眼的小雞，但作者卻藉由牠的遭遇告訴我們，牠在至親與手足、同類皆相繼死去後，由於恐懼和寂寞而一味依賴主人，反而逐漸喪失本性（還增添狗的天性）、似乎永遠長不大（似乎也等同於一種死亡）；後來，瘟疫的危機過了，健忘的人類忘記了蒙受損失的傷痛，又開始養起雞來。於是，同類喚起了牠身為「雞」的記憶，少女型的母雞喚醒了牠身為「雄雞」的責任與尊嚴。牠發出一聲

長鳴，是一種脫離依附主人而選擇獨立生存的口號，更是一篇成年的宣言、愛情的吶喊。牠與母雞已孕育了下一代，一場充滿雛雞覓食的啾啾新聲（新生）也即將登場。這隻不起眼的小雞，在面對親友的死亡後，在歷經長期的低落、迷失後，終究還是找到了生命的出口，從瘟疫的浩劫中浴火重生了。

　　全篇以近似小說的形式，以淺顯的語言文字，敘說著寓意深遠的故事。從頭至尾，作者並未現身說理，但卻因而給予了讀者更大的思考、想像與詮釋的空間。死亡固然令人恐懼、不悅，亦無從迴避，但有時，亦未嘗不是一種「舊的結束、新的啟始」的象徵呢！

隨堂推敲

1. 本文主要在藉一隻小小雞的故事說明什麼道理？
2. 本文在寫作手法上有何特色？
3. 你覺得「亡」與「興」兩者間的關係為何？
4. 就你所知，哪些人是能夠超越「死亡」，無懼於「死亡」的最佳典範？請略述他們的勇敢事蹟。（電影、小說、漫畫人物亦可）

閱讀安可

下列作品旨在闡明超越死亡的生命哲思，指出死亡既是必然的，人就應順應自然，活在當下，方不致庸人自擾。

1. 陶潛〈形影神〉

　　　序：貴賤賢愚，莫不營營以惜生，斯甚惑焉。故極陳形影之苦，言神辨自然以釋之。好事君子，共取其心焉。

〈形贈影〉

　　天地長不沒，山川無改時。草木得常理，霜露榮悴之。

　　謂人最靈智，獨復不如茲。適見在世中，奄去靡歸期。

　　奚覺無一人，親識豈相思。但餘平生物，舉目情悽洏。

　　我無騰化術，必爾不復疑。願君取吾言，得酒莫苟辭。

〈影答形〉

　　存生不可言，衛生每苦拙。誠願游崑華，邈然茲道絕。

　　與子相遇來，未嘗異悲悅。息蔭若暫乖，止日終不別。

　　此同既難常，黯爾俱時滅。身沒名亦盡，念之五情熱。

　　立善有遺愛，胡為不自竭？酒云能消憂，方此詎不劣。

〈神釋〉

　　大鈞無私力，萬物自森著。人為三才中，豈不以我故。

　　與君雖異物，生而相依附。結託善惡同，安得不相語？

　　三皇大聖人，今復在何處？彭祖壽永年，欲留不得住。

　　老少同一死，賢愚無復數。日醉或能忘，將非促齡具。

　　立善常所欣，誰當為汝譽？甚念傷吾生，正宜委運去。

　　縱浪大化中，不喜亦不懼。應盡便須盡，無復獨多慮。

說明

　　相對於天地自然的永恆存在，人的生命實在是十分地短暫渺小。陶潛透過形、影、神間的問答，表現他對超越生死執著的辯證、解脫之思辨過程。一般人皆執著於生死，因而多飲酒行樂，企圖把握短暫的生命；又常役於外在美名，故多行善助人以圖博取令名。作者卻藉「神」道出他的思維：飲酒會傷身，反使人更短命；行善之後，其實無人會稱譽於你。不如超越執著死亡的想法，「縱浪大化中，不喜亦不懼」，一切作為均順應自然，不勉強、不造作，方可使自己心境曠達自在，真正消解生命無常所帶來的心靈苦悶。

2. 駱以軍〈降生十二星座〉（《降生十二星座》，印刻出版社，
   2005.02）

(說)(明)
　　此文是作者揉合「快打旋風」的春麗，以及十二星座的知識所完成的
短篇小說。作者藉由春麗不斷地被玻璃帷幕後的遊戲者選擇，反射至身為
活物的人類，是否也被命運背後那無形的操縱者操控著？讀者在閱讀之
後，不禁要省思：自己的出生為什麼無法自己決定？老、病、死的時程或
更好的生活，是否可以由自己掌控？生命的意義何在？人是否真能主宰自
己的命運？是否真能脫離背後那無形操縱者的操控，而衝破宿命，甚至超
越生死？

分組活動

　　「願望清單」：有許多影片皆探討了人的存在意義與價值，建議教師
可精選一部影片播放，再由同學分組討論出一張生命中的「願望清單」，
例如「一路玩到掛」（*The Bucket List*）影片中所開列的清單，每組的
「願望清單」以10件事為限。

寫作鍛鍊

1. 取材鍛鍊：本文是以一隻小小雞在瘟疫中得以浴火重生的故事，寄寓
   了作者對「亡」與「興」的思考。請你也搜尋一個你所聽過的故事
   （或你自己編撰），來表現一個哲理或情意。

故事的敘述	
寄寓的哲思	

2. 預立遺囑：如果你的生命即將走到盡頭，回顧自己一生，你最在乎
   的會是什麼？最想留存於人世間的最後身影會是怎樣的姿態？有什麼
   未竟的事？最留戀的人？最想說的話？預立遺囑，有時是捨，也是不
   捨。請試著用200-400字，寫下你在離開人世前的最後留言。

請沿虛線剪下

【分組討論單】系級：＿＿＿＿＿　組別：＿＿＿＿＿　報告者：＿＿＿＿＿

　　　　　　　組員簽名：＿＿＿＿＿＿＿＿＿＿＿＿＿＿＿＿＿＿

問：請各組討論並寫下死前非做不可的10件事，再派一位代表上臺說
　　明。

答： 1.

　　 2.

　　 3.

　　 4.

　　 5.

　　 6.

　　 7.

　　 8.

　　 9.

　　 10.

寫作鍛鍊　　　　　　　　　　　日期：＿＿＿＿＿＿

系級：＿＿＿＿＿　學號：＿＿＿＿＿　姓名：＿＿＿＿＿

請沿虛線剪下

請沿虛線剪下

附錄一
大學國文的三種用處　吳智雄

　　「學國文有什麼用？」這是每學期的第一堂課，我都會問學生的第一個問題。對我這個突如其來的發問，學生們大概都會以三種符號的表情來回答我。第一種是有如看見鬼般的驚嘆號表情，彷彿這個問題將決定他這門課的生死，因而不知所措地結結巴巴；第二種是百思不得其解如納悶般的問號表情，似乎在告訴我這個問題根本不是個問題，而再把問題丟回來給我；第三種是若有所思如網路搜尋般的刪節號表情，好像正在腦海裡思考一個既冠冕堂皇又不失客觀理性的答案，以博得老師的歡心。不過我想，不管是哪一種符號表情，在他們的心中，大概都存在著這樣的想法：這個問題，不是問題，不需要想，也懶得想。總之，很無聊。

　　其實仔細想一想，學生們會有這樣的反應，也是無可厚非。不過我這樣講，並不是基於大多數老師對現今草莓學子們，國語文能力普遍低落的看法（雖然，很不幸的，這是事實），而是從語言的使用角度來說的。溝通，是語言的最基本功能，也是語言的最重要目的。對大一學生來說，十幾年的母語教育，已足以讓他們應付生活上的各種需要，而達到溝通的目的。既然生活上的聽說讀寫都不成問題，那麼學生們沒想過類似「學國文有什麼用」的問題，或認為上國文課根本沒有用，甚至是討厭上國文課，也就不足為奇了，因為他們已經在使用當中了，而且很熟練。可是話又說回來，站在知識傳播或文化傳承的角度來看，對於國文或是母語的教育，卻不能只是滿足或停留在聽說讀寫的基本能力上，因為這跟外國人學中文沒什麼兩樣，只要求日常的聽說讀寫不成問題就好了，而應當要有某種更進一步的要求才是。就好像穿衣服，絕大部份的人，都不會只是滿足於衣服的遮羞或保暖的基本功能而已，而都會有美感、酷炫或其他更進一步的要求一樣，國文的教育也是如此。否則，國文課只要在高中以前上完就可

以了，何必還要在大學中開設而列為必修呢？

　　既然如此，那麼在大學裡學國文，到底有哪些更進一步的要求與用處呢？據我看來，其用處有下列三種。

　　第一種用處是補救之用。有些知識，可能已經在高中以前教過，但同學仍習以為常的誤用或濫用；有些知識，可能高中以前沒有或不適合教授，所以留到大學再來學習，這就是所謂的補救之用。比如說，大家一定聽過「食色，性也」這句話，但如果問這句話是誰說的，十之八九的學生一定都會說是孔子說的。但這句話明明是告子說的，為什麼會變成是孔子說的呢？不只學生的情況如此，整個社會的普遍認知也是如此。這種誤認與誤用前人話語的結果，輕則可能會成為個人脫軌行為的藉口，重則可能會被用來合理化社會上某些扭曲的價值觀，影響不可謂不小。

　　第二種用處是不時之用。人文學科的特性之一，就是它的應用性或實用性，不夠直接、迅速、明顯，因此常容易被人所忽略，或不容易讓人感受到它的功用，久而久之，自然也就會被視為無用之學，國文的情況尤其如此。但我們卻不能因為人文學科的這種特性，而一概抹殺了它的功用與價值。因為當要用到人文知識時，也許就是最關鍵的時刻，比如百萬大富翁的最後一題，比如新工作的面試時。這個時候如果沒有平時一點一滴的累積，是很難說出正確答案或出口成章的，因此古人才會有「書到用時方恨少」的深刻感嘆。

　　第三種用處是無用之用。現今的國文教育以文言文居多，可是文言文並不是現今社會使用的語言形式，因此大家常以文言文的不合時用，而認定國文與國文課的不合時用。平心而論，文言文的不合時用，的確是不爭的事實；但文言文所賴以組成的字與詞，以及文言文背後所蘊涵的思想、智慧與情感，卻不會因文言文的語言形式不合時用，而有所改變或減低。也就是說，學國文除了要學習字義與詞義的正確使用外，更要從中學習前人的處世智慧，領會前人的綿密情感，藉以拓展自己的人生視野，以前事為師，避免重蹈覆轍，並進而陶冶性情，變化氣質，正如古人所說的「腹

有詩書氣自華」、「事半古人，功必倍之」。這種功用，常發生於潛移默化的冥冥之中，但大家往往以功利的眼光來計較，因而一味地斥為無用，卻不曉得這種功用，看似無用，其實最有用。

上面所說的三種學國文的用處，相對而言，前兩種比最後一種要來得有可見性、現實性與物質性。但即使如此，如與其他學科或領域來比較，則國文的可應用性質，仍然是隱而不彰的。因此在講究功利與效率的現代社會中，國語文能力的逐漸低落，也就不用大驚小怪了。

可是，我們也不能因此就把這種現象視為理所當然，反而更應當要讓大家能正確地認識國文這種學科的性質與功用，改變凡事以物質與速度作為衡量標準的價值取向。讓我們的年輕學子，在除了會寫注音文、玩諧音的文字遊戲以及創造一些膚淺的新名詞外，如果還能夠學習孔子的執著、孟子的口才、屈原的忠貞、陶潛的淡泊、蘇軾的曠達、李白的灑脫、杜甫的眞情。我想，絕對會比要他們成為一部只懂得賺錢的機器，還要來得有意義的多了。

附錄二

如果孔子活在現代

吳智雄

　　《論語》公冶長篇曾記載孔子發現他的學生宰予大白天睡覺後，很氣憤的以「朽木不可雕也，糞土之牆不可杇也」來責備他，並說對於宰予他已經想不出什麼話可以再罵了。不過孔子的怒氣似乎還沒消，因為他接著又說，他對人本來都是秉持「聽其言而信其行」的信任觀念，但在看到宰予的言行不一後，已經改為「聽其言而觀其行」的存疑態度了。看來，孔子──真的很生氣。

　　這樣一幅場景，如果搬到二千多年後的現在，又會是什麼情形呢？一早，當孔仲尼老師匆匆的吃完早餐（甚至沒吃），帶著花了很久時間才準備好的講義、簡報資料，以及改到眼睛都「脫窗」的作業、報告，滿懷朝氣與希望的走進教室，卻看到應該要有五十人的班級只來了一半，剩下的一半？三分之一？五分之二？（記住！蹺課人數不定，須採浮動計算）可能、預計會在五分鐘、十分鐘後姍姍來遲。終於，在會來都來的人數到齊後，孔老師準備要展開今天的知識饗宴，卻看到台下有些同學不慌不忙的拿出也花了很久時間才排隊買到的早餐，慢條斯理、好整以暇地拆開包裝、插進吸管，盡情地享受一天當中最重要的一餐。此時，孔老師以「同理心」的角度「感受」同學的作息與需求，於是就在伴著塑膠袋的窸窣聲、吸管的咕嚕聲、嘴巴咀嚼的唼唼聲，忍耐地開始講解今天的課程內容。好不容易等到同學都吃完早餐，孔老師心想現在應該可以好好地上課了，誰知已經有同學毫不掩飾、大剌剌地趴在桌上睡起覺來，這時轟隆轟隆的打呼聲、滴答滴答的流口水聲，充斥、瀰漫、布滿整間教室，真是「聲聲入耳」、「引人入勝」啊！

　　此時的孔老師再也隱忍不住，便對著同學破口大罵：「你們就像一塊不能雕刻的爛木頭，一面再怎麼粉刷也沒用的大便泥土牆，糟糕、惡劣到

沒什麼話可以形容。」沒睡的同學被老師這突來的舉動嚇到楞住，睡著的同學也帶著發紅的印堂、「朦朧」的迷人雙眼紛紛驚醒，所有人一起以狐疑、錯愕、驚訝、不解、納悶，甚至帶點不平、氣憤的表情，看著還來不及說完後半段話就因腦充血而昏倒在地的孔仲尼老師。

等到孔老師甦醒後，可能還來不及平復心情，就會收到一張法院的傳票，因為有同學告他歧視、誹謗、侮辱，理由是：我們不是爛木頭、大便牆。後續的發展，有可能是中國歷史上不會出現一位主張「有教無類」、「因材施教」的至聖先師孔夫子，而是一個為應付法院傳喚、媒體包圍而疲於奔命且被冠上低EQ、不適任教師之名的孔仲尼。

如果孔子活在現代，上述的事件會發生嗎？我們雖然不得而知，但也不希望它發生。因為教育的過程一旦發展到這個地步，就是老師、學生、家長三者之間的悲劇了，不管最後是誰告贏、誰辯輸。

在教學理念上，我認為《禮記·學記》裡的一段話說的很有道理：「學然後知不足，教然後知困。知不足，然後能自反也；知困，然後能自強也。故曰：教學相長也。」這段話至少揭櫫了兩個教育觀念。

第一，教育是一種正面向上力量的提升過程，所有人在經由正常的教學活動後，在身心、知識方面都可以獲得成長，所以教育是必須而不可或缺的。

第二，教育是一種雙向的互動過程，施教者和受教者都必須盡到自己份內該盡的責任與義務，懂得知不足而後自反，體悟知困而能自強，雙方都在主動、積極、有共識、肯付出的基礎上來進行教學活動，才能達到教育的最高成效；否則，如果只有單向的努力或是被動的施教與受教，結果永遠都只會是不及格的五十分，而達不到「教學相長」的理想目標了。

附錄三
我交給你們一群大孩子　吳智雄

　　身為一位在大學教授通識課程，尤其是上完大一國文後，就甚少有機會再於課堂上見到同一批學生的老師而言，在三年後，當這群學生要畢業時，能夠在他們的記憶深處再度被翻找出來，大概是要燒香拜佛了。

　　就在度過了幾個沒燒香、不拜佛的平靜年度後，今年，不約而同地，有好幾系的同學來邀請我參加畢業拍照、謝師宴，甚或畢業典禮，內心因這個意外的夏日邀約，逆襲而來了一波波莫名的悸動。一直以為上完他們在學校裡的最後一堂國文課後，這群大孩子馬上會像過境的候鳥般，不知逝向何方；師生之間也會像斷了線的風箏，不知從何接起。但就在即將振翅高飛的時刻，原來他們還記得回來敲敲門，點點頭，送給我一道美麗的弧線，並且說聲珍重再見。

　　四年的光景，或許成熟了他們原本青澀的臉龐，時髦了本來素淨的穿著，但不變的是，爾虞我詐的大染缸還未浸黑他們單純的心。所以在海鷗像前的學士帽下，我看到了一張張歡樂的笑容；在謝師宴的觥籌交錯間，我聽到了此起彼落的祝福聲。他們正享受著過去四年努力的成果，彷彿未來的世界也會如此這般的迎向他們，什麼高失業率、經濟衰退，似乎都與他們無關。

　　就暫時拋開一切，享受當下吧！我想。

　　但，不知怎麼的，心裡同時又仍不免有著絲絲縷縷的、淡淡的——愁。

　　這樣複雜的心情，不禁讓我想到了張曉風女士所寫的〈我交給你們一個孩子〉這篇文章。文中描述作者在將她的五歲小男孩交給這個社會時，身為母親的種種不安與焦慮。當然了，我不是這些大孩子的父親，如果說我也與張曉風女士有著相同的心情，未免也太過於矯情；但是，那種經過

自己手裡而完成的「作品」，在準備要將「它」交出去的那種感受，說也奇怪，我竟然有著心有戚戚焉的體會，那是一種——我交給了你們一群大孩子——的感覺。

這群大孩子在交給你們之後，能夠對社會有什麼樣的貢獻？會成為somebody？還是nobody？而你們又會將他們重新塑造成什麼樣的形貌？圓的？方的？黑的？白的？老實講，沒有人能夠預知。但是，在將他們交出去之前，請千萬相信，身為老師的我，曾經盡力過、挖空心思過……

為了要挽救他們日漸垂釣的頸椎，所以我從不照本宣科，偶爾聊些八卦；為了避免把他們與周公送做堆，所以我總是抑揚頓挫，自認十分幽默；為了要醫治他們的大頭症，所以我會穿插時事，不時強調釣魚臺是我們的。為了要喚醒他們敬業負責的那顆心，所以我創造了一句名言：學生有蹺課的自由，老師有點名的權利。為了要讓他們知道寶物不只線上有，所以我極力地想送給他們我在書中所搜尋到的一幢幢黃金屋、一個個顏如玉；為了讓他們不再張飛打岳飛，魯亥寫成魚亥，所以從考卷上挑出來的錯別字曾經讓我寫了滿滿的一張黑板還不夠。為了要改善他們只聽得懂魔獸廝殺聲音的聽力，所以我藉助於歌曲、影片等多媒體的優勢；為了要培養他們條分縷析、侃侃而談的功力，所以我要求每一個人都要上台報告，訓練口條。為了要矯正他們沈默是金、只吐得出單字單句的習性，所以我會在課堂上不停地丟問題與他們對話討論，希望他們可以多擠出一些銀兩來。為了要讓他們把握人生的黃金時期，好好規劃未來四年的大學生涯，所以我要他們寫下一篇文章給四年後的自己，並在四年後回寄給他們，提醒他們莫忘初衷。為了告訴他們除了敲鍵盤、握滑鼠、在五吋發光體上比劃功夫外，手其實還有寫字的功能，所以我常會做一件讓國文老師很痛苦的事情——寫作文，並且還另外開了一門實用中文寫作課來虐待自己。

甚至，在他們即將修成正果的最後一堂課中，我會架著攝錄影機，進行著一場告別十三年國文課的儀式。代替所有曾經教過他們的國文老師，苦口婆心地說著最後的叮嚀：希望他們不要放棄閱讀，戰勝自己的惰性，

把握今日，腳踏實地；也希望他們用心體會生命，注意態度，和善對人，時時思考，常常反省，不要怕失戀，並記得建立好健康、人脈、財富的人生三本存摺。

　　當然了，在這段過程中，這群大孩子的表現也並非總是盡善盡美。就如同每年的第一堂課，我都會講的一段話：「請各位同學現在先做一個動作，將你們的眼睛環視教室一遍，並且好好記住你所看到的，因為這種在上課鐘聲響起前就已經全班坐齊的情形，只會在今天出現，這是唯一的一次，所以請你們千萬要記住這珍貴的歷史畫面，以後的出席狀況，將會隨著時間的遞增而呈現反比的現象。」雖然，每言必中、屢試不爽的感覺還不賴，但其實更有點討厭，我多麼希望這些揶揄的話都不會成真。只是，人究竟不是神，有些人能體悟浪子回頭金不換的道理，有些人則是大江東去不復返。所以在學期末算總帳的時候，對於該活的活、該殺的殺，該走的會讓他走，該留的也會請他稍等，因為對鬼混的同學心軟，就是對用功的同學不公。一學年六學分，也不是那麼輕易地說給就給的。

　　好了，裝黑臉、扮白臉、高壓的、懷柔的，該做的都做了，但我不知道這樣到底夠不夠？也不知道五年、十年後，在他們的心底還能存有多少當年的篇章，可以在他們迷惘時發揮指引的效用？更不知道和這群大孩子只結了一年緣份的我，能夠在他們的生命當中產生什麼樣的影響？畢竟，一百零八個小時的課堂時間有限，而人生的旅程無盡；甚至一年三十六週的苦心孤詣，有時還比不上電視裡、網路上那三十六分鐘的磁波灌輸。

　　但無論如何，這一群曾經在我麾下被用心過、蹂躪過、魔鬼操練過的大孩子，現在要交給你們了。你們要如何處置，我無權置喙，我只希望這輩子永遠都不要聽到這句話：「以前你們的老師是怎麼教的！？」

附錄四
幫我補個貨

吳智雄

「吳智雄，來，去幫我補個貨！」老師說話的同時，已經將手上的一張紅色百元鈔票遞給了我。

那是大四某天的中國思想史第一堂下課時間，高雄的夏日陽光一如往常般的灼烈難耐。老師深不見底的學問，在富有磁性而溫和的嗓音襯托下，依然薰得我們這群胸無點墨的大四生「如癡如醉」，即使是我這個在大三時，就不怕死的和麻吉小兔修過了戴老師的思想史的人來說，仍然無法以僅僅一年的功力去抵擋中國思想的博大精深。因此，就在我想把握那寶貴的下課十分鐘，好好的向周公討一番輸贏時，老師的一聲呼喚卻硬生生地把我拉回了現實。

老師所要補的貨，必須從文學院的三樓下到一樓，穿越行政大樓前的中山廣場，再走過長長暗暗醜醜、有著很多蜘蛛網的西子灣隧道，直到洞口旁邊的便利商店才買得到。這一段路雖然不算太遠，但在昏沈沈地讓人想躺在冰冰地板上的酷夏走來，要在十分鐘內來回，其實還是有點難度；況且有這麼光明正大的理由，身上還有老師所給的尚方寶劍護體，當然得逮住這個難得的機會，慢慢來，有誰會想在這個時候急著回教室呢？

果然，就在我圓滿達成任務進入教室時，老師已經開始了下一堂課。當我把新貨與找零交到老師手上時，老師露出淺淺而帶點靦腆的笑容，對著全班同學說：「剛好沒貨了，叫吳智雄去幫我補貨。」

第二堂下課時，老師就拿著剛補到的新貨，走到大樓的邊邊角角，打開後抽出一根放在嘴裡，再拿出打火機點燃，深吸一口後再吐出，一團團的煙霧就開始在老師的身邊裊繞個不停。

此時的老師滿足了，笑了，而我也開心了。

那年我大四，第一次去幫老師買香煙，買的是老師最喜歡抽的牌子

──大衛豆腐（David Doff）。

　　想不到那卻也是最後一次了……

　　如果可以的話，老師，我好希望能再聽到您對我說一次：「吳智雄，來，去幫我補個貨！」

附錄五
文學花園在「海大」

顏智英

　　中國文學，是一座充盈著中國文人豐沛情意與多元思想的美麗花園。因此，在大一國文的課堂上，期盼能引領這些甫從聯考桎梏掙脫的海大新鮮人，在尚友古人、優游經典的文學饗宴中，深入品賞中國文學之美，透視文人心靈，並進而檢視一己的生命，提昇生活美學與精神境界。

　　其中，愛情主題，不僅是文人情之所鍾，也是學生們反應熱烈的課題，從「上邪！我欲與君相知，長命無絕衰」的矢志不渝，到「問世間、情是何物，直教生死相許」的超越生死，無一不令人心神嚮往，但現代詩人洛夫的〈愛的辯證〉，也提醒了我們面對愛情時，對於究竟該為愛而「生」、抑或為愛而「死」，應作理性與感性的辯證思維；親情主題中，無論是陶淵明〈責子詩〉、蘇軾〈洗兒詩〉的父子之情，或者是歸有光〈先妣事略〉、蔣士銓〈鳴機夜課圖記〉的母子之情，皆能讓學生領略親情在我們生命中的重要與可貴；友情主題中，鮑叔牙對管仲的相知與相惜、包容與欣賞（《史記‧管晏列傳》），則是學生平日交友時的最佳典範；社會國家主題中，張養浩對百姓苦於朝代興革戰爭中的同情（〈山坡羊潼關懷古〉），莫那能對原住民苦難生活的吶喊（〈當鐘聲響起〉），蔣渭水對台灣人民的深刻關懷（〈臨床講義〉），在在激發了我們對社會國家（尤其是弱勢團體）的大愛與關注；飲食主題中，蘇軾由食魚經驗中領悟「多才為累」的哲理，梅聖俞由河豚聯想至「美惡相隨」的智慧，還有徐國能的〈第九味〉、焦桐的〈論豬腳〉，讓同學見識了文人對美食的生動描寫，以及內心所生發的豐富情意、哲理聯想與審美想像；旅遊主題中，有潘閬、柳永等詞人對杭州西湖、錢塘海潮的謳歌，有林文月、舒國治等現代文人對布拉格、香港的禮讚，使學生在神遊中、外美景之際，也能從作家的文字間領略其內蘊的鄉愁與生命感觸；人生主題中，儒家的

「知其不可而爲之」，道家的「齊物」「逍遙」、「超然物外」，佛家的「隨緣自得」、「無所住心」，則爲學生提供了生命情境的理論指引，希望在他們面對諸多生命課題時，能善用這些哲人的智慧，在積極進取之餘，亦知隨遇而安之理。

在每週僅有的三堂國文課中，除了上述文本的講述賞析外，仍堅持每位同學必須上臺作五分鐘的口頭報告（以簡報方式發表對各種主題的生命體驗），一方面可深化課程的內容，另一方面可訓練學生口頭發表的能力，同時，在同儕互相的觀摩中，亦能收切磋學習之效，且使上課氣氛更加活絡。

當然，每個主題結束後的寫作練習，亦是不可或缺的課程活動。「愛的誓言」、「預立遺囑」、「異類飲食」、「人生像什麼」、「論殉情」、「一個弱勢者的故事」……等等，都是針對各個主題所設計的寫作題目。當優秀作品被展示出來時，可以看到入選同學的靦腆、喜悅，也可以看到落選同學的羨慕、失望，但在一次次的展示、觀摩的腦力激盪中，學生的寫作及創意能力也因此而得到提昇。

海大，不僅有青山、大海爲伴，還有淳樸可愛的莘莘學子。雖然每班的人數都在五十人上下，教學負擔並不輕鬆，但是，由於師生之間的互動極佳，每次上課所面對的都是一個個眞摯、熱切學習的心靈，因此，課後總有一種回饋豐厚的溫暖感動。我深深感覺，在海大教授大一國文，是一件極爲幸福的事。

後記

　　「無聊」、「沒用」、「都會了」……，相信所有教授過或正在教授大學國文的老師，應該都聽過類似的話不停地從學生口中蹦出。「無聊」，因爲都在背誦注釋、作者生平、修辭文法；「沒用」，因爲教了很多文言文，在這講白話、寫白話文、看kuso圖像的時代；「都會了」，因爲從小學到大，早就可以應付日常所需了。所以，「無聊」、「沒用」、「都會了」，便堂而皇之地成爲大學國文的「三大原罪」。學生帶著這「三大原罪」來到課堂，老師背負著這「三大原罪」走進教室。於是，一場「原罪生死戰」，就此展開。

　　在這場戰役中，師生原本應該要一體同心，共同爲消滅「原罪」而奮鬥，但過程往往是：學生學得很恍神，老師教得很無力。因此，結果大多是師生敗下陣來，雙方都是輸家，「原罪」則成爲最後的勝利者。

　　但……年輕的生命、青春的年華就可以如此草率地虛擲？老師的尊嚴、學養與熱誠，就可以如此輕易地糟蹋嗎？

　　相信答案絕對不是。

　　既然不是，那該如何卸下學生馱了十二年的國文包袱？該如何走出傳統大學國文教學所可能產生的窠臼？讓大學國文不再是學生謔稱的「高四國文」，讓學生發現所學的不足，讓無聊變有趣，沒用變好用，便成爲我們念茲在茲、不停嘗試新教學方法的核心課題。

　　在每年持續地摸索、試驗下，近年教育部推出的閱讀書

寫計畫，為我們的努力注入了活水，帶來了契機。不過，活水需要不停歇地湧入，不應該枯竭於計畫結束的那一天；契機期盼能閃亮於每一個交會的眼神中，不應該躺在計畫的結案報告裏。於是，編著此書的念頭便自心底冉冉而生。

　　只是，文章者，經國之大業，不朽之盛事。為慎重於白紙上的每一個黑字，所以我們重新思索全書架構，調整授課篇目；再三改寫內容，重新取得授權。另加以創新的書信體導讀文章、具系統脈絡性的單元規劃，以及分組活動與寫作鍛鍊的設計。無非希望這本書的出現，能為二十一世紀的大學國文，帶來一丁點可能或可以的正向質變。

　　現在，在本書即將付梓之際，我們心中有無限感謝。感謝教育部曾給予的補助，感謝曾參與計畫的陳慧芬、王詩評、李昱穎、陳麗蓮等諸位老師及團隊夥伴們，感謝與我們一同走過成長歲月的海大學生。感謝本校李國添前校長及現任張清風校長對本計畫的支持與用心；感謝本校孫寶年講座教授總是不吝與師生分享寶貴的人生經驗，並全力協助演講的安排；感謝本校陳建宏教務長、黃麗生院長的關心與重視，且特撰專文推薦。感謝張曉風、廖鴻基、郝譽翔、甘耀明、白靈、柯志恩、胡曉真、許麗芳、徐國能、蕭蕭、林仁昱、沈惠如、張清文、劉幼嫻、溫光華、邵曼珣、余淑瑛、朱介國等校外作家、學者熱情地蒞校演講，為學生開拓了視野，啟迪了觀念；感謝五南出版社黃惠娟副總編輯、盧羿珊責任編輯及其工作同仁的諸多協助。當然了，也要感謝各位讀者，因為有大家的參與，才能讓我們一同看見未來大學國文教學即將璀璨的美好。

國家圖書館出版品預行編目資料

生命.海洋.相遇：詩文精選／吳智雄,顏
智英編著.--三版.--臺北市：五南圖書出
版股份有限公司,2016.09
　　面；　公分

ISBN 978-957-11-8789-1 (平裝)

1.國文科　2.讀本

836　　　　　　　　　　105015687

1X6N　國文系列

生命‧海洋‧相遇——詩文精選

編　　著 ― 吳智雄　顏智英

發 行 人 ― 楊榮川

總 經 理 ― 楊士清

總 編 輯 ― 楊秀麗

副總編輯 ― 黃惠娟

責任編輯 ― 吳佳怡

封面設計 ― 黃聖文

出 版 者 ― 五南圖書出版股份有限公司

地　　址：106台北市大安區和平東路二段339號4樓

電　　話：(02)2705-5066　　傳　真：(02)2706-6100

網　　址：https://www.wunan.com.tw

電子郵件：wunan@wunan.com.tw

劃撥帳號：01068953

戶　　名：五南圖書出版股份有限公司

法律顧問　林勝安律師事務所　林勝安律師

出版日期　2013年 9 月初版一刷
　　　　　2014年 7 月二版一刷
　　　　　2016年 9 月三版一刷
　　　　　2021年 10 月三版五刷

定　　價　新臺幣450元

經典永恆・名著常在

五十週年的獻禮 ── 經典名著文庫

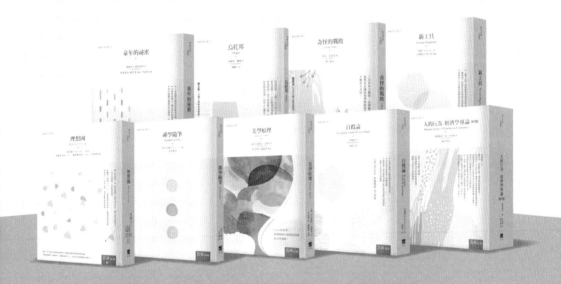

五南，五十年了，半個世紀，人生旅程的一大半，走過來了。

思索著，邁向百年的未來歷程，能為知識界、文化學術界作些什麼？

在速食文化的生態下，有什麼值得讓人雋永品味的？

歷代經典・當今名著，經過時間的洗禮，千錘百鍊，流傳至今，光芒耀人；

不僅使我們能領悟前人的智慧，同時也增深加廣我們思考的深度與視野。

我們決心投入巨資，有計畫的系統梳選，成立「經典名著文庫」，

希望收入古今中外思想性的、充滿睿智與獨見的經典、名著。

這是一項理想性的、永續性的巨大出版工程。

不在意讀者的眾寡，只考慮它的學術價值，力求完整展現先哲思想的軌跡；

為知識界開啟一片智慧之窗，營造一座百花綻放的世界文明公園，

任君遨遊、取菁吸蜜、嘉惠學子！